MORD AUF DER DONAU

Beate Maly wurde 1970 in Wien geboren, wo sie bis heute mit ihrem Mann und ihren drei Kindern lebt. Zum Schreiben kam sie vor rund zwanzig Jahren. Zuerst verfasste sie Kinderbücher und pädagogische Fachbücher. Seit rund zehn Jahren widmet sie sich dem historischen Roman und seit »Tod am Semmering« auch dem Kriminalroman.

BEATE MALY

MORD AUF DER DONAU

HISTORISCHER KRIMINALROMAN

emons:

© Emons Verlag GmbH
Cäcilienstraße 48, 50667 Köln
info@emons-verlag.de
Alle Rechte vorbehalten
Umschlagmotiv: shutterstock.com/Lunetskaya
Umschlaggestaltung: Nina Schäfer
Gestaltung Innenteil: César Satz & Grafik GmbH, Köln
Lektorat: Christine Derrer
Druck und Bindung: sourc-e GmbH, Köln
Printed in Europe 2025
Erstausgabe 2018
ISBN 978-3-7408-0456-5
Historischer Kriminalroman
Originalausgabe
2. Auflage

Unser Newsletter informiert Sie
regelmäßig über Neues von emons:
Kostenlos bestellen unter
www.emons-verlag.de

Dieser Roman wurde vermittelt durch die Literarische Agentur
Thomas Schlück GmbH, 30161 Hannover.

Die automatisierte Analyse des Werkes, um daraus Informationen
insbesondere über Muster, Trends und Korrelationen gemäß
§ 44b UrhG (»Text und Data Mining«) zu gewinnen, ist untersagt.

Im Grunde glaubt niemand
an seinen eigenen Tod
oder, was dasselbe ist:
im Unbewußten sei jeder von uns
von seiner Unsterblichkeit überzeugt.

Sigmund Freud, 1915

PROLOG

Ungarn, 1873

Orangerot flimmerte die Sonne über der ockerfarbenen Steppe und tauchte die ungarische Puszta in ein sanftes, spätsommerliches Licht. Eine leichte Brise bewegte trockene Halme und brachte sie zum Knistern. Insekten schwirrten über der dunkelbraunen Erde, Grillen zirpten im Gras. In der Ferne weidete eine Schafherde träge neben einem der vielen Ziehbrunnen, deren schmale Silhouetten charakteristisch für die schier endlose Weite der Landschaft waren.

Gleich neben dem Brunnen befand sich ein Gebiet, das von den Bewohnern der Gegend liebevoll »Eichenwäldchen« genannt wurde. Niemand wusste, woher der Name stammte, denn seit Menschengedenken wuchsen dort keine Eichen mehr. Hüfthohes Gebüsch, winzige Blüten in Lila und Weiß sowie niedrige Erlen, deren faustdicke Stämme mit einem einzigen Axthieb eines kräftigen Mannes umgehauen werden konnten, prägten das Bild.

Dennoch zog der Landschaftsstreifen mehr Menschen an als die übrige Puszta. Hinter den Erlen gab es ein riesiges Pferdegestüt und zwei Bauernhöfe.

Vor einem der einfachen Gebäude, in dessen dichtem Schilfdach sich Insekten tummelten, spielte die fünfjährige Ilona. Wie immer war sie sich selbst überlassen. Ilona war nicht die Tochter der Bauern, sondern bloß ein Pflegekind, von dem niemand so recht wusste, wer die leiblichen Eltern waren. Kurz nach ihrer Geburt hatte ein junger Bursche sie am Hof abgegeben und für ihre Versorgung Geld versprochen. Besucht oder nach dem Mädchen erkundigt hatte sich in all den Jahren nie jemand. Alle vier Wochen kam, wie vereinbart, ein absenderloses Kuvert, in dem sich eine bescheidene Summe befand. Mit dem Zusatzverdienst hatte die Bäuerin zwei neue Legehühner und vor ein paar Wochen eine Ziege gekauft.

»Solang ich die Briefe erhalte, kannst du hierbleiben«, sagte die Bäuerin regelmäßig. Ilona wusste also, dass sie den Hof verlassen musste, sobald ihre Post ausbleiben würde. Im Moment stampfte die Bäuerin Butter in der Küche. Der Bauer war am Feld, gemeinsam mit zwei Knechten. Meistens nahm er Ilona mit, dann musste sie genau wie die Erwachsenen das Gras mit einer Sichel schneiden, die für ihre jungen Hände viel zu groß war, Saat ausbringen oder bei der Ernte mithelfen. Heute war sie am Hof geblieben, weil der Bauer einen Zaun ausbesserte. »Dabei bist du bloß im Weg«, hatte er gemeint. Ilona war es recht. Jetzt hockte sie in ihrem alten, löchrigen Kleid auf dem staubigen Boden und zog mit einem Stecken Endlosschleifen in den Sand. Die Spuren verliefen zuerst zu kleinen konzentrischen Kreisen, um dann wieder größer zu werden. Das Muster, das sich bildete, war dem auf der Töpferscheibe ähnlich, die im hintersten Schuppen stand. Manchmal drehte Ilona das verstaubte Gerät. Sie mochte das knarrende Geräusch, das dann ertönte. Es klang beinahe wie Musik. Natürlich wagte Ilona sich nur an die Scheibe, wenn sicher war, dass niemand sie sehen konnte. Hätte die Bäuerin sie dabei erwischt, hätte sie mit dem Kochlöffel zugeschlagen oder schlimmer noch mit der Peitsche. Die Strafen der Bäuerin waren brutal. Ilonas schmaler Rücken war mit blauen Flecken und roten Striemen übersät. Mittlerweile spürte sie es kaum noch, wenn die Alte zuschlug. Nur wenn die Bäuerin besonders grausam war und darauf bestand, dass Ilona ihr Kleid auszog, und die feine Haut bei jedem ihrer Hiebe aufplatzte, brannten die Wunden oft tagelang.

Ilona hielt im Zeichnen inne und presste beide Hände fest gegen ihren Magen. Er knurrte laut. Seit dem Frühstück hatte sie kein Essen bekommen. Das war nicht ungewöhnlich. Ilona kannte kein Gefühl der Sättigung. Sie hatte immer Hunger. Als Pflegekind hatte sie kein Anrecht auf eigene Mahlzeiten. Zumindest behauptete der Bauer das. Sie sei der Abschaum der Gesellschaft. Ein Balg, den die eigenen Eltern nicht haben wollten. Ilona wusste nicht, was der Abschaum der Gesellschaft war, aber sie spürte, dass sie weniger wert war als das Vieh am Hof. Während die Ziegen regelmäßig gefüttert wurden, musste sie sich mit den Abfällen der anderen zufriedengeben. Manchmal gab es mehr, meist aber weniger. Heute Morgen war ihre Portion besonders bescheiden ausgefallen. Sie hatte lediglich eine winzige Kante trockenen Brotes erhalten.

Aber Ilona war schlau. Wenn sie nicht mit aufs Feld musste, schlich sie sich, sobald der Bauer und die Knechte weg waren, in den Stall. Wenn sie Glück hatte, fand sie noch einen kleinen Rest Milch im Eimer. Heute war er allerdings völlig leer gewesen. Die rot gefleckte Hofkatze war ihr zuvorgekommen.

Ein leises Brummen ließ Ilona aufschrecken. Zwei fette schwarze Fliegen surrten an ihrer Nase vorbei. Ilona schüttelte den Kopf und verscheuchte sie mit der Hand. Doch die Insekten waren hartnäckig. Eine Fliege setzte sich auf ihre Schulter, die andere auf ihren nackten Unterarm. Rasch sprang Ilona auf. Die Bewegung war zu schnell, sofort wurde ihr schwindelig. Auch dieses Gefühl war ihr nicht fremd. Es passierte immer dann, wenn sie den ganzen Tag über nichts getrunken hatte. Normalerweise schöpfte Peter, der alte Knecht, Wasser aus dem Ziehbrunnen für sie. Aber heute hatte er es vergessen. Ilona könnte die Bäuerin fragen, aber wenn die schlecht gelaunt war, und das war sie beim Butterstampfen immer, würde sie bloß laut schimpfen. Sie würde gewiss wütend reagieren, wenn Ilona sie in ihrer Arbeit unterbrach. Ilona selbst war noch zu klein, um den Brunnen zu bedienen. Auch wenn sie sich auf die Zehenspitzen stellte und streckte, konnte sie den Hebel des Ziehbrunnens nicht erreichen. Sie hatte es erst vorgestern probiert. In einem Jahr, wenn sie ein paar Zentimeter größer war, würde sich dieses Problem gelöst haben.

Ilona hielt die Hand schützend über ihre Augen und blinzelte in die Ferne. Die Sonne stand bereits tief. Bald würden der Bauer und die Knechte zurückkehren. Mit etwas Glück fielen beim Abendessen mehr Reste für sie ab als heute Morgen. Wenn Peter sie bemerkte, langte er noch einmal nach und schob seine eigene Schüssel zu Ilona. Der alte Knecht mit dem faltigen Gesicht und dem gekrümmten Rücken war der Einzige am Hof, der hin und wieder freundlich zu ihr war. Aber Peter sah nicht mehr gut, und er war beinahe taub. Meistens bekam er gar nicht mit, dass Ilona hungrig war.

Aus der Küche roch es verführerisch nach gerösteter Zwiebel und Paprika, im großen Suppentopf der Bäuerin kochte seit Stunden ein Gulasch. Wenn die Männer vom Feld kamen, würden die Fleischstücke so weich sein, dass man sie mit der Zunge am Gaumen zerdrücken konnte. Ilona hoffte inständig, ein paar Happen zu erwischen.

Als sie sich umdrehte, nahm sie einen vorbeiziehenden Schatten neben sich wahr. Die Rotgefleckte sprang vom Stalldach und kam mit aufgestelltem Schwanz und geschmeidigen Bewegungen auf sie zu. Ilona mochte die Katze, die ihr nicht feindlich gesinnt war. Aber ähnlich wie Peter war auch die Katze launisch. An manchen Tagen ließ sie sich streicheln und schnurrte behaglich, und in besonders kalten Nächten kam sie zu Ilona in den Stall und schmiegte sich an ihren mageren Körper. Dann wieder kehrte sie ihr den Rücken zu und lief weg, sobald Ilona sich ihr nähern wollte.

Heute schien einer der Tage zu sein, an denen die Katze zutraulich war. Sie umrundete Ilonas nackte Beine. Ihr weiches Fell kitzelte ihre Waden. Ilona bückte sich, um die Katze hinter den Ohren zu kraulen, aber die Rotgefleckte wich geschickt aus und lief Richtung Stall. Schon nach wenigen Metern blieb das Tier stehen und drehte sich nach Ilona um, so als wollte sie das Mädchen dazu auffordern, ihr zu folgen. Bereitwillig warf Ilona den Stecken weg und lief dem Tier hinterher. Die Katze bewegte sich schnurstracks auf den Kuhstall zu und verschwand hinter dem schiefen Holztor.

Nach der prallen Sonne war es im fensterlosen Gebäude düster. Durch die Ritzen der Holzlatten drang noch ein wenig Tageslicht. Es roch nach frischem Heu und dem scharfen Urin der Tiere. Nach kurzer Zeit gewöhnten sich Ilonas Augen an das Halbdunkel. Sie wusste, dass zwei Kühe im hinteren Teil des Stalls waren. Die Bäuerin hatte sie heute Morgen nicht rausgelassen.

Als Ilona sich den riesigen Tieren näherte, hoben sie träge den Kopf, ohne dabei ihre Kaubewegungen zu unterbrechen. Die Rotgefleckte sprang leichtfüßig auf einen Futtertrog und balancierte problemlos über den schmalen Rand. Wieder vergewisserte sie sich, dass Ilona hinter ihr war. Am Ende des Trogs hielt die Katze inne. Ihre Nase beschnupperte einen Gegenstand am Boden. Ilona konnte noch nicht erkennen, worum es sich handelte. Mit flinken Schritten erreichte sie die Katze und konnte ihr Glück kaum fassen. Da stand ein halb voller Eimer Milch. Eine der Mägde musste ihn vergessen haben. Vielleicht war sie zu einer anderen Arbeit gerufen worden. Vorsichtig drehte Ilona sich um. Niemand war ihr gefolgt. Bis auf die Katze und die beiden Kühe war sie allein im Stall. Keiner würde bemerken, wenn sie ein paar Schlucke der warmen, süßen Milch trank. Aber der Eimer war schwer. Viel zu schwer für eine Fünfjährige. Ilona kniete sich auf den Boden. Das Heu stach in ihre nackten Knie, doch sie nahm es kaum wahr. Die Vorfreude auf die Milch war zu groß. Sie fasste mit beiden Händen in den Eimer. Ihre kurzen Kinderfinger durchbrachen die dicke Fettschicht, die sich auf der Milch gebildet hatte. Darunter befand sich lauwarme, sämige Flüssigkeit. Gierig formte Ilona eine Schale mit den Händen und führte sie zum Mund. Der süße Rahm schmeckte nach Heu, Fett und Kuh. Aus ihren Mundwinkeln tropfte die Milch auf ihr Kleid. Hastig wischte Ilona die Flecken mit dem Ellbogen weg. Eine Milchspur rann über ihren Unterarm. Die Rotgefleckte kam näher und schleckte mit ihrer rauen Zunge die Tropfen weg. So als wollte die Katze die verräterischen Spuren beseitigen, um Ilona vor etwaigen Strafen zu bewahren.

Die kleine Portion Milch war nicht genug, Ilonas Magen knurrte jetzt noch lauter als zuvor. Sie brauchte noch mehr von der sättigenden Milch und tauchte die Hände erneut in den Eimer. Zu spät nahm sie das Geräusch hinter sich wahr. Erschrocken fuhr sie herum und sprang auf, dabei stieß sie mit der rechten Ferse gegen den Eimer. Sie versuchte ihn festzuhalten, aber es war vergebens. Mit einem dumpfen Geräusch polterte der Holzeimer auf den festgestampften Erdboden. Die kostbare Milch versickerte zwischen losen Strohhalmen. Fassungslos starrte Ilona der Flüssigkeit nach. Sie wollte sie aufhalten, fiel auf die Knie und fasste mit den milchfeuchten Händen ins Stroh. Einzelne Halme blieben an ihren Fingern kleben. Aber es half nichts, die Milch war verschüttet.

»Du elende Diebin.« Das kantige, vom Alter gezeichnete Gesicht der Bäuerin färbte sich vor Wut dunkelrot. Hinkend, denn eines ihrer Beine war kürzer als das andere, kam sie auf das Mädchen zu.

Ilona war wie gelähmt vor Angst. Sie hatte den richtigen Augenblick verpasst. Wäre sie gleich weggelaufen, hätte sie das Schlimmste verhindern können. Aber nun würde die Bäuerin erbarmungslos zuschlagen. Die Rotgefleckte war klüger gewesen. Sie hockte bereits auf einem der massiven Dachbalken über der Kuh und beobachtete das Geschehen aus sicherer Entfernung. Ihr Schwanz peitschte aufgeregt zur Seite.

»Ich werde dir Ehrlichkeit beibringen!« Die Bäuerin schnappte sich die Mistgabel, die an der Wand lehnte. Sie richtete die spitzen Zacken direkt auf Ilonas schmale Brust. »Statt dankbar zu sein, dass ich dich aufgenommen habe, bestiehlst du mich. Du verlogener Balg!«

Immer noch war Ilona unfähig zu fliehen. Mit angstgeweiteten Augen starrte sie zuerst auf das Werkzeug in den knorrigen, alten Händen, dann in das Gesicht der Bäuerin. Rund um ihre schmalen Lippen befanden sich Paprikaspuren. Sie hatte vom Gulasch gekostet. Ilonas Blick blieb daran hängen, vielleicht, weil sie den harten Ausdruck in den Augen der Bäuerin nicht ertrug. Er war anders als sonst. Purer Hass loderte darin. Es war, als hätte die Alte den letzten Rest Menschlichkeit verloren. Die Heugabel in ihrer Hand erinnerte Ilona an den Teufel, von dem die Mägde in kalten Winternächten erzählten. Eine pelzige Gestalt mit einem Pferdefuß, Hörnern am Kopf und einer Mistgabel in den Klauen, um Sünder aufzuspießen. »Vergreifst dich hinter meinem Rücken an meiner Milch. Das wird dir noch leidtun. Du schmutziges, kleines Biest. Undankbares Gesindel, wir hätten dich gleich im Brunnen ersäufen sollen.«

Schon war die Alte so nahe bei Ilona, dass die Zacken der Heugabel ihr Brustbein berührten. Das Antlitz der Frau war eine hässliche Fratze. Es war nicht das erste Mal, dass Ilona ein Missgeschick widerfahren war. Nur diesmal war die Bäuerin außer sich vor Wut. Sie würde zustechen und Ilona schwer verletzen, vielleicht sogar töten. Ilona spürte die Gefahr, ihr Leben hing an einem seidenen Faden. Mit klopfendem Herzen und trockenem Mund lehnte sie sich nach hinten, und genau in dem Moment setzte die Bäuerin mit der Waffe nach. Das schmutzige rostige Metall rutschte ab und bohrte sich tief in Ilonas rechten Oberschenkel. Das Mädchen schrie auf. Ihre weiche Kinderhaut platzte auf. Warmes Blut floss über Ilonas helles Knie und tropfte auf ihren Knöchel. Sie verdrängte den Schmerz. Alles, was sie sah, waren die stechenden Augen der Bäuerin. Ein lautes Miauen ertönte. Für einen Augenblick war die Bäuerin abgelenkt, richtete ihre Aufmerksamkeit auf den Balken, von dem der Schwanz der Rotgefleckten baumelte. Der Körper des Tiers war hinter einer Verstrebung versteckt. Ilona reagierte blitzschnell. Sie machte einen Schritt zur Seite, wich der Mistgabel aus und schoss an der Alten vorbei. Dabei stieß sie die Bäuerin zur Seite und rannte aus dem Stall, so schnell sie konnte. Sie spürte die Holzscheite nicht, auf die sie trat, nahm die Splitter nicht wahr, die sich in ihre Fußsohlen bohrten, und auch den Hühnerkot nicht, der zwischen ihren Zehen kleben blieb.

»Bleib stehen, du kleine Kröte«, rief die Bäuerin.

Aber schon hatte Ilona das Tor erreicht und trat ins Freie. Noch war der Hof leer, der Bauer und die Knechte waren heute länger am Feld. Niemand konnte sie aufhalten. Ilonas Lungen brannten, ihr Herz raste. Sie musste weg vom Stall und der tobenden Bäuerin, deren schimpfende Stimme hinter ihr hergeiferte: »Glaub ja nicht, dass du ungestraft davonkommst!«

Ilona hoffte, dass die Zeit für sie arbeiten würde. So verärgert die Bäuerin jetzt auch sein mochte, in ein paar Stunden würde sich ihr Jähzorn bestimmt gelegt haben. Dann würde der angsteinflößende, wahnsinnige Blick aus ihren Augen wieder verschwunden sein. Vielleicht schlug sie mit dem Kochlöffel zu, aber sie würde sie nicht mehr mit der Heugabel abstechen wollen. Ilona durfte sich die nächsten Stunden nicht sehen lassen, vielleicht war es besser, erst morgen wieder auf dem Hof aufzutauchen. Es wäre nicht das erste Mal, dass sie sich verstecken musste. Am besten hinter dem Haus, bei dem kleinen Teich. Im hohen Schilf würde man nicht nach ihr suchen. Jeder mied diesen Platz, an dem es von Stechmücken nur so wimmelte. Schon konnte Ilona das Zirpen der Grillen hören. Sie drehte sich noch einmal um. Die Bäuerin stand immer noch mit drohend emporgehaltener Heugabel im Scheunentor und schimpfte ihr nach. Aber ihre Stimme war jetzt nur noch ein unverständliches Keifen, das vom Surren der Insekten übertönt wurde.

Ilona konnte das abgestandene Wasser riechen, das ihr Sicherheit suggerierte. Der Schilfgürtel rückte mit jedem ihrer Schritte näher. Der Boden unter ihren Füßen wurde zunehmend feuchter, dunkler und dicker. Die matschige Erde quoll zwischen ihren nackten Zehen hindurch. Gleich war sie aus dem Sichtfeld der Bäuerin verschwunden. Hinter dem Schilf, das Ilona weit überragte, lag der Teich. Braunes Wasser, das nach abgestorbenen Blättern und Schlingpflanzen roch. Ilona hockte sich zwischen die zeigefingerdicken Schilfhalme. Ihr Herz raste noch immer, ihr Atem ging stoßweise. Hier würde ihr vorerst nichts passieren. Eine ihrer blonden Locken fiel ihr direkt in die Augen. Mit der Hand strich sie sie weg und stellte fest, dass ihre Haut immer noch klebrig war von der Milch.

Vorsichtig ging sie in gebückter Haltung Richtung Wasser und tauchte ihre rechte Hand ins dunkle, kühle Nass. Nur langsam beruhigten ihr Atem und ihr Herzschlag sich wieder. Sie konnte den Boden des Teichs nicht ausmachen, denn das Wasser war trüb und schlammig. Um auch die andere Hand zu waschen, beugte sie sich noch ein Stück weiter nach vorn. Sie musste die Wunde auf ihrem Oberschenkel reinigen. Aber zuerst benötigte sie eine Rast. Manchmal wurde ihr übel, wenn sie ihr eigenes Blut sah. Besser, sie saß fest am Boden, bevor sie das Kleid hochhob.

Plötzlich sprang ein riesiger Fisch aus dem Wasser und fing eine Fliege. Ilona erschrak so heftig, dass sie das Gleichgewicht verlor. Sie versuchte mit beiden Armen nach hinten zu rudern und sich festzuklammern, aber vergebens. Kopfüber stürzte sie ins Wasser. Ilona begriff nicht sofort, was passiert war, spürte die Kälte nicht. Erst als das Wasser über ihr zusammenschlug, erkannte sie die Gefahr. Wie ein Sack voller Steine tauchte sie ab. Verzweifelt strampelte sie mit Armen und Beinen, schaffte es wieder an die Wasseroberfläche zu gelangen und nach Luft zu schnappen. Sie schrie aus Leibeskräften um Hilfe. Aber wer sollte sie hören? Sie hatte diesen abgeschiedenen Ort ja aufgesucht, um unentdeckt zu bleiben. Ihre Füße traten ins Leere. Eine schier übermächtige Kraft zog sie nach unten. So als hätte jemand ihre Beine gepackt und hielt sich nun daran fest. Ilona ruderte. Panisch streckte sie den Kopf in den Nacken, in der Hoffnung, Mund und Nase aus dem Wasser zu bekommen. Aber wieder schwappte eine Welle über sie. Wasser drang in ihre Nase. Sie spuckte und hustete. Ihre Lungen schwollen an. Ihre Augen drohten aus ihrem Kopf zu springen. Sie musste sich bewegen, aber mit jeder Bewegung ließ ihre Kraft nach. Das Schlagen ihrer Arme wurde langsamer, schon tauchte sie unter. Sie hielt die Augen weit offen. Für einen Moment war sie überrascht, wie hell es war. Die letzten Strahlen der Sonne drangen bis tief unter die Wasseroberfläche. Ilona sah nach oben zum Licht. Verschwommen nahm sie das Dunkelgrün des Schilfs wahr. In ihren Ohren surrte es, ihr Trommelfell drohte zu platzen, ihr Herz raste in teuflischer Geschwindigkeit. Sie wollte atmen und schluckte Wasser. In ihrer Brust wütete ein unerträglicher Schmerz. Fühlte sich so der Tod an? Ihr wurde übel, und mit einem Mal wurde es dunkel um sie herum. Es hatte keinen Sinn, sich weiter zu wehren. Der Kampf war aussichtslos, sie konnte ihn nicht gewinnen. Es war absurd, sie musste an das Gulasch denken, das sie heute Abend verpasste. Sie würde überhaupt nie wieder essen, aber auch nie wieder an Hunger leiden. Mit jedem Stück, das sie sank, verlor die Finsternis an Bedrohung und hüllte sie schließlich tröstend ein, wie ein warmer, schützender Mantel. Ilona ließ sich fallen.

EINS

»Eigentlich ist der Abend viel zu schön, um in einem verdunkelten Saal zu sitzen.« Ernestine schlüpfte aus ihrer dünnen Strickjacke. Auf der Mariahilfer Straße war es deutlich wärmer als im Keller des Haydn. Die geschlossene Häuserfront hatte die Hitze des Tages gespeichert und gab sie nun langsam wieder ab.

»Aber der Besuch des Lichtspieltheaters hat sich gelohnt«, meinte Anton. »Der Film war großartig.« Bei der Erinnerung an Harold Lloyd, der sich in einer halsbrecherischen Szene auf dem Zeiger einer überdimensionierten Uhr festhielt, um nicht von der Fassade eines Wolkenkratzers zu stürzen, musste er immer noch schmunzeln.

»Der Streifen war zweifelsohne unterhaltsam, aber das nächste Mal möchte ich etwas Gefühlvolleres sehen. Erinnern Sie sich noch an die herrlichen Filme, die vor dem Krieg gedreht wurden? ›Quo vadis‹ oder ›Die Plünderung Roms‹. Verglichen mit diesen Kunstwerken sind die amerikanischen Komödien doch reichlich seicht.«

Anton räusperte sich. Er war anderer Meinung. Im Gegensatz zu Ernestine schätzte er amerikanische Komiker wie Charlie Chaplin, Buster Keaton oder Harold Lloyd. Aber er verkniff sich seine Bemerkung, denn er wollte keine Grundsatzdiskussion über historische Monumentalfilme mit Massenszenen und schwulstigen Handlungen versus amerikanischer Komiker führen. Und so sehr er davon überzeugt war, die besseren Argumente in der Hand zu haben, er wusste, dass schlussendlich Ernestine recht behalten würde.

Sichtlich zufrieden, dass Anton ihr nicht widersprach, hakte Ernestine sich bei ihm unter. Ein leichter Hauch von Pfefferminze, der die pensionierte Lateinlehrerin stets umgab, wehte in seine Nase. Anton war der Geruch vertraut. Er fand ihn angenehm, so wie er alles an seiner Untermieterin mochte.

Anton war Apotheker im Ruhestand. Vor einem Jahr hatte er die Leitung der Apotheke seiner Tochter Heide übergeben. Gemeinsam mit ihr und seiner Enkelin Rosa wohnte er direkt über dem Geschäft in der Kirchengasse. Die kleine Mansardenwohnung darüber hatte er an Ernestine Kirsch vermietet. Seit die beiden ein Wochenende am Semmering verbracht hatten, wo sie nicht nur Tango getanzt, sondern auch ein paar Morde aufgeklärt hatten, teilten sie sehr viel Zeit miteinander, womit Anton mehr als zufrieden war.

»Wollen wir den Abend bei einem Glas kühlem Weißwein ausklingen lassen, meine Liebe?«

»Furchtbar gern. Was halten Sie vom Café Ritter?«

»Eine hervorragende Idee.«

Das Kaffeehaus, das ursprünglich im ehemaligen Sommerpalais des Fürsten Esterhazy untergebracht worden war, übersiedelte vor rund fünfundvierzig Jahren an den jetzigen Standort, Ecke Amerlinggasse – Mariahilfer Straße. Es war eines der bevorzugten Kaffeehäuser der Schriftsteller Peter Rosegger und Ludwig Anzengruber gewesen. Anton schätzte es vor allem wegen der überbackenen Topfenpalatschinken, die der Koch mit in Rum eingelegten Rosinen verfeinerte. Das Lokal lag nur wenige Gehminuten von der Kirchengasse entfernt.

Auch wenn man es ihm nicht ansah – Anton war sein ganzes Leben lang hager gewesen –, so galt seine große Leidenschaft dem guten Essen und der Wiener Mehlspeisenküche. Während er ein Stück Apfelstrudel, einen Germknödel oder Husarenbusserl genoss, las er am liebsten den Sportteil diverser Tageszeitungen, wobei ihn vor allem die Fußballergebnisse interessierten. Im Café Ritter gab es beides: aktuelle Zeitungen und außergewöhnliche Mehlspeisen, weshalb Anton regelmäßig kam.

»Ich muss Ihnen beim Wein eine großartige Neuigkeit aus dem Haus der Rosensteins erzählen. Die habe ich bei meiner letzten Nachhilfestunde erfahren.« Ernestines runde Wangen glühten vor Begeisterung.

»Von den Rosensteins also …«, sagte Anton vorsichtig.

Er verbrachte gern seine Freizeit mit Ernestine, aber wenn sie den Namen des Süßwarenherstellers in den Mund nahm, hieß es auf der Hut zu sein. Nur zu gern gab die Familie Eintrittskarten für gesellschaftliche Ereignisse, die Herr Rosenstein lieber mied, an Ernestine weiter. Meist hatte Anton die Ehre, sie zu begleiten. Und weil er schlecht Nein sagen konnte, hatte er schon so manch seltsame Veranstaltung mit ihr erlebt.

»Die Familie macht heuer Urlaub im Süden. Ich habe Ihnen doch erzählt, dass Herr Rosenstein ein Haus am Meer geerbt hat, direkt neben dem ehemaligen Schloss von Ferdinand Maximilian, dem Bruder von unserem Kaiser Franz Joseph. Der Habsburger, der so tragisch in Mexiko verstarb.«

Anton hob die Augenbrauen. Auch noch fünf Jahre nach dem schrecklichsten Krieg aller Zeiten und dem Ende der Habsburgermonarchie sprachen die Österreicher von »ihrem Kaiser«. Selbst überzeugte Befürworter der neuen Republik, wie er und Ernestine, bildeten da keine Ausnahme. Es schien, als wäre der Kaiser tief in der österreichischen Volksseele verankert.

»Wie schön für die Rosensteins.«

»Ja, aber auch für uns, Anton! Sie haben mir diesmal Karten für eine ganz vortreffliche Vergnügungsfahrt vermacht, die sie aufgrund ihres Urlaubs nicht selbst nutzen können.«

Anton hielt abrupt an, und Ernestine stolperte beinahe.

»Warum bleiben Sie stehen?«, fragte sie empört und hielt sich an seinem Ellbogen fest, um nicht zu stürzen.

Anton bedachte sie mit einem besorgten Blick. »Liebste Ernestine, darf ich Sie daran erinnern, dass die Ausflüge, die wir anstelle der geschätzten Familie Rosenstein unternommen haben, jedes Mal in einem gefährlichen Abenteuer gemündet sind? Ich bin im Februar in wenigen Tagen um Jahre gealtert.«

Ernestine lachte. »Ach, Anton. Sie sind noch genauso jugendlich und frisch wie an dem Tag, an dem ich Sie kennengelernt habe. Und die kleine Narbe an Ihrer Schläfe verleiht Ihnen einen gewissen Hauch von Verwegenheit.«

Gegen seinen Willen errötete Anton. Er räusperte sich und griff sich an die Stirn, wo sich immer noch dieses kleine Andenken ihres letzten Unterfangens befand. Auch nach siebzehn Jahren schaffte Ernestine es, ihn mit ihren Bemerkungen in Verlegenheit zu bringen.

Langsam ging Anton weiter.

»Herr und Frau Rosenstein hatten vor, mit der ›Jupiter‹ nach Budapest zu fahren, um dort einen ungarischen Geschäftspartner zu treffen, aber dann kam die Sache mit dem Erbe dazwischen, und nun müssen sie ans Meer.«

»Hm.«

Die »Jupiter« war eines der modernsten und schnellsten Expresspersonendampfschiffe, das zwischen Passau und Giurgiu am Schwarzen Meer verkehrte. Vor dem Krieg hatte es den stolzen Namen des Kaisers getragen, danach hatte man es, wie vieles andere auch, rasch umbenannt. So war aus der »Wilhelm II« die »Uranus« und aus der »Franz Joseph I« die »Jupiter« geworden.

»Leider hatten die Rosensteins die Karten für die Schiffsfahrt auf der Donau bereits gekauft. Die DDSG ist nicht bereit, die Fahrscheine zurückzunehmen oder umzutauschen.«

»DDSG?«

»Ja, die Donau-Dampfschifffahrt-Gesellschaft.«

»Dann sollte das Ehepaar die Reise wohl besser antreten.«

»Anton, ich habe Ihnen doch schon gesagt, dass die Rosensteins in ihr Sommerhaus fahren müssen. Es gibt noch ein paar Fragen zu klären, bevor sie ihr Erbe antreten können. Auch die Kinder werden mitkommen.«

»Ernestine«, Anton wurde ernst und senkte seine Stimme, »mittlerweile glaube ich, dass die Familie Rosenstein vom Pech verfolgt ist.« Er hielt erneut an und überlegte kurz. Dabei legte sich seine hohe Stirn in Falten. »Oder sollte ich lieber sagen vom Glück? Schließlich haben sie selbst nie etwas von all den Aufregungen mitbekommen. Die Rosensteins haben sich den Tangotanzkurs erspart und die tödlich endende Vorstellung im Theater an der Wien.«

»Anton, also wirklich«, tadelte Ernestine im strengen Tonfall der Lateinlehrerin. »Sie werden im Alter doch nicht abergläubisch werden? Das wäre absolut lächerlich. Es war purer Zufall, dass wir zweimal über Todesfälle gestolpert sind.«

»Ich darf Sie daran erinnern, dass wir beide Male für das Ehepaar Rosenstein eingesprungen sind.«

»Das liegt daran, dass die Rosensteins in sehr interessanten Gesellschaftskreisen verkehren. Wir hätten uns nie das Wochenende im Panhans leisten können, und die Fahrt auf der ›Jupiter‹ ist ebenfalls ein kleines Vermögen wert.«

»Wenn interessante Gesellschaftskreise Menschen mit einem Hang zur Kriminalität sind, verzichte ich gern auf dieses Privileg. Ganz egal, wie viel die Karten auf der ›Jupiter‹ gekostet haben.« Seine Worte erinnerten ihn gerade an seine sechsjährige Enkelin. Rosa klang ähnlich trotzig, wenn sie sich weigerte, Fisolen zu essen.

»Sie werden den Schiffsausflug lieben, wenn Sie erfahren, was Sie dort erwartet.«

»Ein Walzerkurs zu den Arien einer Operettendiva?«

Ernestine ignorierte Antons bissige Bemerkung, die sich auf das Wochenende am Semmering und eine Premierenvorstellung im Theater an der Wien bezog.

»In Budapest werden wir das Café Gerbeaud besuchen. Sicher ist Ihnen bekannt, dass es dort die feinste heiße Schokolade nach Brüsseler Vorbild gibt.«

»Ich kann auch im Café Sacher oder beim Demel köstliche heiße Schokolade trinken!«

»Wenn das Gerbeaud Sie noch nicht überzeugen kann, dann das …« Ernestine machte eine dramatische Pause, die Anton jedoch nicht beeindruckte. »Nach einem mehrgängigen Abendessen werden die Luken des Salons am Schiff völlig verdunkelt und es wird ein Film gezeigt.«

»Ein Film?«

»Ja, einer der besten der letzten Jahre. Eine Sensation der expressionistischen Kunst.« Ernestine hob vor Begeisterung ihre Stimme. Eine Frau auf der anderen Straßenseite blieb stehen und schielte neugierig zu ihr. Etwas leiser fuhr Ernestine fort: »Raten Sie, Anton, um welchen Film es sich handelt.« Anton machte einen Schritt rückwärts. Die Erfahrung hatte ihn gelehrt, dass Ernestines Ideen von guten Filmen nicht mit seinen übereinstimmten. Was würde er auf dem Schiff nach Budapest zu sehen bekommen? Ein Historienepos, eine dramatische Liebesgeschichte? Ihm wurde flau im Magen. Gerade noch war der Abend wundervoll gewesen, und jetzt musste er alle Register ziehen, um nicht wieder in eine Sache verstrickt zu werden, die sein ruhiges, beschauliches Leben durcheinanderbrachte.

»Ich weiß es nicht«, sagte er vorsichtig. »Verraten Sie es mir.«

»›Das Cabinet des Dr. Caligari‹«, platzte Ernestine hervor.

Es dauerte ein Weilchen, bis die Information zu Antons Gehirn durchsickerte. Eben noch hatte er sich gegen alle Schrecklichkeiten gewappnet, die es auf der Filmleinwand zu sehen gab, und nun nannte Ernestine den Titel eines Films, den er immer hatte sehen wollen. In allen deutschsprachigen Zeitungen hatten sich die Filmkritiker positiv über den Streifen geäußert und diesen mit wahren Lobeshymnen überschüttet.

»Sie meinen den Film über den wahnsinnigen Dr. Caligari, der mit Hilfe eines Schlafwandlers eine kleine Stadt in Angst und Schrecken versetzt?«

»Genau den! Der hochgelobte Film von Robert Wiene mit Conrad Veidt, Werner Krauß und der großartigen Lil Dagover in den Hauptrollen.« Auf Ernestines Gesicht lag der triumphierende Ausdruck einer Siegerin. »›Das Cabinet des Dr. Caligari‹ ist ein Meisterwerk expressionistischer Kunst. Der ganze Film wurde im Studio gedreht, die Kulissen von Künstlern gestaltet. Sogar die Lichter wurden aufgemalt.«

Anton musterte Ernestine von der Seite. »Haben Sie das

Programmheft auswendig gelernt?« Etwas verlegen zuckte Ernestine mit den Schultern und neigte ihren Kopf, während Anton nachdenklich auf seiner Unterlippe kaute. »Ich habe es damals nicht geschafft, ins Lichtspieltheater zu gehen, als der Film gezeigt wurde. Immer ging die Arbeit in der Apotheke vor.«

»Ich weiß.« Vertraulich drückte Ernestine Antons Hand.

»Ich würde diesen Film wirklich sehr gern sehen«, gab Anton zu. Zu seinem Bedauern ließ Ernestine seine Hand wieder aus. Stattdessen hakte sie sich erneut bei ihm unter und zog ihn die Mariahilfer Straße entlang.

»Wir werden eine wundervolle Zeit an Bord der ›Jupiter‹ verbringen«, sagte sie zufrieden. Noch bevor Anton etwas erwidern konnte, fügte sie hinzu: »Denken Sie nur an all das gute Essen, das uns serviert werden wird, und an den Stadtrundgang in Budapest. Die Stadt soll ein kleines Juwel sein.«

»Ich weiß nicht …« Anton spürte, wie sein Widerstand langsam bröckelte.

»Heiße Schokolade nach Brüsseler Art, Anton, und Esterhazyschnitten«, schwärmte sie.

»Hm!«

»Beim Packen dürfen Sie auf keinen Fall Ihren Anzug vergessen. Der ist bei den Abendveranstaltungen verpflichtend, oder wollen Sie sich lieber gleich einen neuen zulegen?«

»Was, wieso?«, fragte Anton irritiert. Ein neuer Anzug? Er hatte ja noch nicht einmal zugestimmt.

Doch Ernestine schien das anders zu sehen. Für sie war der Ausflug nach Budapest bereits abgemacht.

Nachsichtig meinte sie: »Der Anzug war nur ein Vorschlag.«

»Ich kaufe ganz sicher keinen neuen Anzug«, murmelte Anton empört.

Mittlerweile waren sie beim Café Ritter angekommen, wo wegen des warmen Wetters kleine Tische und Stühle ins Freie gestellt worden waren. Neben einem zusammengeklappten Sonnenschirm entdeckte Ernestine die letzten freien Plätze.

Rasch lief sie darauf zu und stellte besitzergreifend ihre Handtasche auf der Marmorplatte ab. Dann setzte sie sich. Kaum hatte auch Anton Platz genommen, kam schon Herr Franz, der Oberkellner des Cafés. Wie immer trug er einen Frack und wirkte genervt. Sein Gesicht war hochrot, Schweißperlen zeichneten sich auf seiner Stirn ab, und er schien außer Atem zu sein.

»'n schönen Abend, Herr Böck! Sie ham Glück, dass des Wetter so freindlich is, im Lokal geht's zua wia im Gugelhupf.«

Herr Franz meinte damit Wiens älteste Irrenanstalt, den Narrenturm, der bereits von Maria Theresias Sohn Joseph II errichtet worden war. Das Gebäude war rund, weshalb die Wiener es liebevoll, wie die beliebteste Sonntagsjause, »Gugelhupf« nannten.

»Sind die Umbauarbeiten denn immer noch im Gange?«, fragte Anton besorgt. Seit Wochen wurde im Gästesaal des Cafés gehämmert, gesägt, gestrichen und tapeziert, was zu erheblichem Lärm und unangenehmer Staubbelastung führte.

»Angeblich soll nächste Woche ois fertig sein. Aber i glaub's earst, wenn i's seh. Hoffantlich bleibts Wetta so guad, sonst ham wir a echtes Problem.«

»Der Wetterbericht sagt, dass es in den nächsten Tagen sommerlich heiß werden soll«, meinte Ernestine. Sie beugte sich vertraulich zu Anton und fügte hinzu:»Das perfekte Wetter für eine Schiffsfahrt.«

Währenddessen wurde Herr Franz zu einem anderen Tisch gerufen. Mürrisch drehte er sich zu dem dicken Mann mit Schnurrbart und Brille.»Immer mit der Ruhe, der Herr. I bin ja ka Schnellzug.« Zu Anton und Ernestine sagte er freundlich:»Wie immer, Herr Böck?«

»Ja, bitte. Und zwei Gläser vom Grünen Veltliner!«

»Sehr gern. Darf's für die Dame auch was Süßes sein?«

»Nein, danke. Ich muss auf meine Linie achten.« Ernestine zog ihren Bauch ein. Seit sie so viel Zeit mit Anton verbrachte, waren ihre Rundungen noch üppiger geworden.

Herr Franz lächelte charmant. »Aber gehns.«

Der dicke Herr am Nachbartisch wurde unruhig und begann zu schimpfen, worauf Herr Franz dem ungeduldig winkenden Gast demonstrativ den Rücken zudrehte.

»Glaubt der wirklich, dass i wegen der Schreierei schneller werd?« Verständnislos schüttelte er den Kopf.

Er lief schnurstracks in die Küche, um Antons Bestellung abzugeben, und ließ den Mann mit Schnurrbart warten. Der starrte ihm irritiert nach, resignierte schließlich und lehnte sich wieder in seinen Stuhl zurück. Es war ein ungeschriebenes Gesetz, dass in Wiener Kaffeehäusern die Kellner das Tempo bestimmten und nicht die Gäste. Je gelassener man diese Tatsache hinnahm, umso zügiger wurde man bedient.

Als Herr Franz außer Hörweite war, fragte Ernestine erstaunt: »Essen Sie nun wirklich Topfenpalatschinken zum Weißwein?«

»Ja, warum nicht? Und wenn Sie mir versprechen, nicht weiter von neuen Anzügen zu reden, gebe ich Ihnen ein paar Bissen davon ab.«

»Versprochen.« Ernestine grinste. »Das heißt, wir fahren mit der ›Jupiter‹?«

»Ich denke schon.« Anton gab sich geschlagen.

ZWEI

»Opa, sieh nur, da hinten kommt das Schiff!«

Aufgeregt hüpfte die sechsjährige Rosa neben Anton auf und ab, stellte sich auf die Zehenspitzen und zeigte flussaufwärts, wo am Horizont ein tief im Wasser liegendes weißes Dampfschiff erkennbar wurde. Aus einem leicht schräg stehenden Rauchfang, der im Unterschied zum Rest des Schiffes dunkelgrün gestrichen war, stiegen helle Rauchwolken in den milchigen Morgenhimmel. Der Tag war noch jung. Als Anton und Ernestine vor einer Stunde aus der Kirchengasse aufgebrochen waren, war die Sonne gerade erst über den Dächern der Stadt aufgegangen. Dennoch war es bereits ungewöhnlich warm. Ein weiterer brütend heißer Sommertag kündigte sich an.

»Ich dachte, dass die DDSG mittlerweile über Motorschiffe verfügt«, bemerkte Heide nachdenklich.

Antons Tochter Heide und seine Enkeltochter hatten es sich nicht nehmen lassen, sie zum Landeplatz bei der Reichsbrücke zu begleiten. Der Hafen lag ohnehin auf ihrem Weg. Die beiden wollten später weiter Richtung Alte Donau zum Gänsehäufel, dem größten und modernsten Strandbad der Stadt, das sich auf einer Insel im Altarm der Donau befand. Hatten die Wiener vor ein paar Jahren noch in den Strombädern am Donaukanal nach Erfrischung gesucht, taten sie es nun in den großen Freibädern am anderen Donauufer.

»Ich habe gelesen, dass die DDSG ein paar Motorschiffe besitzt, aber der Stolz der Gesellschaft sind nach wie vor die großen Luxuspersonendampfer«, antwortete Ernestine auf Heides Frage. Mit vor Aufregung geröteten Wangen schaute sie auf den Dampfer, der sich langsam der breiten Anlegestelle näherte. Das Gelände, auf dem sie standen, war über Jahrhunderte hinweg weitgehend unbewohnt gewesen. Die Donau hatte sich ihren Weg durch eine naturbelassene Landschaft gebahnt, in der Fischer einfache Holzhütten aufgebaut hatten. Seit der Donauregulierung wurden auch hier zahlreiche neue Wohnhausanlagen errichtet, und die Gegend gehörte längst nicht mehr zu den dünn besiedelten der Stadt. Sogar eine Kirche, die man Franz von Assisi geweiht hatte, befand sich hier. Das imposante Gebäude dominierte den Volkswehrplatz.

»Opa, ich würde so gern mitkommen«, jammerte Rosa. »Eine Reise auf einem so schönen weißen Schiff ist sicher aufregend.«

»Ich verspreche, dass ich dir in drei Tagen alles ganz genau erzählen werde. Wenn es wirklich so viel Spaß macht, dann buchen wir demnächst eine Fahrt nach Dürnstein. Die Ausflugsschiffe starten vor der Urania. An einem Tag kann man bis Dürnstein und wieder zurück fahren.«

»Ist die Urania die Sternwarte?«

Anton nickte. Worauf Rosa ihre von der Sonne gebräunten Arme um Antons Hüften legte und schwärmte: »Das wird bestimmt wunderschön.« Ihre ungebremste Freude ließ Antons Herz schneller schlagen. Ganz egal, was er nach dieser Reise über die Schiffsfahrt denken mochte, er würde einen Tagesausflug mit Rosa machen.

»Und bis es so weit ist, lernst du schwimmen.« Heide tippte mit ihrem Zeigefinger auf den Korb, der mit Handtüchern, Jausenbroten und Limonade gefüllt war, und erinnerte Rosa daran, was sie heute vorhatten. Der Sonntag war für Heide der einzig freie Tag in der Woche, und den wollte sie gemeinsam mit ihrer Tochter verbringen. Letzte Woche hatte Rosa bereits ein paar Schwimmzüge allein bewältigt und sich selbstständig über Wasser gehalten. Dieses Können galt es heute zu perfektionieren.

»Eine tolle Idee«, sagte Anton begeistert.

Heide war wie so viele junge Frauen im letzten Jahr des Krieges Witwe geworden. Nach Jahren der Trauer fand sie nun langsam wieder ins Leben zurück. Seit einigen Monaten traf sie sich regelmäßig mit Erich Felsberg, einem ehemaligen Schüler von Ernestine, den sie im Februar kennengelernt hatte. Der Kriminalbeamte wollte am Nachmittag, sobald sein Dienst zu Ende war, ins Bad nachkommen.

»Ich frage mich, ob es nicht viel effizienter wäre, wenn man alle Schiffe umrüsten und nur noch mit Motorschiffen die Donau befahren würde. Schließlich hat Österreich seine Kohlereserven im Krieg verloren.« Ernestine hatte das Gespräch der drei nicht mitverfolgt. Sie dachte immer noch über die Vor- und Nachteile von Dampfschiffen nach und war in Gedanken ganz bei der DDSG.

»Die Kohle wird nicht der einzige Luxus auf dem Schiff sein.« Heide bestaunte den glänzenden Dampfer mit einer Mischung aus Bewunderung und Abneigung.

Oder war es Neid? Anton warf seiner Tochter einen prüfenden Blick von der Seite zu. Unter ihren Augen lagen dunkle Ringe. Sie schlief eindeutig zu wenig und arbeitete zu viel. Trotz der Müdigkeit in ihrem Gesicht war sie eine äußerst attraktive Frau. Rosa würde eines Tages genauso hübsch werden. Sie hatten beide große Ähnlichkeit mit Antons Frau, die leider schon kurz nach Heides Geburt verstorben war. Er nahm sich vor, Heide in den nächsten Wochen erneut wegen einer zusätzlichen Arbeitskraft anzusprechen. Bis jetzt hatte Heide eine Mitarbeiterin abgelehnt, aus Kostengründen. Doch Anton glaubte, dass sie sich den Lohn einer Apothekengehilfin leisten konnten.

Er kam nicht dazu, weiter darüber nachzudenken, denn seine Aufmerksamkeit wurde von einem unangenehmen Geräusch abgelenkt. Es erinnerte Anton an Fingernägel, die über eine Tafel gezogen wurden. Irritiert blickte er sich um. Eine Gruppe Reisender ging am kleinen Café vorbei, in dem ein paar Hafenmitarbeiter beisammenstanden und hastig eine Tasse Kaffee hinunterstürzten. Das Quietschen, das nun lauter wurde, stammte von den Rädern eines Rollstuhls, den eine junge Frau vor sich herschob. Ein alter Mann saß darin. Sie mühte sich mit der schweren Last ab, die sich nur schwerfällig über den geschotterten Kiesweg bewegte. Ihr Gesicht war von der Anstrengung gerötet, die Zöpfe, die zu einem kunstvollen Kranz um ihren Kopf gelegt waren, lösten sich. Trotzdem sah keiner der beiden Männer, die neben ihr gingen, sich genötigt, ihr zu helfen. Ebenso wenig die elegant gekleidete Frau, die auch zur Gruppe gehörte und in einigem Abstand folgte. Der alte Mann hatte trotz der schwülen Sommerhitze eine dicke, karierte Wolldecke über seinen Beinen liegen. Er trug einen schwarzen Anzug, ein akkurat gebügeltes Hemd und einen auffallenden roten Seidenschal. Sein weißes Haar war schulterlang und ungewöhnlich dicht für sein Alter. Die Männer neben ihm sahen aus wie zwei jüngere Ausgaben von ihm. Ihre edlen, maßgeschneiderten Anzüge mussten ein kleines Vermögen gekostet haben. Der kleinere und schmalere der beiden erinnerte Anton an einen der deutschen Schauspieler aus den Liebesfilmen, die Ernestine so gern sah. Sein blondes Haar war zu einer kunstvollen Rolle drapiert, die dank einer Ladung Brillantine nicht verrutschte.

Anton schaute verstohlen an sich selbst herab. Er hatte sich heute Morgen für eine leichte, helle Hose, ein einfaches, bequemes Hemd, ein luftiges Sakko und seinen Strohhut entschieden; schließlich würde er an Deck des Schiffes der prallen Sonne ausgesetzt sein. Jetzt überkamen ihn erste Zweifel, ob diese Wahl die richtige gewesen war. Zum Glück hatte Heide darauf bestanden, Ernestines Rat zu befolgen, und ihm gestern Abend noch den feinen Anzug in den Koffer gepackt.

»Jetzt ist das Schiff gleich da.« Rosa sprang aufgeregt von einem Bein auf das andere.

Tatsächlich war die »Jupiter« nur noch einige Meter von der Anlegestelle entfernt. Das regelmäßige Stampfen der schweren Maschinen wurde immer lauter. Mehrere Matrosen in dunklen Hosen, weißen Hemden und blauen Schirmmützen am Kopf standen an Deck. Fasziniert beobachtete Anton, wie der riesige Dampfer präzise auf sie zusteuerte, so als handle es sich um ein einfaches Ruderboot und nicht um ein tonnenschweres Ungetüm, das von einer Dampfmaschine angetrieben wurde. Die Drehbewegungen der beiden

Schaufelräder, die sich seitlich am Rumpf befanden, wurden langsamer. Wasser spritzte auf den Kai. Der Rauch verbrannter Kohle drang in Antons Nase, er musste husten. Auf dem Landungssteg warteten bereits Hafenmitarbeiter. Gerade als einer der Matrosen auf der »Jupiter« ein dickes Seil zu einem der Männer an Land warf, nahm Anton ein lautes Brummen hinter sich wahr. Mit einem regelmäßigen Knattern fuhr ein schwarzes Automobil, ein Steyr II der OEWG, der Österreichischen Waffenfabriks-Gesellschaft, in den Hafen ein und hielt nur wenige Meter entfernt von ihnen an. Die Wagentür wurde aufgestoßen, und ein dicker Mann mit Glatze und einem mächtigen Schnurrbart stieg aus. Er stützte sich auf einen Gehstock mit einem goldenen Knauf. Hinter ihm kletterte zuerst eine zierliche Dame heraus, deren Gesicht von einem Hut mit Schleier verdeckt war, danach eine modern gekleidete junge Frau. Sie trug eine auffallende Ledermappe unter dem Arm.

Auch der Chauffeur verließ den Wagen, umrundete ihn und hievte drei riesige Gepäckstücke aus dem Kofferraum. Laut krachend stellte er sie am Kai ab.

»So passen Sie doch auf«, herrschte der Dicke den Chauffeur ungehalten an.

»Opa, was haben die Leute denn in den großen Koffern?« Rosa starrte neugierig zu den Reisenden.

Ratlos schüttelte Anton den Kopf. »Vielleicht übersiedeln sie nach Budapest?«

»Oder sie haben für jede Gelegenheit die passende Kleidung eingepackt.« Heide grinste. »Genau wie du, Papa!«

Anton räusperte sich verlegen, und Ernestine beugte sich zu ihm. »Anton, machen Sie sich keine Gedanken. Ein Mann von Welt strahlt auch im einfachsten Anzug eine natürliche Eleganz aus.«

»Meinen Sie?« Noch vor Kurzem hatte Ernestine ihn dazu überreden wollen, einen neuen Anzug zu kaufen.

»Ganz gewiss, mein Lieber.«

Rosa legte noch ein weiteres Kompliment nach. »Opa,

du bist der eleganteste Herr, den ich kenne«, sagte sie voller Überzeugung und drückte liebevoll seine Hand.

Mittlerweile hatte die »Jupiter« fertig angelegt. Anton hatte verpasst, wie sie zum Stillstand gekommen war. Jetzt wurde eine schmale Metallleiter ausgefahren, über die die Gäste aufs Schiff gelangen konnten. Schon marschierte der dicke Mann mit dem Gehstock darüber. Er fuchtelte mit seinem Stock und wies einen der Matrosen an, seine Koffer zu holen.

Anton wandte sich Heide zu und verabschiedete sich. Sie umarmte ihn und küsste ihn auf beide Wangen.

»Ich wünsche euch eine wunderschöne Fahrt, genießt die Tage auf der Donau.«

Rosa klammerte sich an Antons Oberschenkel fest, als würde er zu einer wochenlangen Reise aufbrechen und nicht bloß drei Tage auf der »Jupiter« verbringen. »Mach's gut, Opa.«

»Fräulein Kirsch, passen Sie auf, dass Papa nicht zu viele Esterhazyschnitten auf einmal isst.« Heide zwinkerte Ernestine zu.

»Ich werde mein Bestes geben.« Ernestine wandte sich an Rosa. »Und du, kleines Fräulein, siehst zu, dass du bei unserer Rückkehr richtig schwimmst, damit du mich im Winter zum Baden begleiten kannst.«

»Sind Sie immer noch Mitglied in diesem verrückten Verein ›Verkühle dich täglich‹?«, fragte Anton verständnislos. Er wusste, dass Ernestine regelmäßig zum Eisschwimmen bei der Aspernbrücke ging.

»Selbstverständlich«, sagte Ernestine stolz. »Sie sollten es unbedingt auch einmal versuchen.«

»Gott bewahre.« Anton stöhnte. »Ich hacke ganz sicher keine Eisdecke auf und springe bei Minusgraden ins Wasser. Ich stehe bestenfalls mit einer warmen Decke und einer Thermoskanne mit heißem Tee daneben und achte darauf, dass niemand erfriert.«

»Ich komm mit«, rief Rosa begeistert.

»Aber zuerst solltest du dich mehr als fünf Tempi lang über der Wasseroberfläche halten, Liebes.« Heide lachte.

Anton nahm seine kleine Reisetasche, und Ernestine schnappte ihren winzigen Koffer.

»Viel Spaß, Opa!« Rosa ließ von ihm ab und zog ein geblümtes Taschentuch aus ihrer Rocktasche, mit dem sie nun fröhlich winkte.

Beherzt erklomm Ernestine die Leiter, Anton folgte ihr etwas zögerlich. Obwohl das Schiff fest angeleint war, schwankte es sanft.

»Leiden Sie unter Seekrankheit?«, erkundigte sich Ernestine.

»Ich hoffe nicht. Passen Sie auf, meine Liebe. Die Leiter ist schmal.«

»Keine Angst, Anton. Ich bin absolut schiffstauglich. Als Kind bin ich mit meinem Großvater bis ans Schwarze Meer gefahren. Er hat als Heizer auf der ›Europa‹ gearbeitet, ich habe ihn mal als blinder Passagier begleiten dürfen.«

»Sie waren als Kind ein blinder Passagier?« Ernestine erstaunte ihn immer wieder aufs Neue.

Ernestine kicherte. »Ja, es war sehr aufregend. Die Heizer mussten wegen ihrer schmutzigen Kleidung in den hintersten Kabinen auf der Schiffsaußenseite wohnen. Dort hat sich nie jemand hin verirrt, weshalb ich völlig unbemerkt geblieben bin.«

»Aber, warum –«

Weiter kam Anton nicht, Ernestine vertröstete ihn. »Das ist eine lange Geschichte, die ich Ihnen ein anderes Mal erzähle. Jetzt müssen wir unsere Fahrkarten herzeigen.«

Am Ende der Leiter erwartete sie ein Mann in dunkelblauer Uniform. Er trug einen imposanten Schnurrbart, dessen Enden kunstvoll zu kleinen Schnecken gerollt waren.

»Guten Tag. Mein Name ist Herbert Neumeier, ich bin der zweite Kapitän und darf Sie ganz herzlich an Bord der ›Jupiter‹ begrüßen. Kann ich bitte Ihre Karten sehen?«

Bevor Anton fragen konnte, warum es zwei Kapitäne auf dem Schiff gab, überreichte Ernestine die Fahrkarten.

»Sie sind Herr und Frau Rosenstein?«, fragte Neumeier.

Seine Stimme war tief und melodiös wie die eines Operetten-
sängers.

»Nein, ich bin Ernestine Kirsch, ehemalige Lateinlehrerin,
und das ist Herr Anton Böck, Apotheker im Ruhestand.«

Ein großes Fragezeichen machte sich auf Neumeiers Gesicht breit.

»Frau Rosenstein hat mir die Karten überlassen, weil sie
mit ihrer Familie am Meer urlaubt.«

Neumeier schien immer noch nicht zu begreifen. Er tas-
tete nach seiner rechten Schnurrbartschnecke und drehte sie
vorsichtig um seinen Zeigefinger.

»Gibt es irgendein Problem?«, mischte sich Anton ein.

»Das kommt ganz darauf an«, sagte Neumeier vorsichtig.
»Ich nehme an, Sie wissen, dass das Ehepaar Rosenstein eine
Kabine für zwei gebucht hat.«

»Wenn ich recht informiert bin, verfügt die ›Jupiter‹ über
zweiunddreißig Kabinen mit dreiundsiebzig Betten sowie
einen Schlafraum mit achtundvierzig weiteren Betten. Es wird
doch möglich sein, zwei getrennte Betten für uns aufzutrei-
ben.«

»Haben Sie die Broschüre über unser Schiff auswendig gelernt?«, fragte Neumeier sichtlich beeindruckt.

Ernestine zuckte mit den Schultern. »Ich gehe niemals un-
vorbereitet auf Reisen.«

»Leider muss ich Sie enttäuschen. Es stimmt, dass wir über
zweiunddreißig Kabinen verfügen, aber wegen unserer besonderen Abendveranstaltung haben wir nicht alle Kabinen
belegt.«

»Dann kann es ja kein Problem sein, uns zwei Einzelkabi-
nen zu geben. Wenn möglich, nebeneinander.«

Bedauernd schüttelte Neumeier den Kopf. »Wenn ich es
könnte, würde ich es sofort tun. Aber zwei Drittel unserer
Kabinen sind derzeit noch nicht«, er räusperte sich verlegen,
»in dem Zustand, den wir uns für unsere Gäste wünschen.
Unsere stolze ›Jupiter‹ wird gerade generalsaniert.«

»Soll das heißen, Sie bauen die Kabinen um, während das

Schiff unterwegs ist?« Ernestine sah Neumeier mit Verwunderung an.

»Natürlich sind derzeit keine Bauarbeiten im Gange«, beeilte sich Neumeier zu sagen und wischte sich Schweiß von der Stirn. »Die Kabinen, die belegt sind, sind alle in einwandfreiem Zustand. Nächsten Monat werden auch die restlichen fertig und mit fließendem Wasser ausgestattet sein. Aber bis es so weit ist, kann ich nur die Kabinen vergeben, die sich auf meiner Liste befinden.« Er wedelte mit einem Heft vor Ernestines Nase hin und her.

»Aber warum lässt man das Schiff denn fahren, wenn noch nicht alle Kabinen fertig sind?«, fragte Ernestine.

Neumeier hüstelte leise und senkte die Stimme. »Im Vertrauen, es wäre unrentabel, wenn das Schiff so lange im Hafen bleiben würde.«

Anton warf Ernestine einen ratlosen Blick zu, dann drehte er sich um. Am Kai winkte Rosa ein letztes Mal mit ihrem Taschentuch, bevor Heide sie an der Hand nahm und die beiden sich auf den Weg zur Straßenbahnstation vor der Reichsbrücke machten. Hinter ihnen tauchte ein Mann auf, der trotz der hohen Temperaturen eine Jacke trug. Er wirkte in Eile und ging geduckt. Anton kam es vor, als würde er sich gern unsichtbar machen. Mit raschen Schritten näherte er sich der Anlegestelle, wo ein anderer Mann aus dem schmalen Schatten einer Laterne trat. Er schien auf ihn gewartet zu haben. Der Mann in der Jacke sah sich gehetzt um, öffnete sein warmes Kleidungsstück und zog ein winziges Päckchen hervor, das er dem Wartenden verstohlen reichte. Ein paar Worte wurden gewechselt, dann drehte der in der Jacke sich um und lief davon, während der andere das Päckchen in seiner Hosentasche verschwinden ließ, sich mit fahrigen Bewegungen übers Kinn strich und die Metallleiter zum Schiff erklomm. Geschickt nahm er drei Stufen auf einmal und drängte sich an Anton und Ernestine vorbei. Er musste zur Mannschaft gehören, denn Neumeier ließ ihn kommentarlos passieren. Ernestine sah ihm ebenso neugierig nach wie Anton. Der nun wieder überlegte, wie sie das Problem mit der Kabine lösen sollten.

»Noch können wir umdrehen«, flüsterte er Ernestine ins Ohr.

»Unsinn, Anton! Wir sind erwachsene Menschen, wir können uns doch eine Kabine teilen. Ich hoffe, Sie schnarchen nicht.«

»Das weiß ich nicht.«

»Also, ich schnarche ganz sicher nicht, und falls Sie es tun, werde ich mir Taschentücher in die Ohren stopfen. Kommen Sie, lieber Anton, wir werden uns dieses Abenteuer nicht entgehen lassen.«

»Wenn Sie meinen …«

Sichtlich erleichtert gab Neumeier Ernestine die Fahrkarten zurück. »Einer unserer Schiffsjungen wird Sie zu Ihrer Kabine führen. Sie befindet sich auf der rechten Seite des Schiffes, steuerbord. Seit letzter Woche verfügt die Kabine über Fließwasser, außerdem wurde ein neuer Teppich verlegt, und alles ist frisch tapeziert.«

»Sehr schön!«

»Sobald alle Gäste an Bord sind, starten wir. Um zwölf wird im Speisesaal das Mittagessen gereicht, für Hungrige gibt es zuvor Erfrischungen an der Bar.«

Antons Laune hob sich. Er hatte sich heute Morgen mit einer Scheibe Butterbrot und einer Tasse Malzkaffee zufriedengeben müssen.

»Ich wünsche Ihnen einen angenehmen Aufenthalt auf der ›Jupiter‹.« Neumeier salutierte, als sei er beim Militär.

»Vielen Dank, den werden wir haben.« Ernestine folgte einem großen, schlaksigen Jungen mit abstehenden Ohren und Pickeln im Gesicht, der ungeduldig neben ihnen gewartet hatte. Anton trottete hinter den beiden. Sie nahmen einen schmalen Gang, der an der Längsseite des Schiffes verlief. Vernietete Türen führten ins Innere, während rechts die weiß gestrichene Reling das Schiff begrenzte. Ernestine hielt ein wenig Abstand zum Schiffsjungen, der seine Gliedmaßen nicht ganz unter Kontrolle zu haben schien, so als wäre sein Körper in den letzten Monaten zu schnell gewachsen. Bei jedem Schritt pendelte sein rechter Arm weit nach hinten. Ernestine, die ihr Leben lang mit Kindern und Jugendlichen gearbeitet hatte, war an diese unkontrollierten Bewegungen gewöhnt. Sie wich geschickt aus, wenn ihr die schlackernden Arme zu nah kamen. Anton reagierte weniger vorbereitet, ungelenk stieß er gegen die Reling und unterdrückte einen Fluch. Er taumelte seitwärts und prallte mit einem weiteren Gegenstand zusammen, der plötzlich aufgetaucht war.

»Immer langsam, nicht so stürmisch, Sie Schlingel.«

Erschrocken fuhr Anton zusammen. Neben ihm stand ein Rollstuhl, darin saß eine Frau, die in etwa in seinem Alter war und ihn mit unverhohlener Neugier vom Scheitel bis zu den Sohlen musterte. Sie trug ein auffallendes, buntes Seidenkleid, das an einen Kimono erinnerte und einen großzügigen Blick auf ihr nicht mehr ganz faltenloses Dekolleté erlaubte. Um den Kopf hatte sie einen Turban gewickelt, der perfekt zum Kleid passte. Ihren Hals schmückten zahlreiche Ketten mit schweren Edelsteinen. Auch an ihren Handgelenken und von ihren Ohrläppchen baumelte Schmuck, der orientalisch anmutete.

»Es freut mich, Ihre Bekanntschaft zu machen«, sagte sie mit rauchiger Stimme. Dabei schlug sie verführerisch die Augenlider nieder.

Anton musste zweimal hinsehen, um sich zu vergewissern, dass die mit kleinen Silbersteinchen besetzten Wimpern nicht echt waren. Die exotisch gekleidete Dame streckte ihm ihre Hand entgegen. Auch die Finger waren reichlich mit dicken goldenen Ringen versehen.

»Mein Name ist Fräulein Karoline Gardner. Ich bewohne die Kabine neben Ihnen. Und das ist meine Gesellschafterin Erna Stein.«

Ohne sich umzudrehen, deutete sie mit dem Kopf achtlos nach hinten. Während Anton ihr die Hand reichte, warf er einen Blick zu der Gesellschafterin. Im Gegensatz zu ihrer

Dienstgeberin wirkte Erna Stein unscheinbar. Sie war dezent und praktisch gekleidet. Ihr ergrauendes Haar war zu einem losen Knoten gebunden und ihr Gesicht ungeschminkt. Sie musste ebenfalls in Antons Alter sein.

»Die Freude ist ganz auf meiner Seite.« Anton wollte auch Frau Stein die Hand reichen, schaffte es aber nicht, denn Karoline Gardner ließ seine Finger nicht los. Sie klammerte sie fest, drehte seine Handfläche nach oben und beugte sich tief darüber.

»Was für eine wunderschöne, interessante Hand«, murmelte sie fasziniert.

Hilfesuchend drehte sich Anton zu Ernestine um, die ebenfalls stehen geblieben war und die Szene gespannt beobachtete. Fräulein Gardner fuhr mit dem Zeigefinger ihrer rechten Hand über Antons Handfläche. Die Berührung kitzelte. Ihre Fingernägel waren lang und in einem kräftigen Violett lackiert. Die Frau begann zu summen. Sie schloss ihre Augen und bewegte den Kopf langsam von einer zur anderen Seite. Die Silbersteinchen in ihren langen Wimpern blitzten im Sonnenlicht auf. Mit einer Mischung aus Erstaunen und Entsetzen starrte Anton sie an.

»Was, was machen Sie da …?«, stammelte er.

Karoline Gardner schüttelte den Kopf und spitzte die dunkel geschminkten Lippen. »Schsch! Ich konzentriere mich.«

Ihre Finger hielten Antons Hand nun so fest, als befände sie sich in einem Schraubstock.

»Fräulein Gardner ist ein Medium, sie spürt Dinge, die anderen Menschen verborgen bleiben. Sie verfügt über besondere Kräfte«, erklärte Erna Stein mit einer Selbstverständlichkeit, als handle es sich um etwas völlig Alltägliches.

Die besonderen Kräfte bekam Anton bereits leidvoll zu spüren. Seine Finger schmerzten unter dem erbarmungslosen Griff der Dame. Anton hoffte, dass der Zauber bald ein Ende finden würde. Er zog vehement an seiner Hand, aber ohne Erfolg.

»Ich fühle ein positives Energiezentrum.« Fräulein Gardner verfiel in eine Art Sprechgesang. »Ich sehe einen Gentleman, vornehm und elegant, mit einem großen, guten Herzen.«

Anton blinzelte die Frau an. Vielleicht war es gar nicht so schlimm, dass sie seine Hand zerquetschte und darin las. Unter diesen Umständen war er durchaus bereit, noch mehr zu hören.

Aber Fräulein Gardner riss mit einem Mal die Augen dramatisch auf. Das Weiß war zu sehen und bildete einen gruseligen Kontrast zu den falschen Wimpern. Ihre Stimme klang nun gar nicht mehr einlullend, sondern scharf, beinahe bedrohlich. »Es gibt eine kräftezehrende Person in ihrem Leben. Sie müssen auf sich achtgeben und dürfen nicht alles tun, was von Ihnen gewünscht wird. Ich spüre negative Energie. *Sehr* negative Energie.« Fräulein Gardners Augen waren auf Ernestine gerichtet.

»Das ist doch völliger Unfug«, schnaufte sie empört.

»Die Worte stammen nicht von mir«, sagte Fräulein Gardner wieder in normalem Tonfall. Ein entschuldigendes Lächeln umspielte ihre Lippen. »Sie werden mir von den Geistern, die ständig um uns herum sind, zugeflüstert.« Sie hob ihren Arm und fuchtelte in alle Himmelsrichtungen, dabei klimperten die vielen Armbänder und Reifen an ihrem Handgelenk.

Anton nutzte die Gelegenheit und zog seine Hand rasch zurück. Sie war rot vom eisernen Griff des Fräuleins. Bevor Karoline Gardner sie erneut ergreifen konnte, versteckte er sie in seiner Hosentasche, wo sie vor weiteren Untersuchungen sicher war.

»Vielleicht haben Sie recht«, sagte Fräulein Gardner zu Ernestine. »Die negative Energie ist zu intensiv, als dass sie von nur einer einzigen Person ausgehen könnte. Sie betrifft das ganze Schiff. Irgendetwas Düsteres kündigt sich an.«

»Alles, was ich erkennen kann, ist ein strahlend blauer Himmel«, bemerkte Ernestine spitz.

»Nun, wir werden sehen. Auf alle Fälle freue ich mich darauf, Sie näher kennenzulernen. Wir sehen uns spätestens beim Mittagessen.« Zum Abschied schenkte sie Anton ein gewinnendes Lächeln und gab dann Erna Stein ein Zeichen, den Rollstuhl Richtung Kabine zu schieben.

»Bis später.« Verwirrt sah Anton den beiden Frauen hinterher, bis sie verschwunden waren.

Unterdessen war der Schiffsjunge weitergegangen und hatte eine der niedrigen Kajütentüren aufgesperrt. Jetzt hielt er sie fest, damit Anton und Ernestine ihre Unterkunft in Augenschein nehmen konnten. »Bitte schön, die Herrschaften!«

Ernestine betrat den kleinen Raum zuerst. Anton musste seinen Kopf einziehen, um ihr zu folgen. Durch zwei rechteckige Luken fiel Tageslicht in die Kabine. Antons Blick glitt zu dem Bett, das den Raum fast vollständig ausfüllte. Es war ein Doppelbett. Heute Nacht würde er nur eine Armlänge entfernt von Ernestine schlafen. Ihm wurde heiß, und das lag nicht allein an den hohen Außentemperaturen.

»Welche Seite des Bettes bevorzugen Sie?«

»Ich, also …« Anton räusperte sich verlegen und senkte die Stimme. »Sind Sie sicher, dass es Sie nicht stört, gemeinsam mit mir auf so engem Raum zu übernachten?«

»Aber natürlich nicht.« Lachfalten bildeten sich um ihre strahlend blauen Augen. »Ich habe gerade erfahren, dass Sie ein Gentleman mit einem großen, guten Herzen sind und kein Wüstling.«

»Das musste Ihnen die Dame im Rollstuhl erklären?« Anton klang leicht gekränkt.

»Natürlich weiß ich das schon lange. Aber der Frau im Faschingskostüm haben es die Geister zugeflüstert.« Belustigt verdrehte Ernestine die Augen und imitierte den Gesichtsausdruck von Fräulein Gardner.

»Also ich mochte die Dame.«

»Tatsächlich?«, fragte Ernestine überrascht. Dann zuckte sie mit den Schultern. »Lassen Sie uns auspacken. Zum Glück haben wir nicht viel Gepäck dabei. Ich frage mich, wo die Gäste, die vor uns an Bord gingen, ihre drei Koffer unterbringen.«

»Vielleicht gibt es größere Kabinen.« Anton stellte seine Reisetasche unter eine der Fensterluken und schaute sich um. Außer dem Bett gab es zwei Nachtkästchen, eine kleine Kommode, einen winzigen Tisch mit einem Miniaturhocker und einen Paravent in der Kabine. Hinter dem Raumteiler befanden sich ein Waschbecken und ein Spiegel. Die Möbelstücke erinnerten Anton aufgrund der Größe an Rosas Puppenhauseinrichtung. Sie waren aus teurem, auf Hochglanz poliertem Kirschholz gefertigt und mit goldenen Messingknöpfen versehen. Auf dem Tischchen stand eine Petroleumlampe mit einem hübschen dunkelgrünen Schirm. Der Boden war mit einem dicken roten Teppich ausgelegt, die Wände waren mit einer Tapete im selben Farbton bespannt. Beides wirkte neu. Der Teppich roch nach einer Mischung aus Putzmittel und Zitronenduft. Anton hängte sein Sakko an den glänzenden Haken an der Wand und krempelte seine Hemdsärmel hoch. Auf seiner Stirn hatten sich Schweißperlen gebildet. Er holte ein Stofftaschentuch aus seiner Hosentasche und wischte sie weg. In der Kabine war die Luft besonders stickig. Sicher würde es schwierig werden, hier Schlaf zu finden. Er trat zu den rechteckigen Fenstern und versuchte, sie zu öffnen, jedoch ohne Erfolg.

»Ich denke, dass wir eine heiße Nacht vor uns haben«, sagte er und hätte sich am liebsten auf den Mund geschlagen, als er begriff, wie zweideutig seine Bemerkung klang. Ernestine tat so, als hätte sie nichts gehört, wofür Anton ihr dankbar war. Er hüstelte beschämt. »Ich werde an Deck gehen und einen gemütlichen Liegestuhl besetzen. Soll ich Ihnen einen reservieren?«

»Das ist eine hervorragende Idee. Sobald ich mich ein bisschen frisch gemacht habe, komme ich nach.«

Anton bückte sich etwas umständlich nach seiner Tasche und kramte darin. »Wo ist sie denn?«, murmelte er. »Ich bin überzeugt, dass ich sie eingesteckt habe.«

»Was suchen Sie denn?«

»Die ›Kronen Zeitung‹.«

»Sie haben sie heute Morgen aus dem Briefkasten genommen und seitlich in Ihrer Tasche verstaut.«

»Ah, richtig!« Erfreut holte Anton die Zeitung hervor. Wieder einmal staunte er über Ernestines Gedächtnis und ihre gute Beobachtungsgabe. Er winkte ihr mit der Zeitung zu. »Die Fußballergebnisse der letzten Woche warten auf mich.« Dann rückte er seinen Strohhut zurecht und verließ die Kabine.

»Bis später!«

DREI

Als Anton das Sonnendeck betrat, war nur ein einziger der blau-weiß gestreiften Liegestühle besetzt. Alle anderen standen aufgeklappt, aber leer bereit. Ein junger Mann mit hellem Vollbart und blondem Haar hatte es sich in einem der Stühle unter einem Vordach im Schatten bequem gemacht. Er winkte Anton freundlich zu.

»In wenigen Stunden wird es hier so heiß sein, dass alle nach Schattenplätzen lechzen, und ich kann Ihnen versprechen, dass diese Reihe im Schatten bleiben wird.«

Anton sah sich um. Bis auf den Platz neben dem jungen Mann befanden sich die meisten Liegestühle in der prallen Sonne.

»Falls Sie kein Sonnenanbeter sind, sollten Sie sich für diesen Platz entscheiden.« Der junge Mann wies auf den Liegestuhl neben sich.

»Ich nehme Ihr Angebot sehr gern an.« Anton schob einen weiteren Stuhl heran, fischte den Sportteil aus der Zeitung und legte den Rest darauf. So würde auch Ernestine ein feines Plätzchen haben. Er zog höflich seinen Strohhut und stellte sich vor.

»Sehr erfreut. Mein Name ist Dr. Simon Kandel. Ich bin Arzt.«

Aus der Nähe betrachtet sah der Mann doch nicht mehr ganz so jung aus. Rund um die hellen Augen lagen unzählige, kleine Fältchen. Sicher hatte er die dreißig seit einigen Jahren überschritten.

»Sobald die ›Jupiter‹ sich in Bewegung setzt, wird der Fahrwind die Hitze erträglich machen.«

»Sie sind also nicht zum ersten Mal an Bord, Herr Doktor?«

Dr. Kandel lachte. »Das Schiff war in den letzten Monaten mein drittes Zuhause.«

»Ihr drittes?«

»Ich arbeite und wohne in Wien, aber ich stamme aus einem kleinen Ort in der Nähe von Szántód, am Plattensee.«

»Wenn meine Geografiekenntnisse mich nicht ganz im Stich lassen, würde ich sagen, dass Budapest nicht direkt am Plattensee liegt.«

»Da haben Sie völlig recht. Meine Familie hat ihren Wohnsitz vor Jahren aufgegeben.« Für einen Moment hatte Anton das Gefühl, als legte sich ein Schatten über sein Gesicht, aber im Nu war er wieder verschwunden. »Meine Mutter lebt in einer kleinen Wohnung in Budapest. Ich versuche, sie so oft wie möglich zu besuchen. Es geht ihr gesundheitlich nicht mehr so gut.«

»Oh, das tut mir leid.«

Dr. Kandel neigte den Kopf zur Seite. »Wir werden alle einmal alt.«

»Ich bin es schon!«

»Sie machen einen sehr frischen Eindruck auf mich. Darf ich fragen, was Sie auf die ›Jupiter‹ führt?«

Anton erklärte, dass Ernestine und er die Karten der Familie Rosenstein übernommen hatten und er sich schon sehr auf die Stadt und heute Abend auf die Filmvorführung freute.

»Ja, richtig, ich habe es schon fast vergessen, dass wir heute mit dem ›Cabinet des Dr. Caligari‹ gequält werden.«

»Sie kennen den Film bereits?«

»Ja.«

»Ich schließe aus Ihrer Antwort, dass Ihnen der Film nicht gefallen hat.«

Dr. Kandel zuckte mit den Schultern. »Ich denke, dass ich den Film nicht objektiv beurteilen kann. Als Arzt habe ich eine differenzierte Sichtweise auf die Darstellung von Nervenheilanstalten.« Nach einer kurzen Pause fügte er hinzu: »Ich bin Psychiater.«

»Wirklich? Das ist sehr interessant. Sicher kennen Sie die Schriften von Sigmund Freud.«

»Ich bin sogar sein Schüler.«

»Oh!« Beeindruckt ließ Anton seine Zeitung sinken. Der Vormittag versprach äußerst aufschlussreich zu werden. Erst letzte Woche hatte er in der Fachzeitschrift für Apotheker einen Artikel über den Mann gelesen, der seinen Patienten Fragen über ihr Innerstes stellte. Besonders faszinierend fand Anton, dass er seine Patienten während der Behandlung auf eine Art Bank legte. Freud nannte seine Methode »Psychoanalyse«.

»Vielleicht können Sie mir die Theorie vom Aufbau der Psyche im Drei-Instanzen-Modell erklären.«

Dr. Kandel griff unter seinen Liegestuhl und zog eine Ledertasche hervor. »Ich habe die Schrift dabei.« Er öffnete die Tasche und holte einen Packen Papier hervor. »Wenn Sie wollen, borge ich Ihnen den Text. Er ist brandneu. Freud hat ihn erst vor ein paar Wochen veröffentlicht.«

»Das ist sehr freundlich, vielen Dank!« Anton nahm die Schrift begeistert entgegen. Bevor er aber einen Blick daraufwerfen konnte, wurde seine Aufmerksamkeit von einem lauten Hupen abgelenkt. Auch Dr. Kandel richtete sich neugierig in seinem Liegestuhl auf.

»Da ist jemand aber arg verspätet.« Er blinzelte zur Metallleiter, die die Anlegestelle mit dem Schiff verband und gerade eingezogen wurde.

Erneut hupte der Fahrer des Autos. Die Wagentür wurde aufgerissen, und ein Herr im vornehmen dunklen Anzug sprang aufgeregt heraus. Eine junge Frau mit blondem Haar und einem extravagant geblümten Sommerkleid folgte ihm. Beide hasteten wild gestikulierend zum Schiff, worauf die Leiter wieder ausgefahren wurde.

Genau wie Anton beobachtete Dr. Kandel die beiden Zuspätkommenden, die rasch über die Leiter kletterten, während der Chauffeur des Wagens zwei mittelgroße Koffer hinter ihnen herschleppte. Dr. Kandel schien die beiden zu kennen. Auf seinem Gesicht spiegelte sich Überraschung, aber auch Ärger wider.

»Das war knapp.«

»Das erstaunt mich nicht. Fräulein Radatz hält es mit der Pünktlichkeit nicht so genau. Sie liebt dramatische Auftritte.«

»Sie kennen die Gäste?«

»Ja. Hubert Radatz und seine Tochter Marlene. Herr Radatz ist einer der erfolgreichsten Rechtsanwälte im Land. Vermutlich haben Sie seinen Namen in einer der Gesellschaftskolumnen gelesen. Die reichsten und mächtigsten Männer des Landes werden von ihm vor Gericht vertreten.«

»Ich überblättere die Gesellschaftskolumnen in der Regel.«

»Auch der Adel gehört zu seiner Klientel.«

»Es gibt keinen Adel mehr in Österreich«, korrigierte Anton. Er interessierte sich nur mäßig für Politik, aber die Abschaffung der Adelstitel gehörte seiner Meinung nach zu einer der großen Errungenschaften der neuen Republik.

Nun klang Kandels Lachen sarkastisch. »Mag sein, dass keine Titel mehr getragen werden, aber das heißt noch lange nicht, dass die ehemaligen Grafen und Herzöge nicht nach wie vor glauben, bessere Menschen zu sein.«

»Hm!«

»Sie haben ihre Titel verloren, nicht aber ihre Ländereien und ihren Besitz.« Ein Hauch Bitterkeit lag in seiner Stimme.

Unter anderen Umständen wäre Anton vielleicht darauf eingegangen, aber im Augenblick wollte er keine politische Grundsatzdiskussion führen.

Die beiden Zuspätkommenden hatten das Sonnendeck erreicht. Während Hubert Radatz ein kleiner, schmächtiger Mann mit gebeugtem Rücken war, hatte seine Tochter Ähnlichkeit mit einer Walküre. Groß, blond und vollbusig stolzierte sie mit hoch erhobenem Kopf und durchgestreckten Schultern hinter ihrem Vater her. Sie hinterließ eine intensive, süße Parfumwolke, die Anton an Vanillekipferl erinnerte.

Herr Radatz erwiderte Dr. Kandels Gruß, während seine Tochter Blickkontakt zu diesem vermied. Demonstrativ drehte sie ihren Kopf in die andere Richtung. Die beiden Koffer wurden nun von einem kleinen Schiffsjungen getragen, der unter der schweren Last gehörig stöhnte. Anton tat der Bursche leid. Nun wurde die Verbindungsleiter endlich eingezogen, und die klopfenden Geräusche eines Dampfkessels wurden lauter. Aus dem Schornstein stiegen dicke Rauchwolken. Ein dumpfes, tiefes Tuten kündigte die Abfahrt an, und schon setzte sich das Schiff in Bewegung.

Dr. Kandel stand auf und ging zur Reling. »Wollen Sie nicht sehen, wie das Schiff ablegt?«

»Ich denke, dass ich vom Liegestuhl aus genug mitkriege!« Anton wusste, dass Heide und Rosa schon gegangen waren. Zufrieden lehnte er sich zurück. Unter halb geschlossenen Lidern registrierte er, wie das Schiff unter der Reichsbrücke durchfuhr. Ob seine Tochter und Enkeltochter in der Straßenbahn saßen, die gerade über die Brücke ratterte? Die Reichsbrücke, einst Kronprinz-Rudolf-Brücke genannt und nach dessen tragischem Tod respektlos als »Selbstmörderbrücke« bespottet, ermöglichte eine rasche und bequeme Überquerung des Stroms. Oder waren die beiden bereits im Gänsehäufel? Beim Gedanken an Rosa, die in ihrem knallroten Badeanzug in einem der großen Schwimmbecken planschte und danach über den Naturstrand zu den Brausen zischte, musste er lächeln. Er selbst hatte als Kind unterhalb der Stadionbrücke das Schwimmen gelernt. Wegen der Strömung war es schwierig gewesen, sich über Wasser zu halten, und so hatten einige seiner Freunde aufgegeben, bevor sie es richtig beherrschten. Während Anton übers Schwimmen sinnierte, wurden die Türmchen der Reichsbrücke immer kleiner. Rechts und links zogen letzte Häuser vorbei, bevor nur noch dunkelgrüne Aulandschaft, Lianen, üppiges Blätterwerk und weiße Sand- und Schotterbänke zu sehen waren. Hin und wieder tauchten Fischerhütten im satten Dickicht auf. Einfache Holzhütten auf Stelzen, vor deren Türen große Fischernetze auf Stangen trockneten.

Antons Augenlider wurden immer schwerer. Er spürte, wie eine wohlige Müdigkeit von ihm Besitz ergriff. Die Dampfmaschine tuckerte in einem einschläfernden Gleichklang. Es war angenehm warm, eine leichte Brise sorgte dafür, dass er nicht schwitzte. Bis die ersten Erfrischungen serviert würden, konnte er getrost ein kleines Nickerchen machen, schließlich war er heute Morgen ungewöhnlich zeitig aufgestanden. Noch während er sich fragte, was der Schiffskoch sich wohl ausgedacht hatte, schlief er ein.

VIER

Ernestine suchte in ihrem Koffer nach der mit Blumen verzierten Niveacremedose, die sie vorsorglich eingesteckt hatte. Ihre Haut reagierte empfindlich auf zu intensive Sonneneinstrahlung, leider half da auch die weiße Hautcreme nicht viel. Aber Ernestine hatte zumindest das Gefühl, ihre Wangen damit ein wenig zu pflegen und am Abend nicht wie der giftige Apfel aus dem Märchen »Schneewittchen« auszusehen. Sie hatte Anton schon so oft gesagt, dass es dringend notwendig wäre, eine Creme zu entwickeln, die die Haut vor der Einstrahlung der Sonne schützte. Anton behauptete, dass Apotheker in Deutschland das Problem bald lösen würden, aber bis es so weit war, musste Ernestine noch warten, und Geduld gehörte leider nicht zu ihren Stärken.

Endlich hatte sie die Dose gefunden. Sie tupfte sich zwei Kleckse ins Gesicht und verschmierte sie auf Wangen und Nase. Ein Blick in den Spiegel zeigte ihr, dass die Creme eingezogen war. Sie setzte sich ihren Strohhut auf den Kopf und schnappte sich den Reiseführer der DDSG. Zu Hause hatte sie bereits den ersten Teil des hübsch gestalteten Heftchens ausführlich studiert, weshalb sie so genau über die Anzahl der Kabinen Bescheid gewusst hatte. Ernestine verfügte über ein hervorragendes Gedächtnis. Normalerweise startete die »Jupiter« von Passau und fuhr bis nach Giurgiu ans Schwarze Meer. Herrliche Fotografien und Zeichnungen sowie ein ausführlicher Text, in dem die Sehenswürdigkeiten auf der Strecke beschrieben wurden, ließen darauf schließen, dass sie den schönsten Teil der Reise leider verpasst hatten. Angeblich zählten die Donauschlingen in der Wachau mit den vielen Schlössern, Burgen und Klöstern zu den atemberaubendsten Abschnitten der Strecke. Zu schade, dass die »Jupiter« momentan nur zwischen Wien und Budapest verkehrte.

Wenn sie die Sicht auf Deutsch-Altenburg, Petronell und Carnuntum nicht versäumen wollte, musste sie sich beeilen. Sie steckte die Cremedose in ihre Handtasche und machte sich auf den Weg.

Als sie die Kabinentür hinter sich zusperrte, entdeckte sie die adrette Frau, die gemeinsam mit drei Männern unterwegs war, von denen einer im Rollstuhl gesessen hatte. Sie trug ein modernes Sommerkleid, dessen Taille nach unten versetzt war. Lässig lehnte sie an der Reling und zündete sich eine Zigarette an, dabei starrte sie auf das dicht bewachsene, vom üppigen Grün überwucherte Ufer. Von einem der hohen Bäume stießen zwei Graureiher in die Luft und segelten zu einer der weißen Schotterbänke.

»Oh, sehen Sie nur«, rief Ernestine begeistert. »Diese Tiere sind äußerst selten. Sind sie nicht wunderschön, mit ihren langen majestätischen Hälsen?«

Überrascht drehte sich die Frau zu Ernestine um. Die doppelreihige, überlange Perlenkette baumelte vor ihrer Brust. Unter einer dicken Schicht Schminke verbargen sich erste Fältchen, trotzdem war sie sehr attraktiv. Ihre schräg stehenden Augen verliehen ihr einen Hauch Exotik. Sie musterte Ernestine mit einem verständnislosen und gelangweilten Blick. »Es sind Vögel.«

»Ja, aber ganz besondere. Man findet sie nur noch in wenigen Gebieten. Die Donauauen gehören dazu.«

»Haben Sie das in Ihrem schlauen Heftchen gelesen?« Belustigt wies die Frau mit ihrer Zigarette auf Ernestines Hand, bevor sie sie wieder zum Mund führte und genüsslich daran zog. Ihre Augenbrauen waren fast komplett gezupft. Die dünnen Striche hoben sich amüsiert.

»Nein, einen Graureiher erkenne ich auch ohne Reiseführer.«

Die Frau lachte und streckte Ernestine ihre rechte Hand entgegen. »Mein Name ist Anna von Jesenky.«

Ernestine ergriff die schmale Hand mit den dunkelrot lackierten Fingernägeln und war erstaunt, wie kräftig ihr Händedruck war. »Angenehm, ich bin Ernestine Kirsch, Lehrerin im Ruhestand.«

»Ach, deshalb wissen Sie so gut über die Vögel Bescheid.«

»Ich habe Latein unterrichtet, nicht Biologie.«

Von Jesenky machte eine wegwerfende Handbewegung und sprach mit Herablassung weiter. »Ist das nicht alles irgendwie dasselbe? Latein, Biologie, Physik oder Chemie. Lehrerin bleibt Lehrerin.«

Selbstbewusst ignorierte Ernestine die Bemerkung. »Mein Freund Anton Böck und ich bewohnen die Kabine fünf. Werden Sie unsere Nachbarin sein?«

»Nein, mein Mann und ich sind auf der anderen Seite untergebracht, genauso wie mein Schwager. Aber mein Schwiegervater, Graf Alfons von Jesenky, und seine Pflegerin Mila Marinkovic haben Kabinen auf dieser Seite. Könnte sein, dass eine der beiden neben Ihrer liegt.«

Sie machte eine kurze Pause und fuhr sich durch ihr Haar, das an manchen Stellen bereits ergraute. »Ich habe den zweiten Kapitän gefragt, warum unsere Kabine so weit von der meines Schwiegervaters entfernt ist. Der Mann hat gemeint, dass alle Kabinen belegt sind. Dabei befinden sich gerade mal eine Handvoll Passagiere auf dem Schiff.« Anna von Jesenky schüttelte verständnislos den Kopf. »Ich frage mich, warum man einen Dampfer Richtung Budapest schickt, der renovierungsbedürftig ist. Der Krieg hat von unserer stolzen Marine bloß einen Haufen schrottreifer Schiffe zurückgelassen. Es ist eine Schande, so wie fast alles in dieser aberwitzigen, winzigen Republik.«

»Ist es denn ein Problem, dass die Kabinen Ihres Schwiegervaters und die seiner Pflegerin nicht neben Ihrer liegen?«, erkundigte sich Ernestine. Die Äußerung über die neu gegründete Republik ließ sie unkommentiert.

Anna von Jesenky zögerte einen Moment. »Wahrscheinlich nicht. Aber stellen Sie sich vor, als ich meine Kabine beziehen wollte, war bereits eine andere Dame darin. Die Tochter unseres Rechtsanwalts, Marlene Radatz. Man hat ihr versehentlich die falsche Kabinennummer zugewiesen. Die Mannschaft auf diesem Schiff scheint heillos überfordert zu sein. Ein unorganisierter Haufen.« Sie schnaufte verächtlich.

»Hat man der Dame inzwischen eine andere Kabine gegeben?«

»Ich denke schon. Man wird die Arme ja nicht am Sonnendeck übernachten lassen. Zumindest hoffe ich das.«

»Wenn Sie wollen, können wir die Kabinen tauschen. Mein Freund Anton Böck hat bestimmt nichts dagegen.«

»Das ist sehr freundlich von Ihnen. Aber ich denke nicht, dass ich jetzt noch einmal umziehen möchte. Ich habe meine Kleider bereits ausgepackt.« Sie betrachtete ihre Fingernägel, bevor sie weitersprach. »Sie müssen wissen, dass wir regelmäßig nach Budapest fahren. Bis jetzt lagen unsere Kabinen immer neben der meines Schwiegervaters. Er ist ein alter Mann, der an Gewohnheiten ebenso festhält wie an Traditionen. Vielleicht ist es ganz gut, wenn einmal nicht alles nach seinem Kopf geht.«

»Wie bereits gesagt, wir können gern tauschen.«

Ein Lächeln stahl sich auf Anna von Jesenkys Gesicht. Schadenfreude lag darin. »Nein«, sagte sie entschieden. »Ich glaube, wir belassen alles, wie es ist. Mein Mann und ich werden uns auf der Backbordseite ebenso wohlfühlen.«

»Wie Sie meinen.« Ernestine konnte sich des Eindrucks nicht erwehren, dass Anna von Jesenky Gefallen daran fand, gegen den Willen ihres Schwiegervater zu agieren. »Ich wünsche Ihnen einen schönen Tag, wir werden uns später sehen.«

»Ja, das werden wir.« Anna von Jesenky nahm wieder einen Zug von ihrer Zigarette. Sie wirkte sehr zufrieden.

Als Ernestine auf das Sonnendeck kam, fand sie Anton wie befürchtet schlafend in einem Liegestuhl. Die Fußballergebnisse lagen zusammengefaltet auf seiner Brust, die Zeitung hob und senkte sich im gleichmäßigen Rhythmus seines Atems. Ernestine brachte es nicht übers Herz, ihn aufzuwecken. Sich neben ihn gesellen und die Fahrt ebenfalls verschlafen wollte sie aber auf keinen Fall. Deshalb beschloss sie, allein einen Rundgang auf dem Schiff zu unternehmen. Vielleicht würde sie dem jungen Mann begegnen, der zuvor das geheimnisvolle Päckchen übernommen hatte. Zu gern würde sie wissen, was sich darin befand. Manchmal wunderte sie sich selbst über ihre Neugier. Aber so sehr sie sich auch bemühte, sobald der Zweifel gesät war, fand sie erst Frieden, wenn sie wusste, was sich hinter einem Geheimnis verbarg. Sie kletterte die enge, schmale Treppe wieder hinunter und fragte sich dabei, wie Passagiere, die im Rollstuhl saßen oder gehbehindert waren, zum Sonnendeck gelangten. Sie kam zu dem Schluss, dass sie darauf verzichten und sich mit der kleinen, überdachten Fläche vor dem Speisesaal zufriedengeben mussten. Wieder auf der Hauptplattform führten rechts und links Gänge zu den Kabinen, während die Gesellschaftsräume sich in der Mitte des Schiffes befanden. Der vorgelagerten Bar folgte der Speisesaal.

Erwartungsvoll betrat Ernestine den großen, lang gestreckten Raum, in dem ein Matrose weiße Tücher aus Damast über die Tische breitete und sie mit teurem Silberbesteck für das Mittagessen deckte. Die Wände des Saals waren mit einer dunkelgrünen Tapete bespannt. Von der Decke hingen schwere Kronleuchter, dazu passende Lampen waren an den Wänden angebracht. Geschmackvoll zusammengestellte Arrangements aus bunten Sommerblumen schmückten die Tischmitten. Ernestine durchquerte den Saal und gelangte am Ende zu einer Treppe, die weiter ins Schiffsinnere führte. Das Klappern von Geschirr und Töpfen kündigte die Schiffsküche an. Die Geräusche wurden lauter mit jedem Schritt, den Ernestine sich einer Flügeltür mit zwei runden Glasbullaugen näherte. Für einen Augenblick fühlte sie sich in ihre Kindheit zurückversetzt. Es klang genau wie damals, als sie verbotenerweise zur Küche geschlichen war. Als blinder Passagier, der in der Kabine der Heizer hätte bleiben sollen, sich aber nicht an die Ermahnungen des Großvaters gehalten hatte, in der Hoffnung, einen Keks oder ein Stück Kuchen zu ergattern. Ihre Erinnerungen wurden jäh unterbrochen. Aus der Küche drang ein lautes Niesen. Es kam so unerwartet, dass Ernestine zusammenzuckte. Neugierig blieb sie stehen und blinzelte durch eines der Glasbullaugen in die Küche. Sah der Raum so aus wie auf der »Europa«? Seither waren über fünfzig Jahre vergangen. Sie musste schmunzeln. Es war fast genauso wie in ihrer Erinnerung, nur kleiner und enger, was wohl damit zusammenhing, dass sie selbst ein Dreikäsehoch gewesen war. Vieles, was ihr als Kind riesig erschienen war, sah heute klein aus. In der Küche glänzten sauber geschrubbte Metallflächen, Töpfe, Pfannen und Messer. Ein Koch mit einer aberwitzigen Mütze am Kopf stand vor einem Herd. Er war es, der jetzt noch einmal nieste und sich die Nase mit einem riesigen, karierten Taschentuch, das er aus seiner Hosentasche zog, putzte.

»I kann die Suppn net würzen. Mein Nosn is ganz verstopft. I riach nix und i schmeck nix.« Mit weinerlicher Stimmlage griff er zu einer Zitrone und hielt sie an seine Nase. »Nix, goar nix! Des könnt genauso guad a Himbeercreme sein oder a Kalbsschnitzerl, a Zwetschkenknöderl mit gröstete Butterbröseln und Zimt oder a Serbischer Karpfen mit Knoblauch.«

Ernestine war froh, dass Anton die Aufzählung erspart blieb. Gewiss hätte sein Magen auf der Stelle zu knurren begonnen. Auch sie hatte plötzlich großen Appetit auf Zwetschkenknödel. Der Koch, der noch einmal so heftig in sein Taschentuch pustete, dass man meinen könnte, er stünde direkt neben Ernestine, zog sich nun einen kleinen Holzhocker heran und ließ sich daraufplumpsen. Der junge Mann neben ihm wirkte ratlos. Auch er hatte eine weiße Mütze am Kopf, die aber lang nicht so imposant aussah wie die des Kochs. Ernestine trat einen Schritt näher, um besser sehen zu können. Mit der Mütze in der Stirn sah er verändert aus. Aber Ernestine erkannte die fahrigen Bewegungen wieder, mit denen er sich übers Kinn strich. Es war eindeutig der junge Mann, der kurz vor der Abreise im Hafen ein Päckchen übernommen hatte.

Wenn das kein glücklicher Zufall war. Ob sie hineingehen und ihn einfach auf ihre Beobachtung ansprechen sollte?

Er redete mit einem leicht ungarischen Akzent. »Bitte scheen, ich hab noch nie gewirzt a Suppe mit Fisch!«

»I weiß, aber du wiarst es immer no besser machn als i. Bitte, du muasst ma helfn, die Suppn soll heut am Abend vor der Filmvorführung serviert werdn.« Nun wischte der Koch sich mit dem angeschnäuzten Taschentuch über die verschwitzte Stirn. Ernestine verging der Appetit wieder.

»Was bitte scheen soll ich gebn in die Suppe mit Fisch?« Der junge Mann, dem die dunklen Locken in die großen braunen Augen fielen, sah genauso verzweifelt aus wie der Koch.

»Frischen Thymian, den musst vorher rebeln und leicht hacken, und a Zitronenmelisse, die musst ganz fein schneidn, und Salz und Pfeffer und a bisserl Knoblauch, aber net zu viel, sonst schmeckt ma sonst nix mehr, und an Hauch Paprika, wir fahrn ja nach Ungarn …«

Weiter kam er nicht, denn ein neuerliches Niesen hielt ihn vom Reden ab. Die Miene der jungen Küchenhilfe wurde immer verzagter. Ernestine könnte ihm unter die Arme greifen und ganz nebenbei ein paar Fragen über das Päckchen stellen. Schon wollte sie zu ihm gehen, aber da spürte sie eine große, kräftige Hand auf ihrer Schulter. Sie zuckte zusammen.

»Dieser Bereich ist nur für die Mannschaft«, sagte eine tiefe Männerstimme.

Ernestine drehte sich herum und sah zu einem Mann auf, der um zwei Köpfe größer war als sie und die dunkle Uniform eines Kapitäns trug. »Es tut mir leid. Ich bin durch den Speisesaal gekommen, und dann haben mich die Neugier und die Faszination gepackt. Die ›Jupiter‹ ist ein großartiges Schiff! Es blitzt und glänzt und ist einfach nur bemerkenswert, geradezu formidabel.«

Der strenge Ausdruck auf dem kantigen, von Wind und Wetter gegerbten Gesicht wurde weicher, die breite Brust wölbte sich stolz, und die spitz zusammengedrehten Enden seines Schnurrbarts wippten. Offenbar hatte Ernestine die richtigen Worte gefunden.

»Stimmt es, dass das Schiff fast achtzig Meter lang ist und über eine Maschinenleistung von tausend PS verfügt?«

Erstaunt hoben sich die buschigen Augenbrauen des Kapitäns. »Sie kennen sich wohl mit Dampfschiffen aus.«

»Ich habe den Reiseführer gelesen.« Sie hielt ihm das bunte Heft entgegen. »Die Bilder sind phantastisch. Als Kind bin ich mit meinem Großvater auf der ›Europa‹ gefahren. Damals hat mich das Schiff sehr beeindruckt, aber es kann bei Weitem nicht mit der ›Jupiter‹ mithalten.«

»Auf der ›Europa‹?«, fragte der Kapitän überrascht. Sein Gesicht verfinsterte sich. »Wir haben das Schiff 1918 an das neu gegründete Jugoslawien abgeben müssen, wie viele unserer anderen Schiffe. Unsere Marine wird nie wieder die Bedeutung erlangen, die sie einst hatte. Es ist ein Jammer. Der Krieg war die größte Katastrophe der Menschheit.« Er seufzte tief.

»Aber die ›Jupiter‹ ist uns geblieben«, sagte Ernestine versöhnlich und hoffte, die Stimmung des Kapitäns wieder zu heben und ihn nicht daran zu erinnern, dass sie sich auf verbotenem Terrain befand.

»Ja, die ›Jupiter‹ und ihre drei Schwesternschiffe, die ›Uranus‹, ehemals ›Kaiser Wilhelm II‹, die ›Saturnus‹ und die ›Helios‹. Nach dem Umbau der Kabinen wird die ›Jupiter‹ der schönste und eleganteste Expressdampfer auf der Donau sein.«

»Davon bin ich überzeugt. Sie haben allen Grund, stolz zu sein. Die ›Jupiter‹ ist ein wunderschönes Schiff.«

Der Kapitän räusperte sich. »Wenn Sie wollen, können Sie mich auf die Kommandobrücke begleiten und danach einen Blick auf die Technik werfen. Gern zeige ich Ihnen auch den Maschinenraum.«

Vor Begeisterung klatschte Ernestine die Hände zusammen. »Oh, das wäre großartig! Ich habe mich schon immer gefragt, wie es dem Kapitän gelingt, mit dem Maschinisten zu reden. Er muss ihm ja sagen, was er vorhat und wie viel

Kraft er braucht. So ein Schiff zu manövrieren ist sicher keine einfache Angelegenheit.«

»Das sind ungewöhnliche Fragen für eine Dame«, sagte der Kapitän anerkennend. Er schien völlig vergessen zu haben, dass er Ernestine eigentlich zurechtweisen sollte. Schließlich hatte sie als Passagierin einen Bereich betreten, der nur der Besatzung vorbehalten war.

»Es gibt ein Rohr, durch das ich rufe. So kann der Maschinist meine Befehle ohne Zeitverlust hören und ausführen.« Er musterte Ernestine voll Neugier und Bewunderung, bevor er seine Kapitänsmütze vor ihr zog. »Sie müssen mich für einen sehr unhöflichen Burschen halten«, sagte er entschuldigend. »Ich habe mich noch nicht vorgestellt! Mein Name ist Markus Freiberg. Ich bin der erste Kapitän auf der ›Jupiter‹.«

»Sehr erfreut.« Ernestine reichte ihm die Hand. »Ich heiße Ernestine Kirsch.«

»Kommen Sie, Frau Kirsch, ich zeige Ihnen die Kommandobrücke!«

»Fräulein Kirsch.«

»Oh …« Er räusperte sich verlegen. »Das freut mich.«

Galant bot Freiberg seinen Arm an, und Ernestine hakte sich unter. Sie war so aufgeregt, dass ihr das wachsende Interesse auf dem Gesicht des Mannes entging und sie nicht bemerkte, wie nah er sie zu sich zog.

FÜNF

Anton erwachte, weil sein Magen knurrte. Obwohl die Sonne bereits hoch am Himmel stand, befand sich sein Liegestuhl immer noch im Schatten; er hatte dank Dr. Kandels Hilfe den perfekten Platz gewählt. Wie lange hatte er wohl geschlafen? Vorsichtig richtete er sich in seinem Liegestuhl auf und blinzelte zum Ufer. Gehörten die Kirchendächer und Häuserfassaden etwa schon zu den Vororten von Bratislava? Erneut meldete sich sein Bauch mit vorwurfsvollen Geräuschen. Anton holte seine Taschenuhr hervor und ließ sie aufklappen. Es war kurz vor zwölf, kein Wunder, dass er hungrig war. Er hatte doch tatsächlich die Erfrischungen verschlafen. Was für ein Jammer.

In dem Moment kam Ernestine mit vor Aufregung geröteten Wangen auf ihn zu. »Ich wusste, dass der Geruch des Mittagessens Sie wecken würde, lieber Anton.«

Anton kräuselte die Nase. Es lag wirklich der Duft von Gewürzen und gebratenem Fleisch in der Luft.

»Während Sie geschlummert haben, war ich auf der Kommandobrücke und habe zugesehen, wie der Kapitän das Schiff manövriert. Er ist ein sehr zuvorkommender und netter Mann. Schade, dass Sie nicht dabei waren.«

»Dafür bin ich jetzt ausgeruht und kann das Mittagessen in vollen Zügen genießen.« Zufrieden streckte er sich und stand auf. »Wenn meine Nase mich nicht täuscht, dann riecht es nach frischem Wiener Schnitzel. Hoffentlich gibt es einen Erdäpfelsalat dazu.« Die Vorfreude ließ ihm das Wasser im Mund zusammenlaufen. »Wir sollten uns beeilen, sonst verpassen wir noch die Vorspeise.«

»Anton, Sie haben die Zeitung liegen lassen.«

Anton nahm seinen Strohhut ab und legte ihn dazu. »Sie haben recht. Die Zeitung allein wird nicht ausreichen, um diesen wundervollen Platz weiter frei zu halten.«

»Sie wollen nach dem Essen noch einmal schlafen?«

Entschuldigend zuckte Anton mit den Schultern. »Das sind rein gesundheitliche Gründe, schließlich ist es erwiesen, dass der Körper mit einem Nickerchen besser verdaut.«

Ernestine schüttelte den Kopf. »Sie werden nachts wach liegen, wenn Sie den ganzen Tag verschlafen.«

»Da sehe ich keine Gefahr«, beruhigte Anton sie. Doch dann erinnerte er sich daran, dass er sich heute Nacht ein Bett mit Ernestine teilen würde, was durchaus dazu führen konnte, dass er nicht ganz so entspannt schlief wie sonst.

In ihm knurrte es laut. Beschämt presste er die Hand gegen den Bauch.

»Wir sollten wohl wirklich in den Speisesaal gehen.« Ernestine marschierte voraus. Anton folgte ihr bereitwillig.

Die geöffneten Fenster im Speisesaal sorgten für frische Luft und angenehme Temperaturen. Die feinen Stoffservietten, die zuvor noch neben den Tellern gelegen hatten, waren zu kunstvollen Schwänen gefaltet worden. Es duftete nach Rindssuppe und paniertem Fleisch. Ein Kellner im dunklen Anzug kam auf sie zu und fragte nach ihrem Namen.

»Ernestine Kirsch und Anton Böck.«

Erfolglos durchsuchte er eine Liste.

»Wir sind in Vertretung des Ehepaars Rosenstein auf dem Schiff.«

»Rosenstein …« Sein Gesicht hellte sich auf. »Kommen Sie.« Er winkte ihnen zu und führte sie zu einem Tisch, der bereits besetzt war.

»Wie schön, dass wir gemeinsam essen werden«, sagte Ernestine zu der Frau am Ende des Tisches. Es war Anna von Jesenky. Sie hatte sich umgezogen und trug ein geblümtes Sommerkleid mit feiner Spitze am Saum. Ernestine verstand nun, warum die Frau einen dermaßen großen Koffer benötigte und nicht zweimal auspacken wollte.

»Ihr kennt einander?«, fragte der Mann daneben überrascht.

»Ich bin Fräulein Kirsch zuvor am Gang begegnet. Sie ist Lehrerin im Ruhestand.«

»Lehrerin ist ein ehrenwerter Beruf«, mischte sich der alte

Mann im Rollstuhl ein. »Ich wünschte, alle Personen an diesem Tisch könnten von sich behaupten, einer vergleichbaren Profession nachzugehen.« Während er sprach, ruhte sein Blick auf seiner Schwiegertochter. Er machte sich nicht die Mühe, seine Abneigung zu verbergen. Anna von Jesenky presste ihre Lippen zusammen, sie wirkte gekränkt.

Mit deutlich freundlicherer Stimme richtete der alte Mann das Wort an Ernestine. »Was haben Sie unterrichtet?«

»Latein.«

»Ich habe als Schüler Latein geliebt.« Er geriet ins Schwärmen. »Ovid, Cicero und Homer. Iniqua numquam regna perpetuo manent.«

»Das Zitat stammt allerdings von Seneca. Ungerechte Reiche währen niemals ewig.«

Der Alte lachte heiser. »Sie sind eine gebildete Frau. Auch das kann man nicht von allen hier am Tisch behaupten! Darf ich mich vorstellen, Graf Alfons von Jesenky.«

»Freut mich, ich heiße Ernestine Kirsch. Darf ich neben Ihnen Platz nehmen?«

»Natürlich, setzen Sie sich.« Er wies auf den leeren Stuhl neben sich und widmete sich dann Anton. »Und Sie sind der Ehemann?«

»Nein, bloß der Reisebegleiter«, erklärte Anton und stellte sich ebenfalls vor.

»Ein Apotheker, wie praktisch. Können Sie mir vielleicht etwas gegen meine Schmerzen empfehlen?«

»Dazu müsste ich wissen, um welche Art Schmerzen es sich handelt.«

»Rheuma. Es macht meine Knochen kaputt, und ich werde langsam, aber sicher zum Krüppel.« Er streckte Anton beide Hände entgegen, deren Finger bereits schmerzhaft verformt waren. »Die Pillen, die mein Arzt mir gibt, ruinieren mein Gehirn und verwirren meinen Geist, deshalb nehme ich sie nicht. Ich brauche meinen Verstand, um mich vor gewissen Familienmitgliedern zu schützen.« Er warf einen düsteren Blick in die Runde.

»Nehmen Sie meinen Vater nicht ernst, er neigt zu Übertreibungen!« Der braun gebrannte junge Mann, der Ähnlichkeit mit einem deutschen Schauspieler hatte, meldete sich zu Wort und legte eine Reihe perfekter weißer Zähne frei.» Unser Vater wird von uns allen verhätschelt und geliebt, von mir, meinem Bruder Adam und dessen Frau, Anna. Außerdem pflegt unsere hübsche kleine Mila ihn hingebungsvoll. Ich bin übrigens Thomas von Jesenky.«

Die junge Frau, die neben ihm saß, errötete, sie hob ihren Kopf und warf dem Sohn ihres Arbeitgebers einen Blick zu, der sehr vertraut wirkte. Ihr Haar war wieder zu Zöpfen geflochten und in einem strengen Kranz um ihren Kopf gelegt. Sie war auf eine stille, unspektakuläre Weise attraktiv. Ihre Schönheit entfaltete sich aber erst bei genauerem Hinschauen.

»Bei akuten Schmerzen empfehle ich meinen Kunden wärmende Umschläge mit einer Paste aus Heilerde und Cayennepfeffer.«

»Hervorragend. Das werde ich ausprobieren, sobald wir in Budapest angekommen sind. Scharfe Gewürze gibt es in der Stadt des Paprikas und der Salami in rauen Mengen.«

Anton setzte sich neben Adam von Jesenky, den Ehemann von Anna von Jesenky. Er war kleiner als sein Bruder Thomas und von schmalerer Statur. Außerdem war seine Gesichtsfarbe heller, und sein Haar begann an den Schläfen bereits zu ergrauen. Dennoch war die Ähnlichkeit erstaunlich. Er nickte Anton wortlos zu, was dieser als Gruß deutete. Kaum hatte er Platz genommen, trat ein groß gewachsener Mann in Kapitänsuniform an den Tisch.

»Guten Tag. Ich bin Kapitän Freiberg und möchte Sie ganz herzlich an Bord der ›Jupiter‹ begrüßen«, sagte er in die Runde, schenkte seine Aufmerksamkeit aber ausschließlich Ernestine. »Fräulein Kirsch, ich hoffe, Sie haben den Vormittag genauso genossen wie ich.« Er beugte sich zu ihr und schlug einen vertraulichen Tonfall an.

Anton fand, dass er eindeutig zu nah bei Ernestine stand.

»Ich habe mich ausgesprochen wohlgefühlt, vielen Dank«, antwortete Ernestine.

»Eben habe ich die Kabinenliste durchgesehen. Am Ende der Backbordseite gibt es eine neu renovierte Kabine, die ich Ihnen gern zur Verfügung stelle. Die ›Jupiter‹ ist ein Luxuspersonendampfschiff. Es darf nicht sein, dass eine charmante, unverheiratete Frau sich mit einem Witwer ein Bett teilen muss.«

Anton, der gern sein Augenmerk auf den Kellner gerichtet hätte, der sich mit dem Gruß aus der Küche näherte, setzte sich alarmiert auf. »Wie bitte? Reden Sie von mir?«

»Fräulein Kirsch hat mich darüber informiert, dass man Ihnen fälschlicherweise eine Doppelkabine zugewiesen hat. Wir werden das umgehend korrigieren. Ich habe veranlasst, dass die Kabine, die neben meiner liegt, für Fräulein Kirsch hergerichtet wird. Ursprünglich wollte ich sie frei halten, denn sie verfügt über eine Verbindungstür, die manche Gäste irritiert. Selbstverständlich kann man die Tür abschließen. Ich hoffe, dass das in Ihrem Sinn ist.«

Anton öffnete den Mund, um zu protestieren. Aber noch bevor er etwas sagen konnte, antwortete Ernestine, und er klappte ihn wieder zu.

»Wie reizend von Ihnen, Herr Kapitän!«

»Es ist mir eine Freude, wenn ich Ihnen einen Wunsch erfüllen kann!« Jetzt beugte er sich noch tiefer zu Ernestine, ergriff ihre Hand und drückte ihr einen Kuss auf den Handrücken.

Anton konnte das Schmatzen seiner Lippen hören. Voller Entsetzen beobachtete er den dreisten Mann. In dem Moment kam der Kellner und stellte den Gruß aus der Küche, eine winzige Scheibe getoastetes Weißbrot mit einem Klecks Ei und geräuchertem Fisch, vor Anton ab. Trotz des verführerischen Geruchs nahm Anton keine Notiz davon. Vielleicht war es doch ein Fehler gewesen, den Vormittag zu verschlafen …

»Sie entschuldigen mich, ich muss zurück auf die Kommandobrücke.« Kapitän Freiberg fuhr mit der Hand an den goldenen Rand seiner glänzenden Kapitänsmütze und verabschiedete sich. »Ich wünsche Ihnen allen einen guten Appetit. Genießen Sie die Zeit auf der ›Jupiter‹.«

Immer noch mit offenem Mund starrte Anton dem großen Mann sprachlos nach. Ob die breiten Schultern echt waren, oder steckten im Sakko Schulterpolster? Und dieser üppige Backenbart? Gut möglich, dass er aufgeklebt war, wie bei den Schauspielern in der Josefstadt oder an der Burg. Endlich verschwand Freiberg am Ende des Saals. Anton wünschte, er würde den Rest der Fahrt nicht mehr auftauchen, ahnte aber, dass dieser Wunsch ihm nicht erfüllt werden würde.

»Was für ein netter, hilfsbereiter Gentleman«, schwärmte Ernestine.

»Hm!« Anton brummte grimmig, bevor er sich seinem Toast widmete, der ihm fad und ungesalzen erschien. Außerdem war die Portion lächerlich klein.

»Unseren Kabinenwunsch hat er nicht berücksichtigt«, bemerkte Adam von Jesenky verärgert. Seine Frau faltete scheinbar unbeteiligt die Stoffserviette auseinander.

»Natürlich hat er ihn ignoriert«, ätzte Graf von Jesenky. »Er wurde von einer Verkäuferin vorgetragen. Wer nimmt die Wünsche von Dienstpersonal entgegen?«

Seine Schwiegertochter zog lautstark die Luft ein, während ihr Mann, Adam von Jesenky, sich zu seinem Vater drehte. »Es reicht, Papa. Für heute hast du genug Gift versprüht.«

Der alte Graf zuckte mit den Schultern. Dann richtete er sich an Ernestine. »Waren Sie schon einmal in Budapest?«

»Nein, es ist das erste Mal. Ich bin schon sehr gespannt auf das Parlament und den Burgpalast. Schade, dass wir nur einen Tag Zeit haben, denn ich hätte so gern das historische Gellertbad gesehen, das noch aus der Zeit stammt, als die Türken in Ungarn geherrscht haben.«

»Sie haben sich gut informiert. Haben Sie den Reiseführer gelesen?« Umständlich, weil seine Hände ihn schmerzten, ergriff er die Toastbrotscheibe und führte sie zu den Lippen.

Bevor er sie in den Mund schob, sagte er: »Ein Besuch des Gellertbades lohnt sich wirklich. Das Thermalwasser hat eine ausgesprochen heilende Wirkung auf alte Knochen. Ich sollte auch wieder einmal einen Nachmittag dort verbringen.«

»Gehen Sie regelmäßig in das Bad?«

Der Graf kaute lange und nickte. »So oft ich in unserer Wohnung in Budapest bin, was viel zu selten der Fall ist. Meine Söhne ziehen Wien unserer alten Heimat vor. Wir haben ein Palais auf der Ringstraße, in dem ich mich aber nicht besonders wohlfühle.«

Die Ringstraße zählte zu den teuersten Wohngebieten der Stadt. Kaiser Franz Joseph hatte Mitte des vorigen Jahrhunderts beschlossen, die ehemaligen Stadtmauern schleifen zu lassen und an ihrer Stelle einen Prachtboulevard zu errichten. Die Grundstücke entlang der neu entstandenen Straße hatte er zu astronomisch hohen Preisen an die Reichsten des Landes verkauft. Dank der Einnahmen hatte er Wiens öffentliche Prunkbauten finanzieren können. Ohne das Geld der heutigen Palaisbesitzer gäbe es weder das Parlament noch das Burgtheater, die Oper oder das Rathaus.

»Sie verfügen über mehrere Wohnsitze?«, fragte Ernestine erstaunt.

»Unser Familiensitz befindet sich in der Puszta, in der Nähe des Plattensees, eine trostlose Gegend, in der niemand wohnen möchte«, mischte sich Anna von Jesenky ein. Sie tupfte ihre Lippen mit der Stoffserviette ab.

»Es sind prachtvolle Ländereien. Und sie gehören immer noch *mir*«, sagte der Alte scharf.

Seine Schwiegertochter verzog die Lippen zu einem Schmollmund. »Soweit ich weiß, ist ›pust‹ ein altslawisches Wort und bedeutet ›öde, leer, brachliegend‹. Kinderlose Frauen werden mit diesem Wort beschimpft.«

Das Gesicht des alten Mannes verfinsterte sich. »Es ist gutes, fruchtbares Land, auf dem man Pferde, Schafe und Ziegen züchten kann. Das Land hat unsere Familie groß gemacht und uns zu Reichtum verholfen, den nicht alle an diesem Tisch verdienen. Und was kinderlose, unfruchtbare Frauen betrifft, so war mein Sohn so einfältig, eine zu heiraten.«

»Vater, bitte!« Adam von Jesenky legte den Arm um seine Frau, die den Tränen nahe war und vor Wut zu kochen schien.

Geräuschvoll betrat die Familie, die heute Morgen mit dem schwarzen Automobil gekommen war, den Speisesaal. Anton erkannte die junge Frau an dem Zeichenblock, die ältere an ihrem Hut mit Schleier und den dicken Mann an seinem auffälligen Gehstock wieder. Bei jedem Schritt klopfte der Stock dumpf auf den Holzboden des Speisesaals. Der Mann schaute sich suchend im Saal um. Er wirkte enttäuscht, dass am Tisch der Jesenkys kein Platz mehr frei war. Mit einem kurzen Nicken begrüßte er Adam von Jesenky. Kaum merkbar neigte auch der den Kopf und konzentrierte sich dann auf die klare Rindssuppe, die gerade serviert wurde.

Der Oberkellner hatte die Neuankömmlinge entdeckt und kam mit seiner Liste auf sie zugelaufen.

»Andrej Hodul.« Der Mann sprach so laut, dass alle im Speisesaal ihn hören konnten.

Mit dem Zeigefinger suchte der Kellner seine Liste durch. »Andrej, Margarita und Theresa Hodul?«

»Hab ich doch schon gesagt«, blaffte der dicke Mann ungeduldig.

Die junge Frau wirkte beschämt ob des polternden Gebahrens ihres Vaters. Sie sah hilfesuchend zu ihrer Mutter, die nicht reagierte. Anton fragte sich, wie die Frau mit dem Schleier vor dem Gesicht ihr Essen zu sich nehmen würde.

Der Kellner führte die Familie zu einem Tisch am anderen Ende des Saals, an dem Dr. Simon Kandel bereits Platz genommen hatte.

»Ist Andrej Hodul der Mann, der ein Vermögen mit gezuckerter Kondensmilch in Dosen gemacht hat?«, wollte Ernestine wissen.

Anton sah sie fragend an. »Haben Sie das auch im Reiseführer gelesen?«, flüsterte er beeindruckt.

»Herr Rosenstein hat den Namen letzte Woche fallen lassen, weil er die Milch für die Herstellung seiner Karamellbonbons benötigt. Der Bedarf an Kondensmilch ist in den letzten Kriegsjahren enorm gestiegen. Angeblich hat der hohe Nährstoffgehalt der dickflüssigen Milch viele Menschen vor dem Verhungern bewahrt. Ich selbst habe keine getrunken.«

Thomas von Jesenky beteiligte sich an ihrem Gespräch. »Der Preis von Kondensmilch war während des Krieges unverschämt hoch und hat Männer wie Hodul zu Millionären gemacht. Jetzt liegt der Preis für die Dosenmilch wieder im Normalbereich.«

»Der Mann soll bei seiner klebrigen Zuckermilch bleiben«, schnaufte der alte Graf abfällig.

»Sie scheinen den Herrn nicht zu mögen«, bemerkte Ernestine neugierig.

»Hodul ist mir egal, solange er mich nicht mit seiner geplanten Fabrik nervt.« Fragend hob Ernestine die Augenbrauen. »Er will auf meinen Ländereien eine riesige Keksfabrik nach amerikanischem Vorbild errichten.« Seine Stimme wurde lauter, und sein Gesicht war vor Aufregung gerötet. »Ich frage Sie ernsthaft, wer braucht trockene Kekse aus billigem Fett und minderwertigem Mehl? Noch dazu welche, die maschinell hergestellt werden und mit schmieriger Zuckerpastete, die wie Marmelade aussehen soll, zusammengeklebt sind? Wenn ich etwas Süßes essen will, sage ich meiner Köchin, sie soll Somlauer Nockerl machen oder Powidltascherl.«

»Nicht jeder hat das Privileg, von einer Köchin versorgt zu werden.«

»Möglich, Fräulein Kirsch, aber diese Menschen interessieren mich nicht. Solange ich lebe, werden auf meinem Grundstück keine Billigkekse gebacken. Wer sich keine frische Backware leisten kann, hat sie auch nicht verdient.« Er schnaufte verächtlich. »Der verdammte Krieg hat unser Gesellschaftssystem völlig durcheinandergebracht. Adelige heiraten Bürgerliche, Bürgerliche werden mit Fabriken reich. Der

Gedanke, dass sich jeder dahergelaufene Handwerker alles leisten kann, weil es billig hergestellt wird, ist mir zutiefst zuwider. Ich will die alte Ordnung wieder zurück.«

»Papa, du weißt, dass die Welt sich verändert hat und die Uhr sich nicht zurückdrehen lässt. Du solltest noch einmal über die Fabrik nachdenken«, sagte Adam von Jesenky. »Hoduls Angebot liegt weit über dem eigentlichen Wert des Grundstücks. Er ist nur deshalb bereit, so viel zu bezahlen, weil seine Kondensmilchfabrik in unmittelbarer Nähe liegt und er sich somit Transportkosten erspart.«

»Denk an all die Arbeitsplätze, die für die Bevölkerung geschaffen werden könnten«, ergänzte sein Bruder Thomas. Eine seiner brillantineglänzenden Locken war ihm in die Stirn gerutscht. Er strich sie zurück. »Die Menschen würden dich als Wohltäter feiern.«

»Ich war immer ein großzügiger Gutsbesitzer. Wenn die Menschen eine Fabrik haben wollen, sollen sie sie gefälligst woanders errichten, aber nicht auf meinem Grund und Boden. Und jetzt will ich nichts mehr davon hören«, sagte Graf von Jesenky so streng, dass das Gespräch mit einem Mal beendet war.

Der Rest des Mittagessens verlief ruhig, niemand wagte es, sich dem Willen des Grafen zu widersetzen. Zu Antons großer Freude schmeckte das Wiener Schnitzel hervorragend, und auch der Erdäpfelsalat war vorzüglich. Graf von Jesenky schien über einen ebenso großen Appetit zu verfügen wie Anton. Der alte Mann aß sein riesiges Schnitzel auf. Als Anton eine Bemerkung dazu fallen ließ, sagte der Graf: »Ich schicke keine Speisen zurück. Nie. Was auf den Teller kommt, esse ich zusammen, und zwar immer.«

Dem Kellner, der den Teller mitnehmen wollte, obwohl sich noch zwei winzige Scheiben vom Erdäpfelsalat darauf befanden, schlug er beinahe auf die Finger. Entschuldigend zog der Bedienstete sich zurück.

Ernestine war bereits nach der Hälfte des Schnitzels so satt, dass sie keinen Bissen mehr essen konnte. Sie schob ihren

Nachtisch zu Anton, und so bekam er zweimal den cremigen Vanillepudding mit Erdbeersauce. Für einen Moment vergaß er Kapitän Freiberg und die Tatsache, dass Ernestine nicht neben ihm im Bett liegen, sondern in der Kabine neben Kapitän Freiberg schlafen würde. Als er an die Verbindungstür dachte, bekam der köstliche Vanillepudding leider einen bitteren Nachgeschmack.

SECHS

Nach dem Mittagessen entschied sich Ernestine ebenfalls für
eine kleine Ruhepause. Sie nahm im Liegestuhl neben Anton
Platz. Dr. Kandel hatte sich in seine Kabine zurückgezogen.
Ein Ehepaar, das sich mit dem Namen Kattany vorstellte,
saß in den Stühlen vis à vis. Während Herr Kattany, ein Mann
um die sechzig, der doppelt so breit wie hoch war, schon nach
wenigen Augenblicken schnarchte, redete seine Frau, die fast
genauso dick war wie ihr Gatte, unentwegt.
»Ich hätte eigentlich mit dem Zug fahren wollen. Aber mein
Mann besteht jedes Mal darauf, den Expressdampfer zu nehmen. Er liebt die ›Jupiter‹ und wollte immer zur Marine gehen,
aber wegen seines Hüftproblems – er kann ja kaum gehen –
wurde er nicht genommen. Josef war auch nicht im Krieg. Er
hat unserem Kaiser und dem Vaterland von seiner Kanzlei aus
im Finanzministerium gedient. Wie gern hätte er die Soldaten
an der Front unterstützt, aber das hatte nicht sein sollen. Jetzt
ist mein Josef im Ruhestand, aber er ist immer noch eine sehr
wichtige Persönlichkeit. Die Beamten, die nach ihm kamen,
fragen ihn immer noch um Rat. Sie haben ja keine Ahnung,
wie oft mein Josef ins Ministerium gerufen wird.«
Während sie kurz nach Luft schnappte, setzte Anton zu
einer Bemerkung an. Aber er kam nicht dazu, etwas zu sagen,
Frau Kattany schnatterte schon wieder weiter. Sie erzählte von
ihrer Tochter, die nach Ungarn gezogen war. Sie hatte einen
Gutshofbesitzer geheiratet. Bartolny züchtete Pferde, die teuersten und edelsten Vollbluthengste in ganz Ungarn konnte
man bei ihm kaufen. Außerdem handelte er mit Antiquitäten.
Wenn Anton oder Ernestine mit dem Reiten anfangen oder
alte, kostbare Gemälde erstehen wollten, sollten sie sich an
ihn wenden.
Anton schüttelte dankend den Kopf. »Ich denke, dass ich
für derlei Abenteuer zu alt bin.«

Und schon redete die Frau weiter. »In Budapest werden mein Mann und ich auf unsere Tochter treffen. Eigentlich wollten wir mehrere Tage bei ihr verbringen, aber mein Josef muss Ende der Woche einen Termin in Wien wahrnehmen. Sie können sich gar nicht vorstellen, wie anstrengend es ist, mit einem Mann verheiratet zu sein, der ständig beruflichen Verpflichtungen nachkommen muss. Meine Cousine Roswitha kann ebenfalls ein Lied davon singen. Auch sie hat einen Mann, der immer arbeiten muss.« Sie rieb ihre Handflächen gegeneinander, so als wäre ihr kalt.

»Frieren Sie?«, fragte Anton überrascht.

»Ja, ist es nicht merkwürdig? Alle Menschen schwitzen, und ich bin nun wirklich keine zierliche Person. Ich verfüge über ausreichend Speckpölsterchen.« Lachend klopfte sie auf ihr Hinterteil. »Trotzdem ist mir immer kalt.«

Herr Kattany schmatzte zustimmend im Schlaf. Anton hatte schon vor einer halben Stunde das Interesse an dem Gespräch verloren, dennoch bemühte er sich, höflich zu sein, und täuschte vor, zuzuhören, bevor er endlich die Augen schloss. Er wünschte, er könnte einschlafen. Aber daran war bei dem ständigen Geschnatter nicht zu denken, außerdem war Anton nach dem langen Schläfchen am Vormittag mehr als erholt. Durch schmale Augenschlitze sah er, dass Ernestine immer wieder nickte, so als würde sie Frau Kattanys Endlosschleifen aufmerksam folgen. Andauernd wiederholte die Frau dieselben Inhalte in unterschiedlichen Formulierungen und erwähnte neue Cousinen, Tanten und Großonkel.

Nach einer Weile wurde der Redeschwall auch Ernestine zu viel. Als Frau Kattany sich kurz räusperte, sagte sie rasch: »Ich muss mich jetzt leider entschuldigen. Ich habe meinen Koffer noch nicht in die andere Kabine gebracht.«

»Brauchen Sie Hilfe? Ich kann Sie begleiten.«

»Nein, vielen Dank, Frau Kattany.« Ernestines Antwort kam eine Spur zu schnell. »Mein Koffer ist nicht schwer.«

Anton hörte Frau Kattany enttäuscht seufzen. Leider konnte er selbst Ernestine seine Unterstützung nun nicht mehr anbieten, da sie bereits abgelehnt hatte. Er hörte, wie sie sich verabschiedete und ging. Er wusste, dass er jetzt auf keinen Fall die Augen öffnen durfte. Vorsichtig blinzelte er. Ernestine war bereits über die Treppe verschwunden, und Frau Kattany schaute sich suchend nach einem neuen Opfer um. Am Ende des Sonnendecks entdeckte sie die Gesellschafterin von Fräulein Gardner mit einem knallgelben Sonnenschirm in der Hand. Frau Kattany erhob sich für ihre Fülle recht leichtfüßig und schritt auf die Frau zu. Kaum war sie weg, öffnete Herr Kattany seine Augen wieder und richtete seine Worte an Anton. Auch er hatte nicht geschlafen.

»Würden Sie mir ihre Zeitung leihen? Ich habe heute Morgen vergessen, eine zu kaufen.«

»Ja, natürlich.« Anton reichte ihm die »Kronen Zeitung«. Herr Kattany hüstelte verlegen. »Ich habe eigentlich den Sportteil gemeint.«

»Oh, gern.« Anton griff nach dem anderen Teil der Zeitung. »Die Hakoah hat gegen die Admira gewonnen.« Die Hakoah war einer der erfolgreichsten Fußballklubs Wiens, er wurde 1909 gegründet und bestand ausschließlich aus jüdischen Sportlern.

»Hervorragender Fußballklub. Wer hätte gedacht, dass die Juden so gut mit dem Ball umgehen können.«

Anton stimmte ihm zu, und den Rest des Nachmittags verbrachte er damit, über die schönsten Tore und raffiniertesten Spielzüge der letzten Saison mit Kattany zu debattieren. Wenn man Kapitän Freiberg ausklammerte, war die Schiffsreise eine äußerst angenehme und unterhaltsame Art, seine Zeit zu verbringen.

Ernestine hatte ihm verraten, dass es am Abend eine Szegediner Fischsuppe geben würde. Anton wähnte sich im kulinarischen Himmel. Zu Hause verzichtete er wegen seiner Enkeltochter beim Kochen auf starkes Würzen. Umso mehr freute er sich auf eine deftige Fischsuppe mit einer ordentlichen Portion Zwiebel und Knoblauch.

SIEBEN

Ernestines neue Kabine war fast doppelt so groß wie die von Anton. Vor zwei kleinen Fenstern, die man öffnen konnte, befanden sich dicke dunkelrote Samtvorhänge. Eine Frisierkommode mit einem golden gerahmten Spiegel und ein Tisch mit zwei gepolsterten Stühlen sorgten für Bequemlichkeit. Hinter einem Vorhang an der Wand gab es die Verbindungstür, von der Kapitän Freiberg gesprochen hatte. Sie war verschlossen und würde es hoffentlich auch bleiben.

Ernestine packte ihren Koffer aus und hängte ihre Kleidung in den Schrank neben der Kommode. Dann richtete sie ihr Haar und machte sich erneut auf, um das Schiff zu erkunden. Sie wollte nachschauen, wo am Abend die Filmvorführung stattfinden würde.

Als sie die Kabine hinter sich schloss, hörte sie aus der Nebenkabine laute Stimmen.

»Dein Vater trampelt auf meinen Gefühlen herum. Er fertigt mich ab wie eine billige Dienstmagd, dabei bin ich seine Schwiegertochter! Wie lange soll ich das noch ertragen?«

Ernestine kannte die Stimme vom Mittagessen, es war Anna von Jesenky, die hier aufgeregt schrie.

»Du weißt, dass er es lieber gesehen hätte, wenn ich eine Frau mit Adelstitel oder zumindest eine mit Geld geheiratet hätte. Er selbst hatte sich auch den Wünschen seiner Eltern beugen müssen.«

»Nur weil ich aus einer Arbeiterfamilie stamme und als Verkäuferin gearbeitet habe, heißt das noch lange nicht, dass er mich wie einen Menschen zweiter Klasse behandeln darf. Er ist ein altes Scheusal.« Ihre Stimme überschlug sich vor Empörung.

»So beruhige dich, Liebling. Niemand geht schlecht mit dir um, und bitte hör damit auf, meinen Vater zu beschimpfen. Er ist in einer Zeit aufgewachsen, in der ein Adelstitel einen anderen Stellenwert hatte.«

»Ich pfeife auf den Adelstitel. Dein Vater vergisst, dass ich seit fünf Jahren die Kontobücher führe und mehr Einsicht in die Geschäftszahlen habe als alle anderen in dieser Familie. Es ist völliger Wahnsinn, ein Grundstück zu behalten, das nur Kosten verursacht und nichts einbringt. Wenn er weiter so gedankenlos wirtschaftet, muss er bald auf all den Luxus verzichten, der ihm so wichtig ist.«

Ernestine hörte, wie ein Gegenstand zur Seite gerückt wurde. Jemand ging ein paar Schritte durch die Kabine.

Ihr Mann versuchte zu beschwichtigen. »Wir wissen beide, dass Vater nicht ewig leben wird. Hab etwas Geduld.«

»Das sagst du seit Jahren …«

Ernestine konnte die nächsten Worte nicht hören, sie schlich einen Schritt näher an die Tür, doch genau in dieser Sekunde kam jemand die Treppe hinter ihr herunter. Es war die junge Frau mit dem Zeichenblock. Belustigt, so als hätte sie mitbekommen, dass Ernestine gelauscht hatte, zog sie die dünn gezupften Augenbrauen hoch.

»Guten Tag.« Ernestine ließ sich keine Verlegenheit anmerken und verwickelte die junge Frau sofort in ein Gespräch. »Ich habe schon beim Mittagessen gesehen, dass Sie eine Mappe bei sich tragen. Darf ich fragen, was Sie darauf festhalten?«

»Alles, was mir interessant erscheint. Ich möchte Karikaturistin werden.« Die junge Frau streckte selbstbewusst ihr spitzes Kinn nach vorn. Ihre Wangen leuchteten von der Schminke eine Spur zu grell. Es hatte den Anschein, als wollte sie damit Sommersprossen verdecken. Die Flecken würden bis zum Abend so dunkel sein, dass sie auf Hals und Dekolleté zu sehen waren. Das blonde, kinnlange Haar hatte die junge Frau mit einer schlichten Haarspange hinters Ohr gesteckt.

Sie hielt Ernestine die Hand entgegen. »Ich bin Theresa Hodul.«

»Sehr angenehm. Mein Name ist Ernestine Kirsch. Darf ich Ihre Arbeiten sehen?«

»Ja, natürlich. Lassen Sie uns dort nach hinten gehen. Ich

vertrage die Sonne nicht.« Sie zeigte zu einer Bank am Ende des Gangs.

»Ich bevorzuge auch den Schatten.«

Gemeinsam schlenderten sie zu der weiß gestrichenen Holzbank, die einen herrlichen Ausblick auf das tiefblaue Wasser der Donau bot.

Theresa Hodul setzte sich, und Ernestine nahm neben ihr Platz. Die junge Frau legte ihre Mappe auf ihren Schoß und öffnete die dunkelrote Schleife. Sie holte mehrere Blätter hervor und reichte sie Ernestine. Es war teures Zeichenpapier mit einem aufwendigen Wasserzeichen am rechten unteren Rand. Nur Künstler oder Menschen, die von sich selbst glaubten, welche zu sein, leisteten sich dieses hochwertige Papier. Gespannt richtete Ernestine ihre Aufmerksamkeit auf die erste Zeichnung. Es handelte sich um eine Darstellung, die mit einem satten Kohlestift gemacht worden war, und zeigte Theresa Hoduls Vater. Ernestine erkannte den Geschäftsmann sofort. Die Glatze und der imposante Schnurrbart waren deutlich überzeichnet und auf witzige Weise übertrieben, gerade so viel, dass es nicht beleidigend war. Die junge Frau hatte sich aufs Wesentliche reduziert und es dennoch geschafft, die Charakterzüge des Mannes sichtbar wiederzugeben.

»Das ist hervorragend.« Ernestine nahm das nächste Blatt entgegen, auf dem Neumeier und Freiberg zu sehen waren. Die Schnurrbartschnecken des zweiten Kapitäns hingen wie überdimensionierte Kunstwerke in seinem Gesicht, ähnlich den Verzierungen einer griechischen Säule. Neben ihm stand Kapitän Freiberg, der wie ein Riese wirkte. Freibergs breite Brust schwellte sich stolz, und die Figur versuchte, Neumeier mit dem Ellbogen aus dem Bild zu drängen. »Sie haben großes Talent«, sagte Ernestine beeindruckt.

»Vielen Dank.« Theresa Hodul verzog bitter den Mund. »Leider waren die Professoren an der Kunstgewerbeschule des Österreichischen Museums für Kunst und Industrie anderer Meinung. Meine Mappe wurde abgelehnt. Ich denke, dass das in erster Linie damit zusammenhängt, dass ich eine Frau bin.«

Ernestine seufzte enttäuscht. »Machen Sie sich nichts daraus, meine Liebe, und bedenken Sie, dass man Künstler wie Egon Schiele auch von der Schule verbannt hat. Seine Bilder gelten mittlerweile als teure Sammlerstücke. Ich glaube, dass viele der Professoren talentierte Künstler nicht aufnehmen, weil sie sich Konkurrenz vom Leib halten wollen.«

Ein Lächeln breitete sich auf Theresa Hoduls Gesicht aus. Ihre Nase kräuselte sich. »So habe ich die Sache noch nie betrachtet.«

Das dritte Blatt war ganz anders. Theresa Hodul hatte dafür einen weichen Pastellstift verwendet, der es ihr ermöglicht hatte, ihr Motiv in sanften Rottönen zu skizzieren. Detailverliebt zeigte es jede Falte und Rundung eines hübschen Frauengesichts. Die strahlenden Augen, die klassisch geschnittene Nase, das spitze Kinn und die Sommersprossen hatten große Ähnlichkeit mit ihr selbst. Aber es handelte sich nicht um ein Selbstporträt.

»Ist das Ihre Mutter?«

»Ja, ich habe das Bild nach einem Foto angefertigt.«

»Konnte sie nicht so gut still sitzen?«

»Der Glanz in den Augen meiner Mutter ist seit dem Tod meiner Brüder verschwunden.«

»Oh, das tut mir leid«, sagte Ernestine betroffen.

»Sie sind alle drei eine Woche vor Kriegsende gestorben. Es war ein völlig sinnloser Tod. Sie wurden einberufen, als längst schon klar war, dass der Krieg verloren ist. Ginge es nach mir, würde ich alle Waffen dieser Welt verschrotten lassen.«

Intuitiv griff Ernestine nach der Hand der jungen Frau. »Der schreckliche Krieg wird uns alle noch lange beschäftigen. Ich hoffe, dass die Welt nie wieder in Flammen stehen wird.«

»Das wünsche ich mir auch von ganzem Herzen.« Als Theresa Hodul nach dem nächsten Blatt griff, verschwand der Schatten auf ihrem Gesicht wieder.

»Das gefällt Ihnen vielleicht nicht so gut«, sagte sie und

wies mit dem Kinn auf das Blatt in ihrer Hand, dabei lächelte sie spitzbübisch. »Ich habe es vorhin am Sonnendeck angefertigt.«

Ernestines Neugier war geweckt. Auf der Zeichnung waren drei Personen zu sehen. Sie erkannte sich selbst, wie sie auf einem der Liegestühle saß und gelangweilt ein Gähnen unterdrückte, während Anton neben ihr tief und fest schlief. Ihnen gegenüber saß Frau Kattany, die wild gestikulierte. Alle drei waren mit wenigen, punktgenau gesetzten Strichen festgehalten. Ernestines kleine Nase und ihre Locken waren besonders hervorgehoben, während Antons Stirn noch höher ausfiel, als sie tatsächlich war. Frau Kattanys Figur war eine kleine runde Kugel, die während des Redens aufgeregt auf und ab hüpfte wie ein Ball.

Ernestine musste schallend lachen. Tränen traten in ihre Augen, so köstlich amüsierte sie sich. Mit ihrem Handrücken wischte sie sie weg.

»Ich bin froh, dass Sie mir nicht böse sind. Es gibt Menschen, die reagieren verärgert, wenn sie meine Karikaturen sehen.«

»Um Himmels willen, wie könnte ich böse sein«, sagte Ernestine und hielt sich den Bauch. »Sie haben die Szene perfekt porträtiert. Habe ich wirklich gegähnt?«

Theresa Hodul schüttelte grinsend den Kopf. »Nein, Sie hatten sich ganz vorbildlich im Griff.«

»Da bin ich erleichtert!«

Ungern gab Ernestine die Zeichenblätter zurück, zu gern hätte sie die letzte Zeichnung behalten. »Sie müssen Ihr Talent unbedingt beruflich nutzen.«

»Das ist leichter gesagt als getan.« Theresa Hodul seufzte. »Als Frau ist es genauso schwierig, eine Anstellung bei der Presse zu bekommen, wie als Kunststudentin aufgenommen zu werden.«

»Haben Sie den Zeitungen Ihre Arbeiten schon angeboten?«

»Ich habe ein paar Zeichnungen von Julius Deutsch

und Theodor Körner zur Gründung des Republikanischen Schutzbundes gemacht.«

»Oh.« Die bewaffnete Organisation der Sozialdemokratischen Arbeiterpartei, die als Gegengewicht zu den bereits existierenden christlich-sozialen Heimwehren gedacht war, sorgte seit Wochen für große Aufregung in den Schlagzeilen.

»Ist es nicht völlig verrückt, dass nun auch die Arbeiterpartei eine paramilitärische Organisation gründet und mit Waffen ausstattet? Sind in diesem Krieg nicht genug junge Männer gefallen?«

Ernestine verstand nun, was die junge Frau zuvor gemeint hatte, als sie davon gesprochen hatte, alle Waffen verschrotten zu wollen. »Ich bin ganz Ihrer Meinung, meine Liebe. Aber ich fürchte, dass das eine Botschaft ist, die man derzeit weder als Frau noch als Mann verkaufen kann. Unser Land ist gespalten und das Misstrauen auf beiden Seiten groß«, sagte Ernestine traurig.

»Möglich. Aber soll ich deshalb anfangen, Blumensträuße und Stillleben zu zeichnen?«

»Nein, aber vielleicht beginnen Sie mit weniger schweren Themen. Es gibt doch wahrlich genug, worüber man sich lustig machen kann.«

»Hm, ich werde darüber nachdenken.« Theresa Hodul packte ihre Zeichnungen wieder in ihre Mappe und band die roten Bänder zu einer ordentlichen Schleife. »Werden Sie nach dem Abendessen zur Filmvorführung kommen, Fräulein Kirsch?«

»Ja, die werde ich mir auf keinen Fall entgehen lassen. Ich bin schon sehr gespannt auf den Film.«

»Ein Freund hat bei der Produktion der Filmkulisse mitgeholfen. Vielleicht sollte ich seinem Beispiel folgen und mich aufs Malen von Bühnenbildern konzentrieren. In den Filmstudios werden immer brotlose Künstler gesucht.«

»Müssen Sie denn Ihren Unterhalt selbst bestreiten?«, fragte Ernestine überrascht.

»Nein, im Moment noch nicht. Aber Vater droht seit Jahren, dass er mir die finanzielle Unterstützung streicht. Er ist zwar stolz auf mein Talent, aber er will trotzdem, dass ich einen Mann heirate, der bereit ist, unser Familienunternehmen zu führen. Dass ich mit Kondensmilch nichts zu tun haben will, das hat Vater mittlerweile akzeptiert.«

»Und Ihre Mutter wünscht das auch?«

Der fröhliche Ausdruck auf Theresa Hoduls Gesicht verschwand. »Meine Mutter ist gemeinsam mit meinen Brüdern gestorben«, sagte sie niedergeschlagen. »Was Sie sehen, ist nur noch die körperliche Hülle einer Frau, die keine Freude mehr am Leben hat. Wenn wir gemeinsam durch die Stadt spazieren, habe ich manchmal den Eindruck, neben einer Toten zu gehen.«

»Das tut mir sehr leid«, sagte Ernestine betroffen.

»Mir auch.«

Da Ernestine nichts Tröstliches einfallen wollte, war sie erleichtert, dass Theresa Hodul sich von ihr verabschiedete.

ACHT

Frau Kattany war auf dem Rückweg zu ihrem Mann. Rasch sprang Anton auf, winkte Herrn Kattany kurz zu und eilte davon. Die Vorstellung, einen weiteren Redeschwall über sich ergehen lassen zu müssen und über den Rest ihrer Familie unterrichtet zu werden, jagte ihm Angst ein.

Vorsichtig stieg er die Treppe zu den Kabinen hinunter. Auf der Fläche vor dem Speisesaal hatte man ebenfalls Liegestühle aufgestellt, die sich aufgrund der Überdachung alle im Schatten befanden. Graf von Jesenky und seine Pflegerin Mila Marinkovic saßen am Rand. Karoline Gardner hatte es sich in ihrem Rollstuhl bequem gemacht. Sie las in einem Buch.

Anton zog seinen Hut und wollte an ihr vorbei, als ein lauter, greller Schrei ihn aufhorchen ließ. Auch die anderen reckten neugierig die Köpfe. Aufgeregt keuchten Frau Kattany und ihr Mann die Metalltreppe herunter.

»Was ist passiert?«, fragte Frau Kattany mit einer Mischung aus Sensationsgier und Angst. »Vielleicht ist jemand überfallen worden?«

Während Mila Marinkovic verunsichert in die Richtung schaute, aus der der Schrei gekommen war, wirkte der alte Graf völlig unbeeindruckt. Anton fragte sich, ob er vielleicht schlecht hörte.

»Der Schrei kam von der Backbordseite«, sagte Herr Kattany wichtig. »Es muss etwas Schreckliches passiert sein. Warum sollte sonst jemand derart laut schreien?«

»Dort liegt unsere Kabine«, meinte seine Frau entsetzt. Weiter kam sie nicht, denn eine Sekunde später stürmte Anna von Jesenky den Gang entlang. Ihr Gesicht war gerötet, ihr Haar aufgelöst und die Augen angstgeweitet.

»Jemand wollte mich umbringen!«

»Wie bitte?« Mila Marinkovic stand auf, um ihr entgegenzugehen, aber Anna von Jesenky streckte abwehrend die Arme aus.

»Ich weigere mich, diese Kabine noch einmal zu betreten!« Ihre Stimme überschlug sich.

Vom Lärm angelockt, traten ihr Mann und sein Bruder aus dem Rauchsalon neben dem Speisesaal, wo sie sich eine Zigarre gegönnt hatten.

»Um Himmels willen, Liebling. Was ist los?«

Anna von Jesenky stürzte sich in die Arme ihres Mannes und schluchzte. Sie stammelte unverständliche Worte.

»Setz dich hin und erzähl in Ruhe, was passiert ist.« Adam von Jesenky lenkte seine Frau zu einem der Liegestühle. »Als ich die Kabine vor ein paar Minuten verlassen habe, war doch alles noch völlig in Ordnung.«

Es dauerte eine Weile, bis Anna von Jesenky wieder in der Lage war, in zusammenhängenden Sätzen zu sprechen. Anton reichte ihr ein Taschentuch, in das sie sich lautstark schnäuzte.

»Nachdem du gegangen bist, wollte ich ein kleines Nickerchen machen und habe mich hingelegt. Gerade als ich dabei war, einzuschlafen, fiel die Deckenlampe aufs Bett. Sie hat sich aus der Verankerung gelöst und krachte nur eine Handbreit neben mir auf die Matratze.«

»Das kann doch nicht sein«, sagte ihr Mann empört.

»Aber wenn ich es dir doch sage. Wenn ich nur ein bisschen weiter rechts gelegen wäre, hätte mich die Lampe erschlagen. Das war ein Angriff auf mein Leben. Ein heimtückischer Versuch, mich umzubringen.«

»Warum sollte jemand deinen Tod wollen, Schatz?« Adam von Jesenky tätschelte ihr die Hand. »Sicher war es bloß ein unglücklicher Zufall.«

»Deine Frau redet Unsinn. Wie immer.« Graf von Jesenky mischte sich in das Gespräch ein. »Sie ist wieder einmal hysterisch und will sich künstlich in den Mittelpunkt rücken.«

Offenbar hörte er einwandfrei und hatte jedes Wort, das gesprochen worden war, verstanden.

»Vater, bitte reiß dich zusammen. Anna ist aufgewühlt und hat gerade großes Glück gehabt.«

»Pah, seit wann sind einfache Verkäuferinnen so wichtig, dass man sie umbringen will? Sie hat nichts, kann nichts, und außer dir interessiert sich niemand für sie.«

Bevor er weitersprechen konnte, kam eilig der zweite Kapitän gelaufen. Auch er wirkte aufgeregt und winkte mit der Liste, die er bei der Begrüßung der Gäste am Schiff in der Hand gehabt hatte.

»Ich habe eben von dem bedauerlichen Vorfall erfahren. Es tut mir unendlich leid. Ich fürchte, dass uns bei der Einteilung der Kabinen ein Irrtum unterlaufen ist.«

»Die Deckenlampe hätte meine Frau fast erschlagen!«

»Ich bin untröstlich, wirklich.« Neumeier wirkte zerknirscht. Er sah aus, als wenn er sich am liebsten in Luft aufgelöst hätte, so unangenehm schien ihm die Angelegenheit zu sein.

»Wo ist der Kapitän? Ich will mich beschweren«, sagte Adam von Jesenky in unerbittlichem Ton.

»Kapitän Freiberg ist im Moment unabkömmlich. Aber ich versichere Ihnen, dass ihm die Sache genauso unangenehm ist wie mir. Wir haben bereits eine andere Kabine für Sie vorbereiten lassen. Eine, die ganz gewiss Ihren Vorstellungen entsprechen wird.«

»Eine weitere Baustelle?«

»Nein, es ist eine unserer Luxuskabinen, die für besondere Gäste vorgesehen sind«, beeilte sich Neumeier zu sagen. »Wir werden Ihnen eine kleine Aufmerksamkeit, einen Früchtekorb und eine Flasche Champagner, bereitstellen und dafür sorgen, dass Sie alle Annehmlichkeiten bekommen, die Sie wünschen.«

Eine Spur sanfter fragte Adam von Jesenky: »Wie konnte es zu dieser Verwechslung der Kabinen kommen?«

Neumeier schüttelte bedauernd den Kopf. »Ich weiß es nicht. Es haben nur eine Handvoll Mitarbeiter Zugriff auf die Listen, aber aus irgendeinem Grund wurden Kabinennummern und Passagiere falsch eingetragen. Es ist mir ein Rätsel. Zum Glück sind jetzt alle Fehler behoben, und jeder ist in der Kabine, die ursprünglich für ihn vorgesehen war. Es wird zu keinen weiteren Zwischenfällen kommen.«

»Das will ich hoffen!« Adam von Jesenky schnaufte.

»Also unsere Kabine ist einwandfrei, nicht wahr, Josef?« Frau Kattany lächelte ihren Mann an. »Wir haben Fließwasser und Fenster, die sich öffnen lassen, der Teppichboden ist so flauschig, dass jedes Geräusch geschluckt wird. Nur das Bett könnte vielleicht ein paar Zentimeter breiter sein. Meine Cousine zweiten Grades hat ein Bett, das ist so breit, dass eine ganze Großfamilie darin Platz finden kann –«

Fräulein Gardner schnitt ihr das Wort ab. »Ich bezweifle, dass das der letzte Unglücksfall auf diesem Schiff war!« Mit unheilvoller Stimme und weit geöffneten Augen schaute sie in die Runde. »Etwas Böses verbirgt sich unter uns. Es lauert nur auf eine passende Gelegenheit, und wenn sie sich ergibt, dann SCHNAPP«, sie klatschte die Hände so laut zusammen, dass Anton zusammenzuckte, »wird es zuschlagen. Ich kann die negative Energie spüren, sie befindet sich hier an Deck.«

Erschrocken sog Frau Kattany die Luft ein. Einen Augenblick lang schwiegen alle und starrten angstvoll auf die Hellseherin.

Adam von Jesenky brach die gespenstische Stille und beschwichtigte. »Das Einzige, was hier zerstört wurde, ist eine Lampe, die auf ein Bett gekracht ist. Zum Glück kam niemand zu Schaden.«

»Jetzt wurde niemand verletzt«, raunte Fräulein Gardner. »Aber solange die Geister hungrig sind, werden sie es erneut versuchen. Sie geben erst Ruhe, wenn ihre Gier nach Unheil befriedigt wurde.«

Anton fand die Vorstellung hungriger Geister absurd und beunruhigend zugleich.

»Ach, hören Sie mit diesen Gruselgeschichten auf!«, forderte Adam von Jesenky ungehalten.

»Das sind keine Gruselgeschichten, mein Lieber. Es sind die

Worte, die die Verstorbenen mir zuflüstern. Ich bin ein Medium und kann mit den armen Seelen sprechen, die unsere Welt verlassen mussten.«

»Ach du meine Güte«, sagte Frau Kattany. »Es ist genau wie damals bei dem verstorbenen Mann meiner Cousine dritten Grades. Der hat jede Nacht eine weiße Frau …«

Anton hatte das Sonnendeck verlassen, um ihrem Redefluss zu entgehen. Auch jetzt verspürte er keine Lust, der mitteilungsbedürftigen Frau zuzuhören. Lieber zog er sich in seine Kabine zurück und genoss dort die Ruhe. Das ganze Gerede über Geister und Verstorbene war ihm eine Spur zu viel. Würde er noch länger zuhören, wäre *er* es, der negative Energie verbreitete, und zwar in Form von schlechter Laune.

In seiner Kabine bemerkte er, dass Ernestine ihren Koffer bereits weggebracht hatte. Was hatte Neumeier eben gesagt? Jeder war jetzt in der Kabine, die ursprünglich für ihn vorgesehen war. Alle, bis auf Ernestine. Trotz des Lärms vor dem Speisesaal hatte er sie nicht gesehen. Das war ungewöhnlich. Ob Kapitän Freiberg sie erneut mit auf seine Kommandobrücke genommen hatte? Die Vorstellung gefiel Anton ganz und gar nicht. War er am Ende vielleicht eifersüchtig? Sollte er nach Ernestine suchen?

Unentschlossen schaute er sich in der Kabine um. Der Raum war frisch renoviert, genau wie Neumeier es gesagt hatte. Die Deckenlampe schien fest in ihrer Verankerung zu sitzen. Auch der Spiegel war ordentlich an der Wand fixiert. Antons Blick fiel auf die Schrift, die Dr. Kandel ihm heute Morgen geliehen hatte: »Das Drei-Instanzen-Modell«. Sie lag auf der Kommode an der Wand.

Anton nahm das gebundene Werk zur Hand und schlug es auf. Er las die ersten Sätze und fand Gefallen daran. Da es im Stehen nicht besonders bequem war, machte er es sich auf der weichen Matratze gemütlich. Dabei achtete er darauf, nicht direkt unter der Lampe zu sitzen. Vorsicht war die Mutter der Porzellankiste. Mit steigendem Interesse vertiefte er sich in die Zeilen. Sigmund Freud behauptete, dass neunzig Prozent aller Entscheidungen aus dem Unterbewusstsein getroffen wurden. Die Zahl erschien Anton äußerst hoch. War es nun eine bewusste oder unbewusste Entscheidung, dass er in der Kabine blieb, statt nach Ernestine zu suchen?

Als Ernestine etwas später zum sonnengeschützten Teil vor dem Speisesaal kam, hatte sich die Aufregung wegen der heruntergefallenen Lampe wieder gelegt. Nur Graf von Jesenky saß noch hier und döste friedlich vor sich hin. Ernestine überlegte, ob sie weiter aufs Sonnendeck gehen oder lieber den Schatten genießen sollte. Sie entschied sich für Letzteres und setzte sich in einen der Liegestühle. Graf von Jesenky bemerkte die Bewegung neben sich und zuckte zusammen. Sein Kopf schnellte nach oben, er blinzelte verwirrt, bevor ein Wiedererkennen in seine alten wässrigen Augen trat.

»Ach, das Fräulein Lehrerin«, sagte er und beugte sich nach vorn. Dabei löste sich mit einem Wackeln der Rollstuhl, und die Räder setzten sich in Bewegung. Erschrocken riss der Graf den Mund auf, griff nach der Bremsvorrichtung neben einem der Räder und zog heftig daran. Aber nichts geschah. Der Stuhl legte an Geschwindigkeit zu, die Bremse funktionierte nicht.

»Was ist da los?«, schimpfte er. Sein Gesicht war auf das große Glasfenster gerichtet, auf das er mit einem Höllentempo zuraste. »Hilfe!« Der alte Mann schrie nun, so laut er konnte.

Blitzschnell hievte Ernestine sich wieder aus ihrem Liegestuhl und stürzte dem rollenden Grafen hinterher. Mit einem Sprung setzte sie ihm nach und ließ sich mit ihrem ganzen Oberkörper auf den Stuhl plumpsen, in der Hoffnung, das Gefährt zu stoppen. Gemeinsam mit dem Grafen ging sie zu Boden. Zum Glück fiel der Rollstuhl auf einen Stapel Decken, die für die ruhebedürftigen Gäste im Schatten bereitlagen. Die Decken federten den Sturz ab. Ernestine landete weich, ebenso der Graf.

»Was zum Kuckuck –« Weiter kam Kapitän Neumeier

nicht. Er trat gerade aus dem Speisesaal, als das Unglück sich ereignete. Rasch eilte er zu den beiden und half zuerst Ernestine, die obenauf lag. »Um Himmels willen, was ist geschehen?«

Statt zu antworten, sorgte sich Ernestine um den Grafen, der sich unter ihr befand. Mit seinen verkrüppelten Händen klammerte er sich an ihrem rechten Oberschenkel fest. »Sind Sie verletzt?«

»Ich glaube nicht«, sagte er heiser und ließ sie los. »Die Decken haben uns beide gerettet.«

»Warum haben Sie denn nicht die Bremse gezogen?«

»Das habe ich, das habe ich. Aber das verdammte Ding hat geklemmt.«

Als Ernestine wieder aufrecht stand, zitterten ihre Knie. Sie horchte forschend in ihren Körper. Überraschenderweise spürte sie keinen Schmerz. Nur das rechte Schienbein meldete sich. Dort würde wohl ein blauer Fleck zurückbleiben. Auch der Graf wirkte unversehrt. Sie hatten großes Glück gehabt.

Neumeier stellte den Rollstuhl wieder auf und half dem alten Mann nun zurück. Er untersuchte die Bremse. »Es schaut so aus, als hätte sich ein Stück Metall gelöst. Irgendetwas blockiert die Bremse.«

»Wie kann das sein?« Ernestine schob den Mann energisch zur Seite und warf ebenfalls einen Blick auf die Konstruktion. Tatsächlich. Ein gebogenes Stück Metall klemmte zwischen dem Hebel und dem Bremsklotz. Es verhinderte, dass der Klotz das Rad berührte. Sie zog das Metallstück heraus. »Sieht aus wie ein Stück Draht.«

»Oder ein langer, dünner Nagel. Wahrscheinlich stammt das Teil vom Rollstuhl«, mutmaßte Neumeier.

Graf von Jesenkys Hände bebten. Er starrte ins Leere.

»Geht es Ihnen gut?«, fragte Ernestine besorgt.

Sehr langsam wandte er sich zu ihr. »Sie haben mir gerade das Leben gerettet.«

»Zumindest habe ich Sie vor größerem Schaden bewahren

können.« Ernestine wollte sich nicht ausmalen, was mit dem Grafen geschehen wäre, wenn sie nicht in der Nähe gewesen wäre. Nur ein kleiner Ruck war nötig gewesen, um das Gefährt in Bewegung zu setzen.

»Wir können froh sein, dass nicht mehr passiert ist.« Neumeier schien ähnliche Gedanken zu haben.

»Wer war denn bei Ihnen, bevor Sie eingeschlafen sind?«, fragte Ernestine.

Graf von Jesenky zuckte mit den Schultern. »Keine Ahnung, da waren viele Menschen. Ich weiß nur noch, dass die Frau, die nicht aufhören kann zu reden, zu einem Endlosmonolog angesetzt hat. Dann bin ich wohl eingeschlafen. Als ich wieder aufwachte, waren Sie bei mir.«

»Soll ich Sie in Ihre Kabine bringen?«, bot Kapitän Neumeier an.

»Ja, bitte.«

Ernestine nahm wieder in dem Liegestuhl Platz. Sie hatte das Stück Metall behalten und drehte es nun von einer zur anderen Seite. Es erinnerte sie an etwas, das sie kannte. Jedoch waren die Gegenstände, an die sie dachte, anders geformt. Es waren große Broschen, die, Sicherheitsnadeln ähnlich, an Röcken oder Umhängen befestigt wurden. Wem auch immer diese Nadel gehört hatte, es war kein Teil eines Rollstuhls.

Als Anton Stunden später den Text über das Drei-Instanzen-Modell zu Ende gelesen hatte, wusste er zwar, was Freud mit dem Es, dem Ich und dem Über-Ich meinte, wollte aber nicht so recht glauben, dass sein eigenes Es derart viel Platz einnahm. Beim Lesen hatte er die Zeit völlig vergessen. Die Sonne stand bereits so tief, dass die goldenen Strahlen durch die Fensterluken seiner Kabine direkt in sein Gesicht fielen. Er schaute auf seine Taschenuhr. Es war kurz vor sechs. Um sieben gab es Abendessen, und davor wurde ein Aperitif in der Bar gereicht. Anton musste sich zügig umziehen und frisch machen. Gut, dass es Fließwasser gab.

Schnell wechselte er sein Hemd, wusch und rasierte sich

und schlüpfte trotz hoher Temperaturen in seinen dunklen Anzug. Aus seinem Koffer holte er ein Säckchen Pfefferminzbonbons für die geplante Filmvorführung. Dann machte er sich mit ungewöhnlich raschen Schritten auf zur Bar, die sich zwischen Speisesaal und schattigem Liegebereich befand. Bis auf Hubert und Marlene Radatz waren noch keine Gäste anwesend. Obwohl Marlene Radatz in einigen Metern Entfernung zu ihm stand, konnte Anton ihr aufdringliches, süßes Parfum riechen. Die Fenster waren alle geöffnet, und ein sanfter Windhauch trug die Duftwolke direkt zu ihm. Eine weitere Geruchsnote mischte sich dazu. Alkohol. Hubert Radatz hielt in seiner Rechten ein bis zum Rand gefülltes Whiskyglas. Das Aroma der braunen Flüssigkeit erinnerte Anton an ein Kaminfeuer in einer kalten Winternacht. Im Moment war ihm weder nach scharfem Alkohol noch nach Kaminfeuer zumute. Herr Radatz leerte sein Glas in einem Zug und ging dann zur Bar, wo ein junger Mann in einer hellen Matrosenuniform es erneut auffüllte.

»Wo bleiben denn nun die Jesenkys?«, fragte Radatz mit deutlichem Zungenschlag, dabei schaute er sich mit glasigen Augen suchend um. »Ich habe einen wichtigen Geschäftstermin verschoben, um diese verdammte Reise mitzumachen. Alles schwankt auf diesem Boot. Ich hasse Dampfschiffe.«

»Deine Gleichgewichtsprobleme haben nichts mit dem Schiff zu tun, sondern mit dem Whisky, den du seit Stunden in dich schüttest.« Seine Tochter Marlene hatte ihren üppig gerundeten Körper in ein eng anliegendes rotes Seidenkleid gezwängt und strich sorgfältig eine Falte an ihrer Hüfte glatt.

Hubert Radatz ignorierte ihre Bemerkung. »Der Graf glaubt wohl, dass er mich herumkommandieren kann wie einen seiner Dienstboten. Er vergisst, dass ich ein angesehener Rechtsanwalt bin. Wenn er versucht, mit mir Spielchen zu treiben, werde ich ihm zeigen, wer am längeren Hebel sitzt.«

»Vater, beruhige dich! Die Jesenkys werden schon gleich kommen.«

»Das will ich hoffen.«

»Hast du von dem schrecklichen Unfall gehört, der Anna von Jesenky widerfahren ist?«

»Es war ja nicht zu überhören«, schnaufte Hubert Radatz. »Die Schwiegertochter des Grafen hat so laut gebrüllt, dass alle am Schiff es mitbekommen haben. Man hätte denken können, jemand wollte sie umbringen.«

»Aber vielleicht war das der Fall.« Marlene Radatz senkte die Stimme. »Man hat die Kabine zuerst mir zugeteilt.« Sie machte eine dramatische Pause. »Stell dir vor, was passiert wäre, wenn ich auf dem Bett gelegen hätte. Vielleicht wäre ich jetzt tot oder für immer entstellt oder –«

»Marlene, bitte hör damit auf.« Mit einem Mal wirkte er wieder nüchtern.

»Vielleicht hat der Angriff mir gegolten.«

»Welcher Angriff?«, fragte Radatz verärgert. »Eine Lampe hat sich aus der Verankerung gelöst. Das war ein bedauerlicher Unfall.«

»Eine Lampe fällt nicht so einfach von der Decke. Da muss jemand manipuliert haben.« Sie sog geräuschvoll die Luft ein. »Vielleicht wollte man mich erwischen.«

»Warum in aller Welt sollte dir jemand nach deinem Leben trachten?« Radatz nahm einen weiteren Schluck aus seinem Glas.

Marlene Radatz zuckte mit den Schultern. »Zu viel Wissen hat schon so manchem geschadet.«

»Unsinn«, sagte ihr Vater schnell. »Nur weil du das eine oder andere Geschäftsgespräch belauscht hast, heißt das noch lange nicht, dass dir jemand schaden will.«

Er betrachtete seine Tochter von der Seite, und mit einem Mal lag eine tiefe Traurigkeit in seiner Stimme. »Das ist auch gar nicht notwendig. Deine Selbstzerstörung übernimmst du freiwillig und ganz allein.«

»Der Apfel fällt nicht weit vom Stamm, Vater.«

Dr. Kandel betrat den Raum. Augenblicklich verstummte das Gespräch der beiden.

Marlene Radatz' stark geschminkte Wangen färbten sich dunkelrot. Sie wirkte gereizt und senkte die Lider. Auch Dr. Kandel schien das Zusammentreffen unangenehm zu sein. Zielsicher machte er einen großen Bogen um Vater und Tochter und ging zu Anton.

»Guten Abend, Herr Böck. Sie sehen erholt aus.«

»Das bin ich auch. Ich habe die Schrift gelesen, die Sie mir freundlicherweise geliehen haben.«

Bevor Dr. Kandel Anton nach seiner Meinung fragen konnte, kam ein Matrose mit einem Tablett und bot beiden Champagnergläser an. Dr. Kandel lehnte dankend ab, während Anton eines der Gläser entgegennahm. Kaum hatte er daran genippt, betraten die nächsten Gäste den Raum. Nach und nach füllte sich die Bar vor dem Speisesaal. Karoline Gardner erspähte Anton, zeigte mit ihrem Finger auf ihn, und Fräulein Stein schob den Rollstuhl in seine Richtung. Fräulein Gardner trug erneut ein extravagantes Kleid, das Anton an die Märchen aus Tausendundeiner Nacht erinnerte. Auf dem Kopf hatte sie wieder eine Art Turban, diesmal aus einem golddurchwirkten Stoff. Rosa hätte das Kleid bestimmt gefallen.

»Was für ein drückend heißer Sommer. Ich hoffe, dass die Nacht etwas Abkühlung bringt.« Sie fächerte sich Luft mit beiden Händen zu. Die Armbänder und Reifen an ihren Handgelenken klimperten.

Während sie sprach, ruhte Dr. Kandels Blick auf Erna Stein.

»Kennen wir uns?«

»Nicht, dass ich wüsste«, antwortete sie kühl.

»Ich könnte schwören, dass wir uns schon einmal begegnet sind.«

Erna Stein schüttelte den Kopf. »Es tut mir leid, ich kann mich nicht erinnern.«

»Ich schicke meine Gesellschafterin regelmäßig zu Antiquitätenhändlern in Budapest und Wien. Ich habe eine Schwäche für alte Dinge. Vielleicht haben Sie sich dort getroffen?«, mischte sich Karoline Gardner ein.

»Ich war noch nie bei einem Trödler.«

Die abfällige Bezeichnung missfiel Fräulein Gardner, die mürrisch die Mundwinkel verzog. »Geben Sie mir Ihre Hand.«

»Sie wollen meine Hand?« Überrascht zog Dr. Kandel die Augenbrauen hoch.

»Ja. Und Ihre auch, Fräulein Stein.«

Nur widerwillig folgten beide der Aufforderung.

»Was haben Sie vor?«, wollte Dr. Kandel wissen.

Anton ahnte bereits, was kommen würde. Er war froh, dass diesmal nicht seine Hand Gegenstand der hellseherischen Demonstration war.

»Ich versuche mit meiner Gabe herauszufinden, woher Sie einander kennen.«

»Wie bitte?« Schon wollte Dr. Kandel seine Hand wieder wegziehen, aber ohne Erfolg.

Anton wusste, wie fest die Dame zupacken konnte. Seine Knöchel schmerzten bei der Erinnerung an den Druck.

»Keine Angst, es passiert Ihnen nichts. Manchmal bekomme ich Signale aus der Anderswelt, manchmal schweigen die Geister.«

Entschuldigend lächelte Erna Stein den Arzt an. Diesmal schien ihr der Auftritt ihrer Dienstgeberin unangenehm zu sein, aber sie fügte sich ergeben.

Ganz anders Dr. Kandel. Der riss mit einem entschiedenen Ruck seine Hand zurück. Anton fragte sich, wie er das bewerkstelligt hatte.

»Ich hoffe, Sie verzeihen mir«, sagte er höflich, aber bestimmt. »Von derlei Darbietungen halte ich nichts. Sollten Ihre Gesellschaftsdame und ich einander schon einmal begegnet sein, dann wird es uns wieder einfallen, und wenn nicht, dann war es bloß eine Verwechslung. Die Mithilfe der Geister ist dazu nicht vonnöten.«

»Wie Sie wollen.« Fräulein Gardner wirkte beleidigt. Sie drehte sich ein wenig und lächelte Anton an. »Ich kann Ihnen gar nicht sagen, wie dankbar ich bin, dass Sie mein Kabinennachbar sind.«

»Ach, ja?«

»Ihre positiven Schwingungen sind bis in meine Räumlichkeiten zu spüren. Das ist sehr erfreulich. Bei meiner letzten Schiffsfahrt hatte ich einen Nachbarn mit einer schlechten Aura. Ich konnte die ganze Nacht nicht schlafen. Der Mann war ein Bollwerk negativer Energie.«

Die Vorstellung, dass er für den Schlaf seiner wildfremden Kabinennachbarin verantwortlich war, beunruhigte Anton.

Fräulein Gardner lehnte sich vertraulich zu ihm, hielt die Hand vor den geschminkten Mund und hauchte Anton zu: »Ich habe den Schiffsjungen gebeten, mein Bett an die Wand zu schieben, damit ich Ihre Aura noch intensiver wahrnehmen kann. Ich hoffe, Sie haben nichts dagegen.«

Anton war sich nicht sicher, ob er etwas dagegen haben sollte. Bis jetzt hatte er nicht gewusst, dass er eine Aura besaß. Bevor er sich dazu eine Meinung bilden konnte, betrat Ernestine den Raum. Sie war in Begleitung von Kapitän Freiberg, was Anton ganz und gar nicht gefiel. Der Brustkorb des Mannes schien in den letzten Stunden noch weiter angeschwollen zu sein. Er flüsterte Ernestine etwas ins Ohr, woraufhin sie lachte.

Zum Glück verabschiedete Ernestine sich von ihm und kam nun zu Anton. Sie trug ein knöchellanges Sommerkleid mit einer Stickerei am Ausschnitt, die längst aus der Mode gekommen war. Ihre Haut war von der Sonneneinstrahlung leicht gerötet. Anton fand sie bezaubernd, sie war ihm nie attraktiver erschienen. Aber hinkte sie?

»Hatten Sie einen angenehmen Nachmittag?«, fragte Ernestine fröhlich.

»Was ist mit Ihrem Bein passiert?«

»Ich hatte einen kleinen Zwischenfall mit Graf von Jesenky. Die Bremse an seinem Rollstuhl löste sich, aber niemand hat sich ernsthaft verletzt.«

»Und Ihr Bein?«

»Nicht der Rede wert. Ich konnte gleich danach einen weiteren Rundgang auf der ›Jupiter‹ unternehmen und kenne jetzt das ganze Schiff. Kapitän Freiberg war so freundlich und hat mir den Maschinenraum gezeigt. Das ist alles höchst interessant. Wussten Sie, dass das Schiff mit einer zweifachen Expansionsmaschine betrieben wird?«

»Hm.«

»Anton, was ist los mit Ihnen? Haben Sie schlecht geschlafen, oder war die Nachmittagsjause nicht in Ordnung?«

»Ich frage mich, was der Kapitän Ihnen Amüsantes verraten hat.«

»Wie bitte?«

»Kapitän Freiberg hat eben in Ihr Ohr geflüstert, und Sie haben gelacht.«

»Habe ich das?« Ernestine schüttelte erstaunt den Kopf. »Nun, es war eigentlich nicht lustig. Er hat mir bloß gesagt, mit wie viel Kraft wir momentan unterwegs sind. Raten Sie mal, Anton.«

»Es ist mir völlig egal«, sagte er beleidigt und nahm Ernestines irritierten Blick nicht wahr, denn die Familien Jesenky und Hodul kamen nun in die Bar und zogen nicht nur Antons, sondern auch die Aufmerksamkeit der anderen Gäste auf sich.

Alle, einschließlich des Grafen im Rollstuhl, der sich überraschend schnell von seinem Unfall erholt hatte, waren so vornehm gekleidet, als gelte es, Eindruck auf einem kaiserlichen Hofball zu erwecken. Anna von Jesenky trug eine Kette, mit deren Erlös man eine fünfköpfige Familie problemlos ein paar Jahre hätte ernähren können. Anton überlegte, wen sie damit beeindrucken wollte.

Nachdem auch das Ehepaar Kattany eingetroffen war, schlug Kapitän Freiberg mit einem Löffel gegen ein Sektglas und bat um Ruhe. In einer schier endlosen Begrüßungsrede beschrieb der Kapitän sein Schiff. Stolz klärte er über Mannschaft, Fassungsvermögen, Geschwindigkeit und Gesamtleistung der »Jupiter« auf. Freiberg nahm keine Notiz von der einsetzenden Langeweile seines Publikums. Seine Augen galten Ernestine, die als Einzige mit Begeisterung zuhörte.

Erst als Marlene Radatz so laut gähnte, dass auch Freiberg es nicht ignorieren konnte, beendete er seine Ansprache.

»Ich hoffe, Sie werden sich alle das Abendessen, das sich unser Küchenchef Karl Klavaner für Sie ausgedacht hat, schmecken lassen. Seine Szegediner Fischsuppe ist ein wahres Gedicht. Im Anschluss wird die Mannschaft den Rauchsalon für Sie abdunkeln, sodass wir Ihnen den Film ›Das Cabinet des Dr. Caligari‹ zeigen können. Ich wünsche Ihnen allen einen unterhaltsamen Abend auf der ›Jupiter‹. Genießen Sie die Fahrt mit uns. Wenn Sie morgen früh erwachen, werden wir bereits sicher in Budapest gelandet sein.«

Kaum hatte er seinen Satz beendet, begann Theresa Hodul zu klatschen. Die anderen setzten ein, und so blieb dem Kapitän, der offenbar noch gern weitergesprochen hätte, nichts anderes übrig, als sich zu verabschieden. Erleichtert schaute Anton ihm nach, als er den Raum verließ.

Weiterer Champagner wurde gereicht. Anton lehnte dankend ab. Das sprudelige Getränk stieg ihm bereits zu Kopf. Er blinzelte zum Speisesaal, wo die letzten kunstvoll gefalteten Servietten, diesmal waren es kleine Raddampfer, auf die großen Porzellanteller verteilt wurden.

An der Bar hatten sich Adam von Jesenky und Hubert Radatz begrüßt. Marlene Radatz stand direkt neben Thomas von Jesenky und machte kein Hehl daraus, dass sie ihn äußerst attraktiv fand. Sie lachte übertrieben laut über einen seiner Scherze.

Mila Marinkovic saß abseits. Auch sie hielt ein Glas Champagner in der Hand, trank aber nicht daraus, sondern starrte es bloß mit ausdrucksloser Miene an. Ob sie sich schuldig fühlte, weil Graf von Jesenkys Rollstuhl sich selbstständig gemacht hatte? Immer wieder schielte sie zu Marlene Radatz im roten Abendkleid.

Aus dem Speisesaal klang das Scheppern von Geschirr. Es roch nach geröstetem Brot und mediterranen Gewürzen. Anton fragte sich, wie lange es wohl noch dauern würde, bis das Abendessen endlich serviert wurde. Nebenan entzündete ein Matrose die Kerzen auf den Tischen. Die Stimmung war festlich.

Ernestine hakte sich bei Anton unter und zog ihn nach draußen zur Reling. »Sehen Sie nur, Anton.« Sie zeigte auf den orangeroten Sonnenuntergang.

Wie kleine goldenen Krönchen tanzte das Licht auf den Wellen. Zwei Möwen segelten elegant über der Wasseroberfläche. Gerade als Anton dabei war, Kapitän Freiberg zu vergessen und den Abend wieder zu genießen, hörte er, wie an der Bar ein Glas in die Brüche ging. Jemand schrie erbost auf. Andere Stimmen folgten. Ein Tumult entstand, und kurz darauf wankte Hubert Radatz mit hochrotem Kopf aus der Bar.

Marlene Radatz rannte ihm aufgeregt hinterher. »Vater, vergiss die uralte Geschichte und komm wieder rein. Das Abendessen wird gleich gereicht.«

»Isch denke nischt daran.« Der Whisky zeigte nun seine volle Wirkung. Er hatte innerhalb kurzer Zeit große Mengen davon zu sich genommen. »Isch werde …« Er taumelte zur Seite und beugte sich gefährlich weit über die Reling.

Rasch trat seine Tochter zu ihm und hielt ihn fest. »Du hast zu viel getrunken.«

»Isch werde jescht schlafen gehen.«

»Eine hervorragende Idee.« Marlene Radatz griff ihm unter die Achseln und zog ihn mit sich. »Ich bringe dich zur Kabine.«

»Dasch isch nischt notwendig.«

»Das sehe ich anders. Komm jetzt. Wenn ich schon das Abendessen wegen dir versäume, möchte ich nicht auch noch den Film verpassen.«

»Der Mann hat misch läscherlisch gemascht.«

»Der Einzige, der sich gerade lächerlich macht, bist du selbst.« Energisch schleppte die große, kräftige Frau den alten Mann weg.

Anton und Ernestine sahen den beiden sprachlos nach. Ernestine fand als Erste ihre Worte wieder. »Da gehen wir einen winzigen Sprung an die frische Luft, und schon verpassen wir die spannendsten Dramen.«

»Ich halte das für keinen Nachteil.«

»Unwissenheit ist immer ein Nachteil. Kommen Sie, lieber Anton. Wir wollen herausfinden, was den armen Herrn Radatz so aufgebracht hat.«

»Wollen wir das?« Sehnsuchtsvoll warf Anton einen letzten Blick auf die friedliche Abendstimmung auf dem Wasser. Es beschlich ihn das ungute Gefühl, dass es für diesen Abend mit der Ruhe vorbei sein würde.

NEUN

Die Gäste hatten sich bereits in den Speisesaal begeben. Der Kellner von heute Mittag fing Anton und Ernestine am Eingang ab.

»Es hat einen kleinen Zwischenfall gegeben«, flüsterte er mit diskret vorgehaltener Hand. »Die Familie Jesenky wünscht das Abendessen allein einzunehmen. Ich habe mir erlaubt, Sie an einen anderen Tisch zu setzen. Bitte verzeihen Sie die Unannehmlichkeiten.«

»Das ist kein Problem«, sagte Ernestine.

Erleichtert winkte der Kellner die beiden zu dem Tisch, an dem bereits die Familie Hodul, das Ehepaar Kattany und Dr. Kandel aufs Abendessen warteten. Karoline Gardner und ihre Gesellschafterin hatten an einem kleinen Tisch gegenüber Platz genommen.

»Was ist denn vorgefallen, dass Herr Radatz so erregt den Saal verlassen hat?«, fragte Ernestine wissbegierig.

Theresa Hodul schob ihr wortlos ihren Zeichenblock entgegen, auf dem sie in perfekt gezogenen Strichen die Szene festgehalten hatte. Die Skizze zeigte Hubert Radatz, der in betrunkenem Zustand ein Glas auf den Boden schleuderte, während Graf von Jesenky ihn dabei überheblich und gelangweilt zugleich beobachtete. Es hatte fast den Anschein, als freute er sich über Radatz' Ärger.

»Wie kam es zu dem Wutausbruch?«

Schon setzte Frau Kattany zu einer ausführlichen Erklärung an, aber ihr Mann stieß ihr mit dem Ellbogen in die Rippen, woraufhin sie beleidigt die Lippen aufeinanderpresste.

Dr. Kandel musterte Ernestine mit zusammengekniffenen Augen. »Sie sind eine sehr neugierige Person.«

»Ich weiß. Eines meiner größten Laster, neben der Leidenschaft für Pfefferminze.« Sie seufzte.

»Nicht alles, was Lärm macht, ist von Interesse.«

»Das stimmt, aber ich entscheide gern selbst, ob ich eine Angelegenheit interessant finde.«

Dr. Kandels Zurechtweisung schien Ernestine gegen den Strich zu gehen, was Anton ein Schmunzeln entlockte.

»Wenn ich die Szene richtig beobachtet habe, dann hat Herr Radatz dem Grafen eine ganz schreckliche Sache vorgeworfen.« Frau Kattany rieb sich immer noch die Seite.

»Welche schreckliche Sache?«

Vertraulich lehnte Frau Kattany sich über den Tisch. »Angeblich hatte der Graf eine Affäre mit Radatz' verstorbener Ehefrau. Ich kann jedoch nicht sagen, ob der Graf sich damit gebrüstet oder ob Radatz es ihm angelastet hat. Das Ganze ging unheimlich schnell, und sobald das unerfreuliche Thema ausgesprochen war, bemühten sich alle anderen, die beiden Streithähne wieder zu beruhigen.« Sie versuchte gar nicht erst, ihr Bedauern darüber zu verbergen.

»Ich glaube, dass Radatz den Grafen damit konfrontiert hat«, sagte Theresa Hodul.

»Ja, das denke ich auch.« Frau Kattany nickte zustimmend. »Der Mann hat eine ganze Whiskyflasche allein ausgetrunken. Morgen wird er sich an die ganze Szene nicht mehr erinnern können. Es ist schrecklich, was Alkohol aus einem Menschen machen kann. Ich hatte einen Großcousin dritten Grades, der –«

Ernestine unterbrach den Redefluss der Frau. »Eine Affäre ist wirklich kein Thema, das man in aller Öffentlichkeit breittreten sollte.«

»Die Familie versteht es eben, sich in Szene zu setzen«, meinte Frau Kattany. »Leider gibt es Menschen, die immer im Mittelpunkt stehen wollen. Die Tochter meiner Cousine väterlicherseits –«

»Wie meinen Sie das?«, fragte Ernestine.

Frau Kattany wirkte verwirrt. Ihre Überlegungen waren bereits bei ihrer Verwandtschaft. Es dauerte einen Moment, bis sie sich wieder an ihren vorherigen Gedanken erinnern konnte. »Haben Sie nicht mitbekommen, dass Anna von Jesenky nach dem Mittagessen das ganze Schiff zusammengetrommelt hat?«

»Nein, das habe ich verpasst.«

»Sie hat behauptet, dass jemand einen Anschlag auf sie verübt hat. In Wirklichkeit hat sich bloß die Deckenlampe in ihrer Kabine gelöst.«

»Haben Sie von dem Vorfall gewusst?« Schwungvoll drehte sich Ernestine zu Anton. Vorwurf lag in ihrer Stimme.

»Ich habe gesehen, wie die aufgeregte Dame in den Bereich vor dem Speisesaal kam.«

»Warum haben Sie mir nichts davon erzählt?«

»Sie waren anderweitig beschäftigt. Wir haben einander den ganzen Nachmittag nicht gesehen«, sagte Anton beleidigt.

»Zum Glück ist nichts passiert. Frau von Jesenky ist mit einem Schreck davongekommen.«

»Ich habe Ihnen gesagt, dass dieses Schiff von einer dunklen Aura umgeben ist«, raunte Fräulein Gardner vom Nachbartisch. »Seltsam, dass er schon wieder Streit vom Zaun bricht. Wie ich gehört habe, ist Graf von Jesenky nur um ein Haar mit dem Leben davongekommen, weil Sie ihn so tapfer gerettet haben.«

»Nun, so dramatisch war es nicht«, sagte Ernestine. »Und wenn ich Sie richtig verstanden habe, gab es bloß einen verbalen Schlagabtausch, der infolge von erhöhtem Alkoholkonsum entstanden ist.«

Dr. Kandel war anzumerken, dass das Gespräch in eine Richtung lief, die ihn langweilte. Sein Interesse galt Theresa Hodul und ihrem Zeichenblock. Er erkundigte sich, wo sie zeichnen gelernt hatte. Die junge Frau gestand, dass sie keinen Lehrer gehabt hatte. Zwischen den beiden entwickelte sich ein angeregtes Gespräch, dem Anton nicht weiter lauschen konnte, da Frau Kattany neben ihm plötzlich laut mit den Zähnen klapperte.

»Ist Ihnen schon wieder kalt?«, fragte er besorgt. Die Frage erschien ihm angesichts der immer noch hohen Temperaturen absurd.

Frau Kattany nickte und zitterte nun heftig. »Ich kann gar nichts dagegen tun. Es überfällt mich ganz plötzlich.« Zum Beweis streckte sie ihm ihre Hände entgegen. Sie waren eiskalt.

»Ich habe dir gleich gesagt, du sollst deinen Mantel mitnehmen«, sagte ihr Mann vorwurfsvoll. Etwas freundlicher fügte er hinzu: »Soll ich dir den Mantel holen?«

»Ja, bitte.«

Herr Kattany entschuldigte sich, stand auf und ging aus dem Speisesaal. Kaum hatte er den Tisch verlassen, kam der Kellner und servierte die Vorspeise.

Es war die angekündigte Szegediner Fischsuppe. Anton lief das Wasser im Mund zusammen. Ein betörender Geruch nach Paprika, Rosmarin und Zwiebel stieg vom Teller auf. Er wünschte seinen Sitznachbarn einen guten Appetit und nahm den ersten Löffel. Die Suppe war sehr intensiv gewürzt. Ein brennender Nachgeschmack legte sich auf seinen Gaumen.

»Ui, der Koch hat es gut gemeint«, sagte Dr. Kandel. »Wie lautet das Sprichwort: Verliebte Köche versalzen den Brei?« Dabei ruhte sein Blick eine Spur zu lange auf Theresa Hoduls Gesicht. Die junge Frau bemerkte es und errötete.

Fräulein Gardner am Nebentisch rief zu ihnen herüber: »Als ich noch besser zu Fuß unterwegs war, bin ich regelmäßig in den Orient gereist. Dort hat man in den Straßenküchen der Städte Gerichte verkauft, die genauso stark gewürzt waren. Mein Reiseführer hat behauptet, mit den Gewürzen versuchte man, den Geschmack schadhafter Lebensmittel zu überdecken.«

»Wollen Sie etwa behaupten, dass diese Suppe verdorbenen Fisch beinhaltet?«, fragte Ernestine.

»Aber nein, ich habe bloß eine Reiseanekdote zum Besten gegeben. Sehen Sie, ich esse brav meine Suppe.«

Ernestine nahm einen kräftigen Schluck vom Weißwein, der zur Suppe serviert wurde, und widmete sich dann wieder ihrem Teller.

Anton konnte sich nicht recht entscheiden, ob er die Suppe mochte oder nicht. Einerseits schmeckte sie sehr intensiv, andererseits hinterließ die kräftige Gewürzmischung einen herben Nebengeschmack. Den anderen Gästen schien es ähnlich zu ergehen. Dennoch wurden die Teller leer gegessen, was vor allem dem köstlichen Weißwein zu verdanken war.

Als Josef Kattany mit dem Mantel seiner Frau zurückkam, waren die Suppenteller bereits abgeräumt.

»Hier, bitte.« Er legte behutsam einen auffallenden dunkelgrünen Sommerumhang aus leichter Baumwolle mit weißer Ornamentstickerei am Kragen um die runden Schultern seiner Frau.

»Vielen Dank.«

Der Kellner kam zum Tisch und fragte höflich: »Soll ich die Suppe nachservieren, oder wollen Sie gleich zum nächsten Gang übergehen?«

»Falls Sie einen sensiblen Magen haben, sollten Sie die Suppe besser auslassen«, riet Theresa Hodul. »Sie ist sehr stark gewürzt.«

Josef Kattany winkte dem Kellner ab. »Dann gehe ich lieber gleich zum zweiten Gang über. Ich vertrage leider keine fettigen oder zu scharf gewürzten Speisen mehr.« Er fasste sich mit beiden Händen auf den riesigen Bauch.

Anton hoffte inständig, dass ihm dieses Schicksal erspart bleiben würde.

Nach der Suppe gab es drei Gänge mit hervorragend zubereiteten Fleischgerichten, perfekt gegartem Gemüse und mit herrlich duftenden Petersilkartoffeln. Anton war rundherum glücklich. Die Nachspeise, eine Schüssel cremiges Schokoladeneis mit frischen Walderdbeeren, entlockte ihm ein tiefes, zufriedenes Seufzen. Den Kaffee, der nun gereicht wurde, ließ er aus, damit er später keine Probleme mit dem Einschlafen haben würde.

Kaum waren die Kaffeetassen leer, bat der zweite Kapitän, Herbert Neumeier, die Gäste in den Rauchsalon. »Es ist bereits alles vorbereitet«, verkündete er stolz. »Bitte kommen Sie mit. Es ist das erste Mal, dass auf einem unserer Dampfschiffe eine Filmvorführung stattfindet. Wir freuen uns, Ihnen dieses exklusive Erlebnis auf der ›Jupiter‹ bieten zu können.«

Anton konnte es kaum erwarten und stand auf.

ZEHN

Im Rauchsalon hatte man die Fenster mit blickdichten Vorhängen abgedunkelt. Es roch nach Tabak, Leder und teurem Männerparfum. Die Tische waren entfernt und die Stühle in Reihen aufgestellt worden. Am vorderen Ende des Raumes war eine Leinwand aufgespannt, hinten stand der Filmprojektor. Mehrere Filmspulen lagen auf einem Tischchen daneben. Ein nervös wirkender Matrose kontrollierte den neumodischen Apparat. Ein junger Mann, dessen glänzendes Haar mit Brillantine bearbeitet worden war, saß in einen Frack gekleidet vor einem schmalen Klavier neben der Leinwand. Drei goldene Wandleuchten sorgten für Licht.

Wenn Anton sich nicht irrte, war es der Kellner, der eben noch die Suppe serviert hatte. Anton ging zielstrebig auf die erste Reihe zu, um sich einen der besten Plätze zu sichern, aber Ernestine hielt ihn zurück.

»Ich würde lieber hinten sitzen«, sagte sie leise.

»Aber warum denn?«

»Sie wissen, dass ich keine ängstliche Person bin, aber bei Filmen neige ich dazu, sehr …«, verlegen suchte Ernestine nach dem richtigen Wort, »emotional zu reagieren.«

Nur zu gut wusste Anton, wie schnell Ernestine bei schmalzigen Liebesfilmen sein Taschentuch benötigte. Er hatte jedoch nicht damit gerechnet, dass sie sich ängstigte. Offenbar galten beim Lichtspielfilm andere Regeln als im echten Leben.

»Wo wollen Sie denn gern sitzen, meine Liebe?«

»Ganz hinten.«

Also ließen sie alle anderen Gäste zuerst Platz nehmen und begaben sich dann in die letzte Reihe. Zum Glück saß Theresa Hodul vor Anton und nicht ihre Mutter, die wie immer einen Hut mit Schleier auf dem Kopf trug. Frau Kattany neben ihr hatte ihren Umhang wieder abgelegt. Im geschlossenen Rauchsalon war es so warm, dass selbst sie nicht fror.

»Haben Sie Ihre Pfefferminzbonbons dabei?«, erkundigte sich Ernestine. »Ich habe immer noch den Geschmack der Fischsuppe im Mund.«

»Selbstverständlich.« Anton holte das rosa-weiß gestreifte Papiersäckchen aus seiner Jackentasche hervor und reichte Ernestine seine selbst gedrehten Pfefferminzbonbons.

Theresa Hodul hörte das Rascheln. Neugierig drehte sie sich um.

»Wollen Sie auch ein Pfefferminzbonbon?«, fragte Anton.

»Sehr gern.«

»Darf ich auch eines haben?« Dr. Kandels Blick ruhte begehrlich auf dem Papiersäckchen. »Die Suppe war wirklich sehr speziell.«

»Ja, natürlich. Greifen Sie zu.«

»Ich hätte auch gern ein Bonbon!« Fräulein Gardner streckte ihre Hand aus.

»Geben Sie die Bonbons am besten durch«, schlug Anton vor. »Vielleicht will jemand in den vorderen Reihen auch eines.«

»Das war voreilig«, flüsterte Ernestine ihm zu. »Wer weiß, ob wir das Säckchen je wiedersehen.«

»Ich habe in meiner Reisetasche noch weiteren Vorrat.«

»Das beruhigt mich.« Ernestine lächelte Anton so herzlich an, dass ihm heiß wurde. Aber gerade in dem Moment wurde das Licht der drei Wandleuchten abgedreht, die Kerzen ausgedämpft und der Kellner am Klavier begann eine dramatische Melodie zu spielen. Gleichzeitig wurde der Filmprojektor eingeschaltet. Mit einem leise knarrenden Geräusch drehte die Filmspule sich im regelmäßigen Takt. Der Projektor warf einen grün-weißen Schriftzug an die Wand.

»Das Cabinet des Dr. Caligari«. Die Aufmerksamkeit aller war nun auf die Leinwand gerichtet.

Zwei Männer waren zu sehen. Den älteren verkörperte Hans Lanser-Ludolff, den jüngeren Friedrich Fehér. Sie saßen auf einer Bank und unterhielten sich. Der alte Mann erklärte Franzis, dem jüngeren, dass Geister ihn von Haus und Familie vertrieben hätten. Der Klavierspieler legte sich ordentlich ins Zeug und spielte mit Leidenschaft. Eine junge Frau, die viel gelobte Lil Dagover, erschien, sie hatte einen abwesenden Gesichtsausdruck. Es stellte sich heraus, dass es sich um die Verlobte des jüngeren Mannes handelte. Nun begann der jüngere Mann zu erzählen. Es gab eine zeitliche Rückblende, die sich auch in der Gestaltung der Kulisse widerspiegelte. Plötzlich waren die Wände schief, die Bäume gemalt und die Häuser aus Karton.

Anton musste blinzeln, um sicherzugehen, dass er sich nicht irrte. Handelte es sich immer noch um einen Film für Erwachsene? Die hochgelobte Filmkulisse erinnerte ihn an die Kasperlbühne im Wurstelprater, die er mit Rosa regelmäßig besuchte. Ein seltsamer alter Mann mit Buckel und Brille kündigte mit einer riesigen Kuhglocke den Auftritt eines Somnambulen, eines Schlafwandlers, an. Anton musste zweimal hinsehen, um den Schauspieler Werner Krauß in dem alten Mann zu erkennen. Der junge Mann aus der ersten Szene besuchte den Jahrmarkt. Er war gemeinsam mit seinem Freund dort, der vom Schlafwandler, der von Conrad Veidt gespielt wurde, die Zukunft vorausgesagt bekam.

Antons Pfefferminzbonbon war aufgelutscht. Der Geschmack der Fischsuppe kehrte zurück. Suchend blickte er sich im Saal um. Wo war sein Säckchen? Er konnte es nicht ausfindig machen. Während die Zuschauer konzentriert auf die Leinwand starrten, sank Antons Interesse mit jeder Minute. Am meisten irritierte ihn die gemalte Kulisse. Warum bewegten die Menschen sich durch schief stehende Kartonhäuser? Wegen der geschlossenen, abgedunkelten Fenster stieg die Temperatur im Rauchsalon rasch an. Anton zog im Schutz der Dunkelheit sein Sakko aus und krempelte seine Hemdsärmel hoch, dennoch war ihm unangenehm heiß. Er fragte sich, wie der Musiker es schaffte, in seinem Frack derart rasant und mitreißend zu spielen. Er selbst würde einen Hitzekollaps erleiden, müsste er sich jetzt bewegen. Graf von Jesenky hatte ebenfalls sein Sakko abgelegt.

Anton versuchte, sich auf die Handlung zu konzentrieren, aber es gelang ihm nicht. Seine Gedanken kreisten um Frischluft und den dringenden Wunsch danach. Auf der Leinwand ging der Schlafwandler, der vom Jahrmarktschreier hypnotisiert worden war, in Strumpfhosen gekleidet, spazieren. Anton hatte verpasst, was der Mann vorhatte. Ganz anders Ernestine neben ihm, die gebannt mitfieberte. Sie kaute nervös auf ihrer Unterlippe und hielt sich an Antons nacktem Unterarm fest, als der Mann in Strumpfhose sich der jungen Frau näherte, die nun in einem seltsam anmutenden Himmelbett lag. Ein Raunen ging durch den Raum. Karoline Gardner stieß einen unterdrückten Schrei aus. Die junge Frau auf der Leinwand riss entsetzt ihre übertrieben geschminkten Augen auf und schrie tonlos. Nun war Anton sich sicher, dass er etwas Wesentliches verpasst hatte, aber die Tatsache, dass Ernestines Hand auf seinem Unterarm ruhte, gefiel ihm. Er beschloss, seine Aufmerksamkeit aufs Wesentliche zu konzentrieren, und genoss die Berührung. Langsam wurden seine Augenlider schwerer und die Musik leiser. Die Geräusche rund um ihn rückten in weite Ferne. Wahrscheinlich lag es am schweren Essen und den hohen Temperaturen im Raum. Aber Anton nickte für einen kurzen Moment ein und verpasste eine weitere spannende Wendung der Handlung.

»Oh, nein!« Ernestines Schrei weckte Anton auf. Erschrocken öffnete er die Augen.

»Was ist passiert?«

Auf der Leinwand erschien der Schriftzug »Ende«. Dann folgte der Nachspann.

»Der Leiter der Irrenanstalt ist Dr. Caligari«, sagte Ernestine sichtlich mitgenommen. »Dabei ist er der Verrückte.«

»War das nicht von Anfang an klar?«, fragte Anton.

Prüfend sah Ernestine ihn von der Seite an. Sie kniff die Augen zusammen. »Haben Sie etwa den Film verschlafen?«

»Natürlich nicht«, log Anton schnell und räusperte sich

verlegen. »Ich habe bloß gegen Ende nicht mehr mit voller Konzentration zugesehen.«

Die drei Wandleuchten wurden wieder eingeschaltet und die schweren Vorhänge entfernt. Ein Matrose öffnete die Fensterläden. Warme, aber frische Sommernachtsluft strömte in den Raum und weckte Antons Lebensgeister.

Theresa Hodul, die zu Beginn des Films noch vor Anton gesessen hatte, lehnte jetzt an der Wand, in der Hand hielt sie Stift und Zeichenblock.

»Ich glaube, dass Franzis der Verrückte war und die ganze Geschichte erfunden hat.« Frau Kattanys Gesicht war vor Aufregung gerötet.

»Ich finde die Darstellung der Nervenheilanstalt reichlich übertrieben«, meinte Dr. Kandel.

»Was daran soll übertrieben sein?« Erna Stein saß etwas abseits an der Wand. »Die Zwangsjacke oder die kleinen Zellen? Der Hof, in dem die Irren im Kreis spazieren gehen?«

»Ich kann nur von der Heil- und Pflegeanstalt Am Steinhof sprechen, denn die kenne ich. Ich arbeite dort und kann Ihnen versichern, dass sie nach den modernsten Grundsätzen der Krankenpflege konzipiert worden ist«, dozierte Dr. Kandel. »Die Patienten sind in Pavillons untergebracht. Wir therapieren nach den neuesten Erkenntnissen der Wissenschaft.«

»Aber wenn einer von den Patienten randaliert, wird er in die Zwangsjacke gesteckt oder in eine winzige Einzelzelle, wo er so lange schreien und toben muss, bis er erschöpft zusammenbricht«, sagte Marlene Radatz.

Anton hatte nicht bemerkt, dass sie wieder zur Gesellschaft gestoßen war. Das Abendessen hatte sie wegen ihres Vaters auslassen müssen. Irgendwann während der Filmvorführung war sie wiedergekommen.

»Woher wissen Sie über die Irrenanstalt in Wien Bescheid?«, wollte Thomas von Jesenky wissen.

Marlene Radatz schob eine ihrer blonden Strähnen hinters Ohr. Sie wirkte beschämt. »Ich gehe gern bei den Steinhofgründen spazieren.«

Anton nahm wahr, dass Dr. Kandel die Augen verdrehte.

»Also ich fand den Film großartig«, meinte Karoline Gardner. »Es ist bewiesen, dass Menschen unter Hypnose zu allem bereit sind. Selbst Mord ist da nicht ausgeschlossen. Das müssten Sie als Psychiater und Schüler von Sigmund Freud doch wissen.«

»Die Hypnose ist ein Zustand des künstlich erzeugten, partiellen Schlafs in Verbindung mit einem veränderten Bewusstseinszustand«, erklärte Dr. Kandel.

»Wenn man mit Hypnose Menschen vom Schlafwandeln abhalten kann, sollten Sie es bei meiner Frau versuchen«, mischte sich Herr Kattany ein. »Sie steht jede Nacht auf. Wenn ich vergesse, die Schlafzimmertür abzusperren, marschiert sie durchs ganze Haus.«

»Dann sollten Sie heute unbedingt die Kabinentür abschließen«, sagte Erna Stein besorgt. »Oder Dr. Kandel hypnotisiert sie schnell mal.«

»Wir nutzen den Zustand der hypnotischen Trance in der Therapie, um in einem entspannten Wachzustand fokussiert und eingeschränkt Inhalte zu bearbeiten, die unser Unterbewusstsein beschäftigen und unser Leben auf schmerzliche Weise beeinflussen. Es ist nicht möglich, jemanden ›schnell mal‹, wie Sie es flapsig formulieren, von einem Krankheitsbild zu befreien.«

»Glauben Sie wirklich an all das Zeug, das Sigmund Freud behauptet?«, fragte Andrej Hodul. »Dass das Es und das Über-Ich unser wahres Ich beeinflussen?«

»Sie haben Freuds neueste Schriften vom Drei-Instanzen-Modell gelesen?« Dr. Kandel wirkte überrascht. »Viele meiner Kollegen kennen die Theorien noch nicht. Ich habe den Text heute Morgen Herrn Böck geliehen.«

Beinahe entschuldigend zuckte Hodul mit den Schultern. »Meine Frau und ich haben im Krieg große Verluste erlitten«, sagte er leise und warf einen besorgten Blick zu seiner Gattin, deren Augen wie immer vom Schleier ihres Hutes verdeckt waren. »Ich hatte gehofft, dass ein Psychiater uns helfen kann, aber der Schmerz bleibt, egal, wie oft man darüber redet.«

»Ich kann mit Verstorbenen kommunizieren«, mischte sich Karoline Gardner ein. »Wenn Sie wissen wollen, wie es jemandem im Jenseits ergeht, kann ich mit ihm Kontakt aufnehmen. Die Toten sind ständig um uns. Die meisten von ihnen sind uns Lebenden wohlgesinnt. Aber mitunter –«

Mit einem Mal ging ein Ruck durch Frau Hoduls Körper. »Sie können mit Toten reden?« Ihre Stimme klang melodiös, wenn auch sehr leise. Eine tiefe Traurigkeit schwang darin mit.

»Ja, natürlich. Ich diene als Vermittlerin zwischen zwei Welten und bin eine Art Sprachrohr. Sie stellen dem Verstorbenen Fragen, und ich beantworte sie an seiner Stelle.«

»Wie machen Sie das?«

»Ich habe ein kleines Tischchen und Buchstabenkarten, beides kommt in die Mitte eines großen Tisches. Dann setzen wir uns zusammen, legen unsere Finger darauf und stellen dem Toten eine Frage. Die Verstorbenen nehmen die Schwingungen wahr, die ich aussende. Meist gelingt es, mit ihnen in Kontakt zu treten.«

»Aber wie sprechen die Toten mit Ihnen?«, wollte Frau Hodul wissen.

»Sie antworten, indem sie das Tischchen zu den einzelnen Buchstabenkarten bewegen und Antworten formulieren.«

Dr. Kandel schüttelte verärgert den Kopf. »Das ist völliger Unsinn.«

»Nur weil Sie keine wissenschaftliche Erklärung für das Phänomen haben, ist es noch lange kein Unsinn«, konterte Fräulein Gardner.

»Natürlich gibt es eine Erklärung dafür. Unser Unterbewusstsein lenkt das Tischchen. Wir bekommen genau die Antworten, die wir hören wollen.«

»Wie soll denn das Unterbewusstsein von vier oder mehr Personen genau das Gleiche wollen?«

Dr. Kandel setzte zu einer Erwiderung an, aber Frau Hodul

kam ihm zuvor. »Ich würde so gern mit meinen Söhnen sprechen«, sagte sie leise. Hoffnung lag in ihrer Stimme.

»Das ist furchtbar aufregend«, rief Frau Kattany begeistert. »Ich wollte immer schon an einer Séance teilnehmen. Meine Großtante hat aus dem Kaffeesud die Zukunft vorhersagen können. Sie hat sich nie geirrt. Dass ich auf dieser Schiffsfahrt einem richtigen Medium begegne, ist ein riesengroßes Glück. Ich kann es gar nicht glauben. Darf ich bei der Sitzung dabei sein?«

»Ich bin gegen eine solche Veranstaltung«, sagte Herr Hodul besorgt. »Das Leid ist auch so groß genug. Wir sollten die Wunden nicht noch weiter aufreißen.«

»Aber, Andrej, wir könnten mit unseren Jungen reden. Ich will wissen, ob es ihnen gut geht. Nur ein einziges Mal. Ich möchte …« Frau Hoduls Stimme versagte, sie vergrub ihr Gesicht in ihren Händen und schluchzte.

Andrej Hodul ging zu ihr und legte seinen Arm um ihre Schultern. »Komm, meine Liebe«, sagte er sanft. »Wir werden uns zurückziehen. Der Abend war lang und anstrengend, wir sollten schlafen gehen.«

Bereitwillig ließ sich Frau Hodul von ihrem Mann aufhelfen und stützte sich auf ihn. Trotz des Schleiers vor ihrem Gesicht konnte Anton die Tränen sehen, die über ihre Wangen liefen und auf den Kragen ihres dunkelblauen Kleides tropften.

»Versprich mir, dass du darüber nachdenkst, Andrej.«

Er nickte ergeben, dann wünschte er allen eine gute Nacht und führte seine Frau aus dem Rauchsalon.

ELF

Es war weit nach Mitternacht, als die Gesellschaft sich auflöste. Man hatte noch lange über den Film diskutiert, wer denn nun der Geisteskranke und wer der Gesunde gewesen war. Schließlich war man zu dem Schluss gekommen, dass die Wahrheit manchmal anders aussah, als es den ersten Anschein hatte. Anton war es gelungen, sich mäßig, aber dennoch am Gespräch zu beteiligen, was vor allem daran lag, dass er mit seinem neu erworbenen Wissen über Freuds Drei-Instanzen-Modell punkten konnte. Sogar Ernestine wirkte beeindruckt.

Herr Kattany hatte ihn gefragt, ob er als Apotheker seiner Frau eine Medizin empfehlen könnte, die gegen ihr ständiges Schlafwandeln half. Aber Anton hatte verneinen müssen. Seinen Kunden verkaufte er bei Ein- und Durchschlafproblemen einen Auszug aus Hopfen, Melisse und Baldrian. Eine Mischung, die bei Frau Kattanys Problemen wenig hilfreich sein würde.

Am Gang verabschiedete Ernestine sich von Anton und wünschte ihm eine gute Nacht. Etwas wehmütig schaute er ihr nach und trottete dann in seine eigene Kabine. Die Luft in dem winzigen Raum war zum Schneiden dick. Anton öffnete die Tür weit, in der Hoffnung, dass eine frische Brise in die Kabine wehte. Erst als er mit seiner Toilette fertig war und seinen Schlafanzug anhatte, schloss er sie wieder. Ohne die Decke zu verwenden, legte er sich auf die Matratze und starrte nach oben.

Sein Magen gab seltsame Geräusche von sich. Ihm war übel. Ein Zustand, der Anton eigentlich fremd war. Das letzte Mal, dass er erbrochen hatte, war während des Krieges gewesen. Grund war aber keine verdorbene Mahlzeit, sondern der Anblick eines verletzten Kameraden gewesen. Ob es an der Fischsuppe lag? Immer wieder stießen ihm die scharfen Gewürze unangenehm auf. Leider war das Säckchen mit den

Pfefferminzbonbons nicht mehr zu ihm zurückgekommen, genau wie Ernestine prophezeit hatte. Irgendwer hatte es einfach eingesteckt. Anton stand auf und suchte in seiner Tasche nach dem zweiten Säckchen. Wie ärgerlich, dass er keine Magentropfen mitgenommen hatte. Wenn er mit Heide und Rosa unterwegs war, hatte er immer welche dabei. Die beiden hatten im Gegensatz zu ihm sehr empfindliche Mägen. Aber wie hätte er ahnen können, dass er plötzlich mit Übelkeit kämpfen musste?

Erneut öffnete Anton die Tür der Kabine. Die sanft schaukelnden Wellen der träge dahinfließenden Donau trugen nicht dazu bei, dass er sich besser fühlte. Ob er plötzlich seekrank wurde? Es half nichts, er musste noch einmal an Deck gehen. Hier in der Kabine würde sein Zustand sich dramatisch verschlimmern. Anton überlegte, ob er sich erneut anziehen sollte, entschied sich aber dagegen. Wer sollte um diese Uhrzeit noch unterwegs sein und ihn sehen? Mit Sicherheit schliefen alle tief und fest. Also schlüpfte Anton bloß in seine Hausschuhe, marschierte den Korridor entlang zum Treppenaufgang und kletterte aufs Sonnendeck. Die frische Luft beruhigte seinen Magen ein wenig. Um auf den glatten Metallstufen nicht auszurutschen, hielt er sich am Handlauf fest. Der Geruch eines blumig süßen Parfums stieg ihm in die Nase. Stammte es nicht von Marlene Radatz? Ob die junge Frau auch nicht schlafen konnte? Sie hatte nichts von der Fischsuppe gegessen, daran konnte es nicht liegen. Also hatte Antons Übelkeit vielleicht doch andere Ursachen. Kurz wog er ab, ob er zurückgehen sollte, um Hose und Hemd anzuziehen. Aber er fühlte sich zu schwach. Besser er setzte seinen Weg fort und holte sich einen der Liegestühle, die nun in einer Ecke zusammengeklappt aufeinanderlagen. Der helle Vollmond sorgte für ausreichend Licht. Anton ging zu den Stühlen und nahm den obersten vom Stapel. Vorsichtig klappte er ihn auf. Gerade als er es sich darin bequem machen wollte, hörte er Schritte auf der Metalltreppe. War ihm jemand gefolgt? Die Geräusche näherten sich und kamen direkt auf ihn zu. Wer war außer ihm noch unterwegs?

Neugierig starrte er zum Treppenabgang. »Ernestine«, sagte er überrascht, als er den silbergrauen Lockenkopf erkannte. »Können Sie auch nicht schlafen?«

Ernestine hielt sich den Magen. »Mir ist furchtbar elend. Ich fürchte, dass die Fischsuppe verdorben war. Ich frage mich, ob der Hilfskoch falsche Gewürze hineingetan hat, und wenn ja, ob es Absicht war.«

»Wie kommen Sie auf den Gedanken?«

»Der Mann ist mir nicht ganz geheuer. Irgendetwas stimmt mit ihm nicht.«

Auch Ernestine hatte es nicht der Mühe wert gefunden, sich anzuziehen. Unter einem dünnen Morgenmantel lugte ein geblümtes Nachthemd hervor.

»Ach, Ernestine. Sie machen sich einfach zu viele Gedanken. Warum sollte irgendjemand vorsätzlich eine Suppe verderben? Soll ich Ihnen einen Liegestuhl aufklappen?«

»Ja, vielen Dank.«

Während Anton einen weiteren Liegestuhl holte, nahm Ernestine in seinem Platz.

»Ob den anderen Gästen genauso schlecht ist?«

»Ich habe gerade Theresa Hodul und Dr. Kandel getroffen«, sagte Ernestine. »Die beiden wirkten jedoch nicht angeschlagen, sondern vielmehr aneinander interessiert.«

»Wie schön für die beiden.«

»Außerdem habe ich Frau Kattany gesehen. Jedoch nur von hinten. Ich habe es nicht gewagt, sie anzusprechen, da man sagt, Schlafwandler soll man nicht aufwecken.«

»Glauben Sie, sie hat geschlafwandelt?«, fragte Anton besorgt.

Ernestine zuckte mit den Schultern. »Das kann ich nicht beurteilen. Ich bin ihr gefolgt, aber sie war sehr schnell unterwegs, und als sie abbog, habe ich sie aus den Augen verloren. Ich glaube, sie ist wieder in ihre Kabine verschwunden. Zumindest hoffe ich das. Ich habe sie nirgendwo mehr finden können.«

Anton wollte sich nicht ausmalen, was einer schlafwandelnden Person auf einem Schiff zustoßen konnte. »Sind Sie auch Marlene Radatz begegnet?«, wollte er wissen.

»Nein, warum fragen Sie?«

»Ich dachte, ich hätte vorhin ihr Parfum gerochen. Aber es kann auch bloß eine Einbildung gewesen sein. Mein Magen ist beleidigt und meine Nase vielleicht auch.«

»Was für eine verrückte Nacht.« Ernestine blickte in den Himmel, der voller Sterne hing. Anton tat es ihr gleich.

»Das letzte Mal, als ich einen derart großartigen Nachthimmel gesehen habe, ist Jahre her«, sagte er nachdenklich.

»Wann war das?«

»Im Sommer 1917, am Isonzo. Es war die Nacht, bevor die Italiener uns angegriffen haben. Wir schauten in einen perfekten, wolkenlosen Nachthimmel. Die Italiener sahen dieselben Sterne wie wir, und sie wünschten sich mit Sicherheit das Gleiche, nämlich, dass dieser Krieg ein Ende nehmen würde und wir alle zu unseren Familien zurückkehren könnten. Am nächsten Morgen begegneten wir uns mit Gewehren. Zwei Drittel der Soldaten kehrten nicht nach Hause zurück, weder nach Wien noch nach Triest.«

Anton spürte Ernestines Hand. Sie war warm und drückte die seine. »Der Krieg ist vorbei, Anton.«

»Ich weiß, aber manchmal verfolgen die Bilder mich immer noch.«

»Sie sind nicht der Einzige, der die Gräuel des Kriegs nicht loswerden kann. Es gibt kaum jemanden, der nicht von schmerzhaften Erinnerungen heimgesucht wird.«

»Erich Felsberg gehört zu diesen Männern.« Anton war über sich selbst überrascht. Warum fiel ihm gerade jetzt Ernestines ehemaliger Schüler ein, der so viel Interesse an seiner Tochter Heide zeigte? Vielleicht sollte man Freuds Theorie vom Unterbewusstsein doch ernst nehmen.

Ernestine richtete sich auf. »Gefällt es Ihnen nicht, dass er sich mit Heide trifft?«

Anton zog den rechten Mundwinkel nach unten. »Er ist ein netter Mann, aber der Krieg hat ihn gezeichnet. Sie selbst haben mir erzählt, dass er zusehen musste, wie alle seine Kameraden starben und nur er überlebt hat. Diese Schlacht hat ihm schwer zugesetzt. Nicht nur körperlich, sondern vor allem seelisch. Ich habe Angst, dass er Heide verletzen könnte. Sie hat schon genug durchgemacht.«

»Glauben Sie nicht, dass Heide alt und vernünftig genug ist, selbst zu entscheiden, auf welche Abenteuer sie sich einlassen will?«

Anton wusste, dass sie recht hatte. Plötzlich wurde ihm furchtbar übel. Er sprang rasch auf und lief zur Reling. Im letzten Moment schaffte er es, seinen Oberkörper weit über das Geländer zu beugen. Mit einem Schwall übergab er sich und spuckte das unverdaute Abendessen in die Donau. Er keuchte. Dann wischte er mit seinem Taschentuch über seinen Mund. Schwach, aber deutlich erleichtert wankte er mit weichen Knien zurück zum Liegestuhl und ließ sich hineinplumpsen.

»Es war ganz sicher die Fischsuppe!«

»Ich wünschte, ich könnte es Ihnen gleichtun«, wisperte Ernestine. »Mir ist nach wie vor furchtbar flau. Nicht einmal ein Pfefferminzbonbon könnte meine Situation verbessern.«

Nun ergriff Anton ihre Hand. »Wenn Sie wollen, verbringe ich die ganze Nacht hier mit Ihnen.« Vor seinem inneren Auge tauchte Kapitän Freiberg auf, der neben einer leeren Kabine schlief. Anton fühlte sich doppelt erleichtert.

»Vielen Dank.«

»Keine Ursache, das mache ich gern.«

ZWÖLF

Das Erste, was Anton wahrnahm, als er erwachte, waren die Sonnenstrahlen, die ihm direkt in die Augen fielen. Das Nächste war die ungewohnte Ruhe, kein Maschinenlärm störte im Hintergrund, und zuletzt das fehlende Schwanken. Das Schiff lag vor Anker.

Mit steifen Gliedern richtete er sich im Liegestuhl auf und rieb sich die Augen. Er musste gegen das grelle Morgenlicht blinzeln. Vor ihm lagen die roten Dächer einer ihm fremden Stadt. Sie waren in Budapest gelandet. Auf beiden Seiten der Donau säumten prachtvolle Häuserfronten die Ufer. Kirchturmspitzen und Kuppeln lagen dahinter. Sowohl stromaufwärts als auch -abwärts befanden sich Brücken. Menschen tummelten sich auf dem Hafengelände. Arbeiter, aber auch Hausfrauen und Straßenjungen, Bettler und Matrosen eilten die Straße entlang. Einige riefen sich Grußworte zu, bevor sie geschäftig weiterliefen.

Langsam erwachte Ernestine neben Anton. Sie gähnte, während jemand im Hintergrund dezent hüstelte. Erschrocken fuhr Anton herum. Es war der zweite Kapitän Herbert Neumeier. Trotz der frühen Morgenstunde waren die Spitzen seines Barts perfekt gedreht.

»Eigentlich sind die Kabinen dafür vorgesehen, dass man darin schläft«, sagte er und musterte vorwurfsvoll Antons Pyjama. Auch Ernestines Morgenmantel bedachte er mit einem abfälligen Blick.

»Wir sind schon auf dem Weg«, sagte Anton und sprang eine Spur zu schnell auf. Sein rechtes Knie wehrte sich gegen die rasche Bewegung. Er war zu alt, um im vorauseilenden Gehorsam das Feld zu räumen. Deutlich langsamer reichte er Ernestine die Hand und half ihr auf.

»Geht es Ihnen wieder besser?«, fragte er besorgt.

»Viel besser«, sagte Ernestine. »Aber ich denke, dass ich

auf das Frühstück verzichten werde. Eine Tasse Kamillentee reicht völlig.«

Anton horchte auf seinen Magen. Das Unwohlsein war völlig verschwunden. Ganz im Gegenteil, er war hungrig und freute sich auf zwei Spiegeleier und frisches Gebäck.

Wenig später saß er ordentlich rasiert und den gesellschaftlichen Normen entsprechend gekleidet im Speisesaal. Er, Herr Kattany und Fräulein Radatz waren die Einzigen, die sich über die gebratenen Eier, den knusprigen Speck und die duftenden Semmeln hermachten. Hubert Radatz starrte mit der Selbstverachtung eines Mannes, der am Vorabend zu viel getrunken hatte, in seinen Kaffee, während alle anderen sich mit Kräutertee und Zwieback begnügten.

Graf von Jesenky war überhaupt nicht zum Frühstück erschienen.

»Ich habe ihn nicht geweckt, weil er gestern Abend ausdrücklich darauf bestanden hat, heute nicht zu früh gestört zu werden«, erklärte Mila Marinkovic. »Aber jetzt mache ich mir doch ein wenig Sorgen. Frau von Jesenky ist der Meinung, dass ich ihn noch schlafen lassen soll.« Die Pflegerin war ebenfalls bleich und sah kränklich aus. Sie wirkte verunsichert und schien mit dem Wunsch von Anna von Jesenky ganz und gar nicht einverstanden zu sein.

»Sie haben eben selbst gesagt, dass mein Schwiegervater heute länger schlafen möchte. Gestern ist es sehr spät geworden. Wenn wir seinen Wunsch nicht respektieren, wird er äußerst ungehalten reagieren. Glauben Sie mir, ich kenne den alten Mann.«

»Wir haben einen Termin in der Kanzlei. Besser, wir geben ihm Bescheid«, erinnerte Thomas von Jesenky.

Schon wollte Mila Marinkovic loslaufen, aber Anna von Jesenky hielt sie mit scharfer Stimme zurück. »Bleiben Sie!«, forderte sie.

Ihr Mann klang deutlich ruhiger. »Es ist nicht sinnvoll, dass wir meinen Vater wecken. Seine Anwesenheit ist bei dem geplanten Termin nicht notwendig. Gönnen wir ihm also den

Schönheitsschlaf. Wenn wir zurück sind, wird er putzmunter und erholt sein.«

»Außerdem wird er deutlich freundlicher sein, als wenn wir ihn jetzt am Ausschlafen hindern«, ergänzte Anna von Jesenky. Eine dicke Schicht Schminke konnte weder die blasse Farbe in ihrem Gesicht noch die dunklen Ringe unter den Augen verbergen. Angewidert sah sie auf Antons Frühstücksteller. »Wie können Sie nach dieser grässlichen Suppe gestern Abend heute so viel frühstücken?«

»Mein Magen regeneriert sich schnell«, erklärte Anton.

»Vielleicht liegt es an Ihren Pfefferminzbonbons. Die schmecken wirklich vorzüglich und beruhigen den Magen«, sagte Frau Kattany. »Haben Sie noch welche davon übrig? Das Säckchen war gestern auf einmal verschwunden, und ich hätte so gern noch eines davon gelutscht. Sie erinnern mich an Bonbons, die wir in Sofia gekauft haben. Kannst du dich erinnern, Josef? Damals haben wir Graf Rottheld kennengelernt, den Cousin von …«

»In meiner Reisetasche müssen noch ein paar sein«, erklärte Anton wahrheitsgemäß und erntete einen vorwurfsvollen Blick von Ernestine. Entschuldigend zuckte er mit den Schultern. Er konnte einfach nicht lügen, außerdem wollte er Frau Kattany an weiteren Ausschweifungen hindern.

»Ich habe mich bei Kapitän Freiberg wegen der schrecklichen Suppe beschwert«, sagte Anna von Jesenky. »Damit er den Koch zur Rede stellen kann. Es darf nicht sein, dass er die Gäste mit verdorbenem Fisch vergiftet.«

Anton verspürte Mitleid mit dem armen Mann, der, abgesehen von der Suppe, ein wahrer Meister seines Fachs war.

Auch Ernestine schaute betrübt. Sie stand auf und erklärte: »Ich gehe mir kurz die Beine vertreten. Wir sehen uns nach dem Frühstück beim Stadtrundgang. Im Reiseführer steht, wer Budapest von seiner schönsten Seite sehen will, muss die Stadt mit dem Schiff erreichen. Ewig schade, dass wir den Augenblick verschlafen haben.«

Anton hätte es viel schlimmer gefunden, wenn er sich weiterhin unwohl gefühlt und auf das herrliche Frühstück hätte verzichten müssen. Aber angesichts der leidenden Mienen um ihn herum behielt er die Bemerkung für sich.

DREIZEHN

Gegen die Vorschrift wählte Ernestine den Weg, der an der Küche vorbeiführte. Sie wollte unbedingt erfahren, was es mit der Fischsuppe auf sich hatte. Der Koch war krank, das war ihr bereits bekannt. Die Küchenhilfe hatte das Abschmecken der Speisen übernommen, und es war dem Mann, mit Ausnahme der Suppe, hervorragend gelungen. Warum hatte er bei der Suppe so gepatzt? Zu gern wollte Ernestine mit dem Hilfskoch sprechen.

Noch bevor sie die doppelflügelige Schwingtür mit den zwei Bullaugen erreichte, konnte sie Stimmen hören, die aus der Küche drangen.

»Was zum Teufel war mit der Suppe los?«, schrie Kapitän Freiberg.

»Peter hat sie abgeschmeckt.« Der Koch klang immer noch nasal. »Genau wie die andern Gerichte. Es war alles so wie imma.«

Freiberg brüllte weiter: »Gar nichts war wie immer. Die Gäste haben Brechdurchfall. Die Suppe war viel zu stark gewürzt. Einige behaupten sogar, der Fisch sei verdorben gewesen.«

»Des kann net sein«, jammerte der Koch. »Der Peter und i haben die Suppn auch gessen, und wir beide haben gar nix. Wir san pumperlgsund.«

»Bitte scheen, des stimmt«, sagte die Küchenhilfe kleinlaut.

»Wo ist diese verdammte Suppe? Ich will sie kosten.«

Nach einer schier endlosen Pause sagte der Koch hilflos: »Es is verruckt, aber die Suppn is weg. Sie hat sich quasi in Luft aufgelöst.«

»Was soll das heißen?«, polterte Freiberg.

»Wia i heute Morgen in die Kuchl kum, is der ganze Topf weg. Afoch verschwundn.«

»Ein Suppentopf kann nicht verschwinden. Er muss irgendwo sein. Wo haben Sie ihn gestern Abend hingestellt?«

»I hab ihn am Ofen stehn lassen. Weil i wollt, dass der Rest von der Suppn auskühlt. Der Peter und i wolltn sie heut essn. Aber jetzt is sie afoch weg.«

»Bitte scheen, des stimmt! Die scheene Suppn is weg, ewig schad.«

»Eine Suppe verschwindet nicht so einfach.« Freiberg war so laut, dass Ernestine sicher war, dass auch die Gäste im Speisesaal ihn hören konnten.

»Doch«, sagte der Koch leise.

Ohne Vorwarnung trat Freiberg zur Tür und stieß sie auf. Beinahe hätte er sie Ernestine auf die Nase geknallt, wäre sie nicht geistesgegenwärtig zur Seite gesprungen.

Freiberg hielt in seiner Bewegung inne. »Fräulein Kirsch!«, sagte er verwundert. Er wirkte immer noch aufgebracht. Sein Gesicht war vor Zorn gerötet, aber er bemühte sich um etwas Gelassenheit. »Was machen Sie hier? Sie wissen doch, dass Passagiere in diesem Teil der ›Jupiter‹ unerwünscht sind.«

»Ich habe nach Ihnen gesucht«, log Ernestine, ohne dabei mit der Wimper zu zucken.

»Sie … haben … nach mir gesucht?«

»Ja.«

Freibergs Gesicht wurde noch dunkler. Diesmal war es nicht Ärger, sondern Verlegenheit, die für die Farbe verantwortlich war. »Ich habe gestern Abend an die Verbindungstür unserer Kabinen geklopft, weil ich gehofft hatte, Sie würden mit mir ein Glas Wein unter dem herrlichen Sternenhimmel trinken, aber Sie haben offenbar schon geschlafen«, sagte Freiberg enttäuscht.

»Ich war nach dem aufregenden Tag furchtbar müde.«

»Haben Sie sich etwa auch unwohl gefühlt, wegen der verdorbenen Fischsuppe?«

Der Koch und seine Küchenhilfe waren auf den Gang getreten. Die Männer starrten sie aus ängstlich geweiteten Augen an. Wie zwei Kaninchen, die darauf warteten, dass der Jäger seine Schrotflinte abfeuerte. Gut möglich, dass ihre Arbeitsstellen von Ernestines Antwort abhingen.

»Mir geht es ausgezeichnet«, schwindelte Ernestine. »Ich habe hervorragend geschlafen. Die Suppe war scharf, aber das lag am Rezept. Ich nehme an, das war gewollt.« Sie richtete einen fragenden Blick auf den Koch, auf dessen Gesicht sich Erleichterung breitmachte.

»A Szegediner Fischsuppn is immer scharf. Sind ja auch Paprika, Zwiebel und Knoblauch drin. Es is ein richtig ungarisches Rezept mit viel Leidenschaft und Gewürz.«

»Ja, natürlich. Genau wie ein Gulasch, das darf auch nicht fad schmecken«, sagte Ernestine voller Überzeugung.

Wäre Kapitän Freiberg nicht zwischen ihnen gestanden, der Koch hätte Ernestine mit Sicherheit in den Arm genommen. Zum Glück tat er es nicht. Seine Augen waren glasig und seine Nase rot. Eigentlich gehörte der Mann ins Bett. Als Lehrerin hatte Ernestine zahlreiche Schüler beim Lügen erwischt. Meist hatte sie sofort erkannt, wenn jemand einen Fehler mit einem Schwindel vertuschen wollte. Sie wusste, dass irgendetwas mit der Suppe nicht stimmte, aber sie glaubte nicht, dass der Koch dafür verantwortlich war. Für seine Küchenhilfe würde sie jedoch keine Hand ins Feuer legen. Der Bursche sah aus, als würde er etwas verbergen. Ob er zusätzlich ein giftiges Kräutlein beigemengt hatte? Wenn er es nicht gewesen war, wer hatte das Gericht dann manipuliert? Hatte sein schlechtes Gewissen etwas mit dem Päckchen zu tun, das er im Hafen in Wien übernommen hatte? Irgendetwas ging nicht mit rechten Dingen zu.

Auf dem Rückweg in ihre Kabine kam Ernestine am Rauchsalon vorbei.

Frau Kattany huschte vor ihr in den Raum. »Da ist er ja«, rief sie erleichtert.

»Wonach haben Sie gesucht?«

»Nach meinem Mantel. Ich muss ihn am Abend hier liegen gelassen haben.«

»Das kann nicht sein«, sagte Ernestine verwundert. »Ich

habe Sie letzte Nacht mit Ihrem Mantel durchs Schiff streifen sehen.«

»Sie haben mich gesehen?« Frau Kattany griff sich bestürzt an den üppigen Busen.

»Aber ja doch.« Ernestine nickte zur Bestätigung. »Sie sind den Korridor entlang zu den Kabinen gelaufen. Ich wollte Sie nicht ansprechen, aus Angst, ich könnte Sie aufwecken und erschrecken. Kurz vor Ihrer Kabine habe ich Sie aus den Augen verloren.«

»Aber … aber mein Mann hat mir versichert, dass er die Tür abgeschlossen hat«, stotterte Frau Kattany peinlich berührt. Sie schaute zur Decke, so als fände sie dort die Lösung für ihr Problem. »Kann es sein, dass ich selbst die Tür wieder aufgesperrt habe?«

»Hat Ihr Mann den Schlüssel stecken lassen?«

Frau Kattany wirkte bestürzt. Sie machte einen Schritt auf den Gang, wo sie am Ende ihren Mann erblickte. »Josef«, rief sie aufgeregt. »Josef, bitte, komm!«

Bereitwillig watschelte ihr Mann näher. Mit seinem riesigen Bauch erinnerte er Ernestine an eine mittelalterliche Galeere, die behäbig von einer Seite zur anderen schwankte.

»Was gibt es, meine Liebe?«

»Hast du gestern Abend die Tür unserer Kabine abgeschlossen? Fräulein Kirsch behauptet, sie habe mich nachts durchs Schiff gehen sehen.«

Herr Kattany schüttelte entschieden seinen Kopf. »Das kann nicht sein. Du bist die ganze Nacht neben mir im Bett gelegen. Ich hätte es bemerkt, wenn du aufgestanden wärst.«

»Aber war die Tür verriegelt?«, hakte Frau Kattany nach.

»Ich denke schon.«

»Was soll das heißen, du denkst schon?«

»Nun, ganz gewiss kann ich es nicht mehr sagen.« Herr Kattany klang nicht mehr ganz so überzeugt wie eben noch. »Ich habe vor dem Zu-Bett-Gehen noch drei Gläschen von dem exzellenten Tokajer Wein getrunken. Er war köstlich.«

»Wie kannst du dann beteuern, du hättest mein Aufstehen

bemerkt, Josef? Nach drei Gläsern des starken ungarischen Weins ist jeder bewusstlos.«

»Nein, so war es nicht. Ich bin zwischendurch immer wieder aufgewacht.«

»Aber du kannst nicht ausschließen, dass ich im Schlaf herumspaziert bin.«

»Eigentlich schon.« Schuldbewusst kratzte er sich am Kopf.

Frau Kattany ergriff ihren Mantel. »Was ich jedoch nicht verstehe«, sagte sie mit einem tiefen Seufzen, »warum ich meinen Mantel zuerst angezogen und dann wieder ausgezogen habe. Normalerweise gehe ich im Nachthemd herum. Was in diesem Fall natürlich noch unangenehmer gewesen wäre.«

»Das stimmt, meine Liebe«, bestätigte ihr Mann, worauf Frau Kattany ihn irritiert anschaute.

»Wie auch immer«, sagte sie nach einer kurzen Pause, »zum Glück ist nichts passiert. Heute Nacht werde ich selbst absperren und den Schlüssel verräumen.«

»Eine hervorragende Idee, Liebes.«

»Aber jetzt sollten wir uns beeilen, sonst verpassen wir Roswitha und Sergej noch. Unsere Tochter wartet auf uns. Wir haben leider viel zu wenig Zeit, und es gibt so unglaublich viel zu erzählen. Ich weiß ja gar nicht, womit ich anfangen soll. Vielleicht sollte ich mir eine Liste anlegen ...« Sie zog ihren Mann mit sich, der eine leidende Miene aufsetzte.

Ernestine fragte sich, ob Frau Kattanys Tochter ebenso viel Redebedürfnis hatte wie ihre Mutter. Wenn ja, galt Josef Kattany und seinem Schwiegersohn Ernestines höchste Bewunderung.

VIERZEHN

Nach dem Frühstück wartete Ernestine bei der Ausstiegsstelle auf Anton. Ein geführter Stadtrundgang durch Budapest stand auf dem Programm.

Eine drahtige junge Frau, eine gebürtige Budapesterin, winkte die Reisegruppe mit einem bunten Sonnenschirm zu sich. Hinter ihr spielten drei Straßenmusiker ein Willkommensständchen. Die Haut der Männer war dunkel, und ihr Haar glänzte schwarz. Sie trugen weiße Hemden zu Hosen, die in ledernen Stiefeln steckten. Zwei Musiker hatten Geigen, der dritte eine Ziehharmonika in den Händen. Die Klänge ihrer Instrumente mischten sich mit dem Lärm des Hafens und formten eine eigenwillige Geräuschkulisse. Die Reiseleiterin versuchte vergeblich, mit ihrer Stimme dagegen anzukämpfen. Aber Anton wusste auch so, was geplant war: Ein Spaziergang, der entlang des rechten Donauufers hinauf zur alten Königsstadt Buda führte, zur malerischen Fischerbastei und dann weiter zur ausgedehnten Burganlage. Angeblich hatte man von dort aus eine einzigartige Sicht auf den Prachtbau des Parlaments, die weit gespannte Kettenbrücke, die beide Stadtteile, Buda und Pest, miteinander verband, und eine Reihe großer, eleganter Hotels, die am anderen Donauufer lagen.

Anton hatte sich immer noch nicht entscheiden können, ob er den Ausflug mitmachen sollte oder nicht. Vor der Burg stand ein Denkmal des wichtigen Heeresführers Prinz Eugen. Doch Anton konnte den tapferen Mann ebenso gut auf dem Wiener Heldenplatz besichtigen. Viel lieber würde er das Café Gerbeaud besuchen. Leider war Ernestine fest entschlossen, die Burganlage anzusehen.

»Ich habe gehört, Sie wollen ins Kaffeehaus?«

Überrascht drehte Anton sich um. Marlene Radatz stand dicht hinter ihm. Ein freizügig geschnittenes Sommerkleid erlaubte einen unzüchtigen Blick auf ihren üppigen Busen.

Anton bemühte sich, nicht daraufzustarren. Wie gewohnt umgab sie ein intensiver, blumig süßer Parfumduft nach Vanille.

»Ja, ich würde gern die berühmten Esterhazyschnitten probieren.«

»Eine vorzügliche Idee. Haben Sie etwas dagegen, wenn ich Sie begleite? Ich habe keine Lust auf einen Stadtspaziergang. Ich bin bereits Dutzende Male auf der Burg gewesen, und mein Vater begleitet die Familie Jesenky zu einem Geschäftstermin in der Stadt. Ich bin also ganz allein.«

Schon hakte sich Marlene Radatz bei Anton unter. Er sah Ernestines Verblüffung aus den Augenwinkeln.

»Keine Burgführung, Anton?«, fragte sie.

Entschuldigend zuckte er die Schultern, worauf Ernestine ihm zum Abschied zuwinkte. Dann setzte sich die winzige Gruppe, bestehend aus Ernestine, Erna Stein, Theresa und Margarita Hodul sowie Dr. Kandel, in Bewegung. Der Arzt hatte bereits angekündigt, dass er nur bis zur Fischerbastei mitkommen konnte, da er von dort aus weiter zum Seniorenheim seiner Mutter wollte, und auch Erna Stein würde eine andere Richtung einschlagen. Sie sollte einen Antiquitätenhändler aufsuchen, um ein Paket für Fräulein Gardner abzuholen.

Das Ehepaar Kattany ging eigene Wege, Hubert Radatz war mit Anna und Adam von Jesenky unterwegs. Thomas von Jesenky, sein Vater und dessen Pflegerin Mila Marinkovic sowie Fräulein Gardner und Herr Hodul waren am Schiff zurückgeblieben.

»Kennen Sie den Weg zum Kaffeehaus?«, fragte Anton.

»Selbstverständlich«, sagte Marlene Radatz. »Es liegt am Vörösmarty tér. Wir müssen hier entlang, kommen Sie.«

Die junge Frau zog Anton zur Kettenbrücke. Sie überquerten das breite und imposante Bauwerk, das von steinernen Löwen zu beiden Seiten bewacht wurde. Menschen drängten sich an ihnen vorbei und sprangen hektisch zur Seite, als lautes Hupen ein Automobil ankündigte. Eine dicke Frau rempelte Anton an und stieß ihm dabei unsanft mit dem Ellbogen in die Rippen. »Aua«, murrte er empört. Doch die Frau nahm keine Notiz davon, stattdessen starrte sie dem Automobil hinterher.

Marlene Radatz blieb in der Mitte der Brücke stehen. »Von hier aus haben wir eine mindestens genauso gute Sicht aufs Parlament wie von der Burg.«

Anton musste ihr recht geben. Das helle, schlossähnliche Gebäude mit den unzähligen spitzen Türmchen und der mächtigen Kuppel sah sehr beeindruckend aus. Das Dunkelblau der Donau und der wolkenlose Himmel über dem Gebäude verliehen dem Bild etwas Märchenhaftes. Schade, dass Rosa nicht hier war, das Parlament hätte ihr zweifelsohne gefallen. Anton versuchte, die Szenerie in sich aufzunehmen, bevor sie weitergingen. Zwei Fuhrwerke kamen ihnen entgegen. Eines der Pferde hinterließ sein Geschäft mitten auf der Fahrbahn. Anton machte einen großen Bogen darum.

»Am anderen Ende der Brücke steht die ungarische Akademie der Wissenschaften.« Marlene Radatz streckte ihren Arm aus. »Es ist das riesige sandfarbene Gebäude dort hinten.«

Der Bau erinnerte Anton an die Staatsoper in Wien. Auch wenn es sich um eine deutlich kleinere und bescheidenere Ausgabe davon handelte.

»Graf István Széchenyi hat sie gegründet. Er gilt auch als größter Förderer der Brücke, über die wir gerade schreiten. Leider hat ihn der Bau sehr angestrengt. Als die Kettenbrücke fertig war, landete er in einer Nervenheilanstalt bei Wien. Ihm zu Ehren heißt die Brücke »Széchenyi-Kettenbrücke«. Leider sagt das keiner. Der Name ist einfach zu lang.«

»Sie sind sehr gut über die Stadt informiert«, staunte Anton.

»Manchmal merke ich mir die eigenartigsten Dinge: Jahreszahlen, Namen und winzige Details. Dann wieder vergesse ich Wesentliches. Es ist sehr merkwürdig.«

Sie verließen die Brücke und spazierten durch eine enge Gasse, die leicht bergauf führte. Sie kamen an zwei Modegeschäften und einer Bäckerei vorbei, aus der es verführerisch nach frischem Blätterteig duftete. Aus dem nächsten Hauseingang roch es modrig und feucht. Wegen eines Handkarrens mussten sie sich gegen die Häuserfront drücken. Mit lautem Gerumpel schleppten zwei Männer den Wagen über das Kopfsteinpflaster an ihnen vorbei. Ein schweres braunes Holzfass lag darauf, vielleicht war darin der berühmte ungarische Rotwein. Kaum waren Pferd und Fuhrwerk vorbei, kam das nächste Gefährt. Ein Junge führte eine Scheibtruhe, in der sich Zwiebeln und Paprika türmten. Immer wieder hielt er an, um seine Ware den Hausfrauen, die mit Einkaufskörben Richtung Donau liefen, zu verkaufen. Auf der anderen Straßenseite stand eine alte Frau mit einem Bauchladen. In einem hölzernen Kasten trug sie bunte Papiersäckchen. Als sie Anton und Marlene Radatz erspähte, kam sie direkt auf sie zu und sprach sie auf Deutsch an. Anton fragte sich, woran die Alte erkannt hatte, dass sie aus Wien stammten.

»Frischer Baumkuchen, kandierte Veilchen und in Zucker gelegter Flieder«, krächzte die Alte.

Anton wollte weitergehen, denn die Frau sah nicht sonderlich vertrauenserweckend aus. Ihr Kleid war verschlissen und am Saum mehrfach geflickt, auf dem Kopf trug sie ein nicht mehr ganz sauberes Tuch, das unter ihrem runden Kinn zusammengeknotet war.

Doch Marlene Radatz hielt an. »Ich liebe kandierte Veilchen. Angeblich hat die verstorbene Kaiserin ihr Vanilleeis mit diesen Blüten dekorieren lassen.«

Anton bezweifelte, dass Elisabeth von Österreich die Veilchen einer Straßenverkäuferin gegessen hatte. Aber er verkniff sich seine Bemerkung und spähte vorsichtig in den Bauchladen der Alten. Ihre Ware sah nicht sonderlich appetitlich aus. Aber Marlene Radatz schien wild entschlossen, etwas zu kaufen.

»Wollen Sie ein Stück Kuchen kosten?« Die Alte bot Anton mit schmutzigen Fingern ein Stück eines Schichtkuchens an. Er lehnte dankend ab und konnte es kaum fassen, als Marlene Radatz bereitwillig zugriff. Sah sie die Dreckränder unter den Fingernägeln der Alten nicht? Ihr Verhalten verwirrte ihn. Irgendwie passten die Bilder nicht zusammen: Die reiche junge Dame, die sich in Luxuskleidung hüllte, und die ranzig riechenden Kuchenstücke der Alten. Marlene Radatz öffnete ihre Handtasche und holte ihr Portemonnaie heraus.

»Ich nehme ein Säckchen von den kandierten Veilchen«, sagte sie und reichte der Frau eine beträchtliche Summe, über die sich die Alte freute. Ihre Augen glänzten. Begehrlich schnappte sie nach dem Geldschein.

»Und für Sie, mein Herr?«

Anton winkte dankend ab. Die Alte zog ab und suchte nach den nächsten potenziellen Kunden.

»Süßigkeiten sind meine Leidenschaft«, sagte Marlene Radatz und seufzte dabei.

Anton antwortete nicht, er richtete seine Aufmerksamkeit auf die andere Straßenseite, wo er in einer dunklen Ecke eine Person ausmachte, die er sofort wiedererkannte: Die Küchenhilfe, die bei der Abfahrt der »Jupiter« ein Päckchen übernommen hatte. Jetzt betrat der junge Mann einen Trödler, der mit alten Teppichen, Geschirr und allerlei merkwürdig anmutenden Gegenständen handelte. Es war ein zwielichtiger, kleiner Laden, den Anton niemals freiwillig betreten würde. Vermutlich wurden in der Spelunke neben Trödel auch Branntwein und andere Spirituosen verkauft und ausgeschenkt.

Gern wäre Anton länger stehen geblieben, um zu sehen, was er vorhatte, aber Fräulein Radatz zog ihn energisch weiter. »Kommen Sie, Herr Böck!«

Schon nach wenigen Schritten wurde die Straße breiter und weitete sich zu einem prächtigen Platz. Eine kleine Gartenanlage befand sich im Zentrum. Kunstvoll verzierte schmiedeeiserne Zaunelemente umgaben die Bäume und Blumenbeete.

Das Café selbst war ein dreistöckiges, helles Gebäude mit einem ausgebauten Dachstuhl. An der Hausfassade waren Säulen zu dekorativen Zwecken angebracht worden. Eine doppelflügelige Holztür mit Glasfenstern führte ins Innere des Cafés. Rechts und links vom Eingang befanden sich zwei riesige Auslagen, in denen köstliche Mehlspeisen auf mehrstöckigen silbernen Tellern zur Schau gestellt wurden.

Anton hielt die Tür fest und ließ Marlene Radatz den Vortritt. Sofort kam ein Kellner auf sie zu und begrüßte die beiden. Auch er sprach sie auf Deutsch an. Anton fragte sich, ob auf seiner Stirn der Stempel »Wien« aufgedruckt war.

»Wollen Sie draußen oder lieber im Café sitzen?«, erkundigte sich der Kellner.

»Ich bevorzuge einen Platz im Café«, sagte Marlene Radatz. »Draußen ist es trotz der Sonnenschirme sehr heiß.«

Der Kellner geleitete sie durch den lang gestreckten Speisesaal. Von der gewölbten Decke hingen riesige Kristalllüster. Der Boden war mit kunstvoll gewebten Teppichen, die aufwendige orientalische Muster zierten, ausgelegt. Vor einem der schönsten Tische machte der Kellner halt. Er stand direkt vor einem der großen Bogenfenster mit Blick auf den Platz vor dem Café. Schwere dunkelgelbe Samtvorhänge rechts und links der Glasscheibe reichten von der Decke bis zum Boden und waren mit goldenen Kordeln zusammengebunden. Auf der runden Marmorplatte des Tischchens standen eine Schale mit Zuckerwürfeln und ein Kännchen mit Milch bereit. Anton bestellte eine Tasse heiße Schokolade nach Brüsseler Vorbild und eine Esterhazyschnitte. Marlene Radatz nahm das Gleiche.

»Sie haben sich gestern sehr lang und ausführlich mit Dr. Kandel unterhalten«, nahm sie das Gespräch auf.

Anton nickte. Er schielte zum Nachbartisch. Dort aß eine Dame ein mit Zucker glasiertes Plundergebäck. Ob er die richtige Entscheidung getroffen hatte? Nun, er konnte nach der Esterhazyschnitte immer noch ein weiteres Gebäck ordern.

»Was hat er Ihnen über mich erzählt?«

»Wie kommen Sie darauf, dass er über Sie gesprochen hat?«, fragte Anton irritiert.

»Hat er etwa nicht?«

Lag Enttäuschung in ihrer Stimme? Anton konnte es nicht sagen.

Der Kellner balancierte zwei silberne Tabletts vor sich her.

Sie waren mit dampfender Schokolade und herrlichen Schicht-
schnitten, die mit einer kunstvollen Zuckerglasur überzogen
waren, beladen. Anton strahlte vor Begeisterung.

»Ich hätte schwören können, dass er über mich geredet hat,
als wir zu spät aufs Schiff gekommen sind«, sagte Marlene
Radatz.

»Kennen Sie den Doktor?«

»Wir hatten eine kurze, aber intensive Beziehung. Ich war
seine Patientin, ich leide unter starken Stimmungsschwan-
kungen. An manchen Tagen fühle ich mich todtraurig und
schaffe es kaum aus dem Bett. Dann wieder glaube ich, dass
ich mit meinen Händen die Welt aus den Angeln reißen kann,
und fühle mich großartig. In solchen Situationen würde ich
am liebsten alle Modegeschäfte Wiens leer kaufen, auf einem
Lipizzaner durch die Stadt reiten oder ähnlich Verrücktes machen.« Sie lachte.

Anton nahm an, dass heute einer ihrer guten Tage war. Es
dauerte jedoch, bis die Information über Dr. Kandel bei ihm
ankam. »Sie waren Dr. Kandels Patientin, und Sie haben trotzdem«, er machte eine Pause und schluckte, »eine Beziehung
miteinander geführt?« Anton gab sich nicht die Mühe, sein
Entsetzen zu verbergen. Er hatte ein ganz anderes Bild von
dem Arzt gehabt.

Marlene Radatz klimperte mit ihren langen Wimpern. »Lieber Herr Böck, ich habe Dr. Kandel verführt und nicht umgekehrt. Nach der unglücklichen Geschichte hat der Doktor
sofort darauf bestanden, dass wir unser Arbeitsbündnis als
Patientin und Arzt beenden. Was sehr, sehr bedauerlich ist,
denn er war viel besser als alle Ärzte, die ich danach kon-
sultiert habe. Er weigert sich immer noch, mich wieder als
Patientin aufzunehmen. Dabei ist er der Einzige, der mir je
helfen konnte, meine Stimmungstiefs ohne Medikamente zu
überstehen. Mein Vater wäre bereit, ihm eine beträchtliche
Summe zu zahlen.«

»Es wäre unethisch, eine Patientin zu behandeln, mit der
einen mehr«, Anton räusperte sich diskret, »verbindet.«

»Ach, Herr Böck«, sagte Marlene Radatz mit einer wegwerfenden Handbewegung, »wir hatten einen gemeinsamen Nachmittag. Das war alles. Keine Ahnung, wie er darauf gekommen ist, dass ich mehr von ihm wollen könnte. Ich war seine Patientin, er hätte doch wissen müssen, dass ich für feste Beziehungen nicht geschaffen bin. Dazu bin ich viel zu …« Sie suchte nach dem richtigen Wort. »Flatterhaft.«

»Vielleicht hat er gehofft, er könnte Sie verändern.«

Er wollte nicht länger warten und stach mit der Gabel einen Bissen von der mit Buttercreme gefüllten Nussschnitte ab. Sie schmeckte himmlisch. Anton schloss genießerisch die Augen.

»Sie mögen Süßspeisen.«

»Ich liebe sie«, gestand Anton.

»Ich auch. Aber das habe ich Ihnen ja schon verraten.« Marlene Radatz rührte in ihrer heißen Schokolade. »Manchmal wünschte ich, Vater wäre kein Rechtsanwalt, sondern der Besitzer einer Konditorei oder einer Bäckerei, dann würde mich jeden Tag der Duft von Zucker und Zimt einhüllen, und ich wäre immer glücklich.«

Anton runzelte die Stirn. Jetzt, wo er wusste, dass Marlene Radatz in psychiatrischer Behandlung war, bekamen ihre Bemerkungen eine neue Bedeutung. Vielleicht war das der Grund für ihr aufdringliches Parfum.

»Niemand kann immer glücklich sein«, sagte er vorsichtig.

»Warum nicht?«, fragte sie scharf. Sie funkelte ihn finster an. Dramatisch griff sie sich an die Stirn und lehnte sich zurück. Ihre Stimme wurde wieder sanfter. »Mein Nervenzustand gilt als besonders instabil. Letztes Jahr habe ich versucht, mir das Leben zu nehmen. Mein Vater will meine Probleme vertuschen und hofft darauf, dass ich einen reichen Mann heirate, der für mich sorgt. Damit er mich loswird und sich keine Gedanken mehr über mich machen muss. Aber ich werde ihn enttäuschen. Ich werde niemals heiraten.«

»Hm.« Anton konnte gut verstehen, dass Herr Radatz sich wünschte, die Verantwortung für die labile junge Frau abzugeben. Ob die Alkoholprobleme mit der Krankheit seiner Tochter zu tun hatten? Oder war es umgekehrt, hegte sie Selbstmordgedanken, weil ihr Vater trank?

Anton kam mit seinen Überlegungen auf keinen grünen Zweig. Er nahm noch einen Bissen, dann widmete er sich der heißen Schokolade. Sie war cremig, nicht zu süß und schmeckte nach gerösteten Kakaobohnen und einem Hauch von Vanille.

»Hätte ich damals gewusst, welche Rolle mein Vater in Dr. Kandels Leben gespielt hat, ich hätte mich nie auf diesen Nachmittag mit ihm eingelassen.« Sie seufzte schwer. »Dann hätte ich jetzt noch meinen Nervenarzt und müsste keine Medikamente schlucken.« Sie sah Anton ernst an. »Gibt es irgendeine Möglichkeit, die Zeit zurückzudrehen?«

»Nehmen Sie regelmäßig Tabletten?«

»Ohne Veronal kann ich nicht mehr schlafen.«

»Haben Sie es schon einmal mit Baldriantropfen versucht? Melisse und Hopfen sind auch eine wirksame Mischung zum Einschlafen.«

»Sie haben also doch mit Dr. Kandel über meine gesundheitlichen Probleme geredet.« Fräulein Radatz legte die Kuchengabel geräuschvoll auf dem weißen Porzellanteller ab und wirkte mit einem Mal sehr aufgebracht. Ihre Hand zitterte, rote Flecken hatten sich auf ihrem Hals gebildet. Die Emotionen der armen Frau glichen einer Fahrt mit der Hochschaubahn im Wurstelprater. Anton fand das Zuhören schon anstrengend. Wie musste es sein, wenn man die Schwankungen am eigenen Leib spürte? Er hatte von einem Krankheitsbild gelesen, bei dem Patienten tagelang tieftraurig waren und dann wieder bestens gelaunt. Dass es Menschen gab, deren Gefühlslage innerhalb von Minuten umschlagen konnte, war ihm neu.

»Fräulein Radatz«, sagte Anton ernst. »Dr. Kandel scheint mir ein seriöser Nervenarzt zu sein, der, ganz egal, was er über seine Patienten denkt, nicht über ihre Krankheitsgeschichte spricht. Dass ich Ihnen von Medikamenten wie Veronal abrate, hat ganz allein mit meiner eigenen Profession als Apotheker zu tun. Sie sind jung, und die Medikamente machen abhängig. Sie sind gefährlich.«

Marlene Radatz wirkte betroffen. Wieder rührte sie in ihrer heißen Schokolade, die bestimmt längst kalt war. Leider war Antons Becher schon leer. Sollte er einen weiteren bestellen? »Dr. Kandel hätte gute Gründe, schlecht über mich zu reden. Vielleicht will er sich an mir rächen.«

»Weil Sie ihm einen Korb erteilt haben?«, fragte Anton. »Er ist sicher nicht der erste Mann, der von einer schönen Frau zurückgewiesen wurde.«

Ihr Gesicht sah jetzt aus, als würde sie auf der Stelle losheulen wollen. Anton fühlte sich der Situation zunehmend nicht mehr gewachsen. Er verfügte über keine Erfahrung mit Nervenpatientinnen.

»Dr. Kandels Vater war ein Spieler und ein Trinker«, fuhr sie mit weinerlicher Stimme fort.

Anton wollte keine Geschichten hören, die ihn überhaupt nichts angingen, aber Marlene Radatz schien sie unbedingt loswerden zu wollen. Es gab kein Entkommen. Also winkte er dem Kellner, orderte noch eine heiße Schokolade und lehnte sich abwartend zurück.

»Kandels Vater hat seine gesamten Ländereien in Ungarn an Graf von Jesenky in einem einzigen Kartenspiel verloren.«

»Was hat die Angelegenheit mit Ihnen zu tun?«

»Mein Vater hat die Verträge aufgesetzt. Er hätte sich weigern können, schließlich waren beide Männer beim Spiel betrunken gewesen, aber er hat es getan. Mein Vater würde für Geld alles tun.«

Anton wünschte, Ernestine wäre hier. Sie hätte an dieser Stelle weitere Fragen gestellt, denn sie neigte zur Neugier und hatte eine gewisse Vorliebe für Skandalgeschichten. Anton hingegen war die ganze Angelegenheit nur unangenehm. Marlene Radatz schien sein Unbehagen nicht zu bemerken, sie redete weiter.

»Die Familie Kandel war wegen des Vorfalls nicht vollständig ruiniert, aber gravierend geschädigt.«

»Hm.« Wie brachte Anton die Frau bloß zum Schweigen? Endlich hob sie ihre Tasse an und nahm einen Schluck von der Schokolade. Dann tupfte sie mit der weißen Stoffserviette ihre geschminkten Lippen ab. »Jetzt können Sie vermutlich verstehen, warum ich ständig Angst habe, Dr. Kandel könnte schlecht über mich reden und meine gesundheitlichen Probleme in der Öffentlichkeit breittreten.«

»Ich kann Ihnen versichern, dass er mir gegenüber kein schlechtes Wort über Sie hat fallen lassen. Ich glaube nicht, dass Sie sich sorgen müssen«, sagte Anton. »Ich würde Ihnen jedoch dringend raten, in Zukunft einen anderen Nervenarzt aufzusuchen.«

»Das mache ich bereits.«

In dem Moment kam der Kellner mit Antons zweiter Tasse cremiger Schokolade. Diesmal duftete sie nach Zimt und Kardamom. Anton zog das Aroma genussvoll ein.

»Sie können auch meine Esterhazyschnitte essen«, sagte Marlene Radatz und schob ihren Teller zu ihm. »Ich habe zwar gestern keine verdorbene Fischsuppe gegessen, aber das Gespräch hat mir gerade auf den Magen geschlagen. Ich bestelle mir eine Schüssel Zitroneneis. Oder doch lieber Himbeereis?«

Sie wirkte wieder wie eine ganz normale junge Frau, die über ihre Eiswahl nachdachte. Die Tränen waren verschwunden, der dramatische Tonfall in ihrer Stimme ebenfalls. Anton hoffte, dass das den restlichen Vormittag so bleiben würde.

FÜNFZEHN

Schon von Weitem sah Anton, dass bis auf Ernestine und Theresa Hodul alle anderen Passagiere bereits an Bord waren. Die beiden warteten am Kai. »Ich habe Ansichtskarten gekauft und auch schon geschrieben«, erklärte Ernestine begeistert. »Die Karten kommen zwar erst nach uns in Wien an, Heide und Rosa werden sich dennoch freuen. Wollen Sie unterschreiben?«

»Sehr gern. Das ist eine hervorragende Idee.«

»Tünde, unsere Reiseleiterin, ist so freundlich und bringt die Karten für uns zur Post.« Ernestine deutete auf die junge Frau, die immer noch ihren bunten Sonnenschirm in der Hand hielt.

Anton nahm die Karten entgegen, warf einen kurzen Blick auf eines der Motive. Es war ein Bild vom Parlament. Dann drehte er beide Karten um, stützte sich an der Kaimauer ab und unterschrieb am unteren Rand.

Kapitän Neumeier rief ihnen vom Schiff aufgeregt zu: »Herr Böck, Fräulein Kirsch, Fräulein Hodul, beeilen Sie sich bitte. Wir legen gleich ab.« Nervös zeigte er auf seine Armbanduhr.

»Würden Sie meine Karte auch mitnehmen?«, fragte Fräulein Hodul.

»Ja, natürlich. Geben Sie mir alle Karten.« Die freundliche Reiseleiterin nahm die Post entgegen.

»Vielen Dank.«

Dann rannten Anton, Ernestine und Fräulein Hodul rasch die Leiter zum Schiff hoch.

»An wen haben Sie Ihre Karte geschrieben?«, fragte Anton.

»An Bekannte«, sagte Fräulein Hodul.

Anton irritierte ihr merkwürdiges Lächeln. Doch es blieb keine Zeit, darüber nachzudenken, denn Kapitän Neumeier drängte zur Eile. »Kommen Sie, kommen Sie.«

Also beeilte sich Anton. Kaum hatte er die »Jupiter« betreten, wurden die Maschinen angeworfen, zwei Matrosen holten die Leiter ein, und schon setzte sich das Schiff schwerfällig in Bewegung. Die Schaufelräder drehten sich zuerst noch langsam, wurden aber mit jedem zurückgelegten Meter schneller. Die österreichische Flagge wehte am Heck, und die »Jupiter« war wieder auf Kurs Richtung Wien unterwegs. Prachtvolle Häuserfronten, breite Straßenzüge, ein Boulevard und die spitzen Kirchtürme zahlreicher Gotteshäuser zogen am Schiff vorbei. Anton und Ernestine lehnten an der Reling und warfen einen letzten Blick auf die ungarische Hauptstadt.

»Schade, dass wir nur so wenig Zeit zur Verfügung hatten«, sagte Ernestine. »Ich hätte so gern noch mehr von der Stadt gesehen.«

Sie wurde jäh von einer aufgeregten Frauenstimme unterbrochen. »Haben Sie einen der beiden Kapitäne gesehen?«

Zeitgleich drehten sich Ernestine und Anton um. Es war Mila Marinkovic, die vor ihnen stand. Ihr Haar hatte sich aus dem festen Kranz gelöst. Sie wirkte aufgeregt, ihre Mundwinkel zuckten.

»Um Himmels willen, was ist denn geschehen?«, fragte Ernestine besorgt.

»Ich hoffe, dass nichts passiert ist. Aber ich mache mir große Sorgen. Graf von Jesenky schläft immer noch. Das ist untypisch. Ich habe seinen Sohn und seine Schwiegertochter gebeten, nach ihm zu sehen, aber bis jetzt habe ich die beiden nicht finden können. Eigentlich hätte ich dem Herrn Grafen schon vor einer Stunde beim Ankleiden helfen sollen. Ich kann jetzt wirklich nicht mehr länger warten, schließlich ist es bereits weit nach Mittag. Ich möchte, dass einer der Kapitäne die Kabine aufschließt.«

»Ich verstehe Ihre Sorge«, sagte Ernestine. »Kommen Sie, wir werden nach Neumeier suchen, er war eben noch hier.«

»Ich warte am Sonnendeck auf Sie.« Während Anton nach einem bequemen Liegestuhl Ausschau hielt, begleitete Ernestine Mila Marinkovic.

Sie hatten Glück und fanden Kapitän Neumeier sofort. Er gab zwei Matrosen Anweisungen und wirkte überrascht über das Anliegen der Pflegerin.

»Sie wollen, dass ich die Kabinentür eines Gastes aufsperre?«, fragte er mit sichtlichem Unbehagen.

»Der Mann kann doch unmöglich noch schlafen«, gab Ernestine zu bedenken.

Neumeier schaute auf seine goldene Armbanduhr. Es war kurz vor zwei. Der Graf war nicht der erste Gast an Bord der »Jupiter«, der das Mittagessen ausließ. »Falls er eine unruhige Nacht hatte, ist das durchaus möglich.«

»Wenn Sie uns nicht weiterhelfen, richte ich meine Bitte an Kapitän Freiberg. Er wird nicht zögern, die Kabine aufzuschließen«, sagte Ernestine vehement.

Nach kurzer Überlegung gab Neumeier schließlich nach. »Nun gut, lassen Sie uns zur Kabine des Grafen gehen und kräftig daran klopfen. Davon sollte er aufwachen.«

»Das habe ich bereits mehrmals gemacht, aber ohne Erfolg«, jammerte Mila Marinkovic.

»Dann werde ich meinen Generalschlüssel holen, warten Sie bitte vor der Kabine des Grafen auf mich und versuchen Sie, ihn zu wecken.«

Neumeier eilte den Gang entlang zum vorderen Teil des Schiffes und verschwand über eine Treppe im unteren Stock.

»Ich habe Angst, dass ihm etwas passiert ist«, sagte Mila Marinkovic. »Ich hätte gleich heute Morgen nach ihm sehen sollen. Aber Frau von Jesenky war dagegen. Wenn ihm etwas zugestoßen ist, werde ich mir das nie verzeihen.«

»Es wird schon nichts sein.« Ernestine begleitete die junge Frau zu der Kabine, die in der Nähe von Antons lag. Energisch klopfte Ernestine gegen die Tür. »Herr von Jesenky«, rief sie laut und deutlich. Aber es rührte sich nichts.

»Das habe ich schon probiert.« Mila Marinkovic fuhr mit ihrer Hand zum Mund und biss auf ihre Faust. »Oh, mein Gott. Oh, mein Gott.« Sie zitterte jetzt am ganzen Leib.

»Keine Sorge, Kapitän Neumeier wird gleich hier sein.«

Ernestine legte ihren Arm um die bebenden Schultern der jungen Frau.

Vom Ende des Gangs näherten sich Schritte. Es war Kapitän Freiberg, der mit ernster Miene auf sie zukam.

»In all den Jahren, in denen ich als Kapitän auf der ›Jupiter‹ fahre, habe ich noch nie die Kabine eines Passagiers geöffnet«, sagte er voll Unbehagen. »Ich hoffe, dass es einen triftigen Grund für dieses Vorgehen gibt.«

»Der Graf antwortet auch auf lautes Klopfen nicht.«

»Bitte gehen Sie zur Seite.« Er schob Mila Marinkovic von der Tür weg und hämmerte laut mit der Faust gegen die Tür. »Graf von Jesenky, bitte öffnen Sie!«

Nichts war zu hören.

»Herr Graf, melden Sie sich!«

Wieder nichts.

»Ich werde jetzt die Tür aufsperren, bitte erschrecken Sie nicht, es ist zu Ihrer eigenen Sicherheit.«

Keine Antwort.

Kapitän Freiberg seufzte laut, steckte den Schlüssel ins Schlüsselloch und drehte zweimal um. Die Tür sprang auf, und mit einem leisen Quietschen schwang sie nach innen auf. In der Kabine war es finster und stickig. Die dicken Vorhänge verdunkelten die Fenster.

»Herr Graf?« Freibergs Stimme hatte deutlich an Souveränität eingebüßt.

Ernestine und Mila Marinkovic betraten hinter ihm die Kabine. Es dauerte einen Moment, bis Ernestines Augen sich an das Halbdunkel gewöhnt hatten. Neben dem Bett stand von Jesenkys Rollstuhl. Auf dem Nachtkästchen befand sich ein umgeworfenes Glas Wasser, eine Glaskaraffe war zu Bruch gegangen, Stofftaschentücher und ein zusammengeknülltes Papiersäckchen lagen daneben. Noch bevor Ernestine den leblosen Körper im Bett liegen sah, schrie Mila Marinkovic laut und entsetzt auf.

»Er ist tot!«

Ein paar schier endlos lange Sekunden standen alle drei wie

angewurzelt da und starrten auf den Toten. Kapitän Freiberg reagierte als Erster. »Ich fürchte, das stimmt.«

Ernestine nahm geistesgegenwärtig das Keuchen neben sich wahr und wandte sich zur Seite. Mila Marinkovic verdrehte die Augen und sank in sich zusammen. Gerade noch rechtzeitig packte Ernestine nach ihren Schultern und drückte sie gegen die Wand.

»Helfen Sie mir.«

Kapitän Freiberg wirkte wie gelähmt. Nur langsam reagierte er und machte einen Schritt auf sie zu. »Himmelherrgott noch mal«, schimpfte er leise. »Was ist bloß mit dem Schiff los?«

»Wieso?«, fragte Ernestine. »Das Schiff fährt doch einwandfrei. Es sind die Passagiere, die sich ungewöhnlich verhalten. Wir müssen Dr. Kandel rufen.«

»Was soll der noch ausrichten? Der Mann ist tot«, sagte Freiberg.

Graf von Jesenky lag mit weit aufgerissenen Augen und unnatürlich verkrampften Gliedern auf der Matratze. Sein Gesicht war qualvoll verzerrt. Neben dem Bett entdeckte Ernestine eine sauer riechende Pfütze. Erbrochenes. Zwei weiße Bonbons lagen daneben, sie waren aus dem zerknüllten Papier vom Nachtkästchen gerollt. Es waren die Reste von Antons Pfefferminzbonbons. Von Jesenkys Zunge hing aus seinem Mund. Sie war ungewöhnlich dunkel. Seine faltige Haut war über und über mit roten Flecken übersät.

»Ob er vergiftet wurde?«, fragte Ernestine.

»Die verdammte Fischsuppe«, zischte Freiberg tonlos und tätschelte Mila Marinkovics Wangen eine Spur zu fest. »Wachen Sie auf.« Langsam kam die junge Frau wieder zu sich.

»Bringen wir sie nach draußen«, sagte Ernestine. Gemeinsam schleppten sie die Pflegerin zu einer der weiß gestrichenen Bänke am Gang, wo sie erschöpft Platz nahm.

»Bitte bleiben Sie bei ihr«, bat Kapitän Freiberg. »Ich hole den Doktor.«

Ernestine nickte, während sie erneut den Arm um die Schultern der jungen Frau legte, die jetzt so heftig zitterte, dass ihre Zähne laut gegeneinanderschlugen.

»Alles wird gut«, sagte Ernestine beschwörend. Doch die Worte drangen nicht zu Mila Marinkovic durch. Sie weinte laut und bitterlich. Ernestine wünschte, Anton wäre hier. Leider konnte sie jetzt unmöglich aufstehen und ihn holen. Alles, was sie im Moment tun konnte, war warten. Aber gerade das fiel ihr unheimlich schwer.

SECHZEHN

Anton hatte es sich neben Dr. Kandel im Liegestuhl am Sonnendeck gemütlich gemacht, als Kapitän Freiberg aufgeregt auf seinen Sitznachbarn zukam.

Er beugte sich zu ihm und flüsterte, dennoch konnte Anton hören, was der Kapitän sagte. »Es hat einen bedauerlichen Vorfall gegeben, der die Hilfe eines Arztes benötigt.« Überrascht zog Dr. Kandel die Augenbrauen hoch. »Ist jemand erkrankt?«

»Schlimmer.« Freiberg hielt schützend die Hand vor seinen Mund und blickte rasch über seine breite Schulter. Außer Anton und Dr. Kandel war niemand am Sonnendeck.

»Was kann schlimmer sein?«, wollte Kandel eindringlich wissen.

»Ich fürchte, Graf von Jesenky ist an einer Fischvergiftung verstorben.«

»Das kann doch nicht sein«, rief Dr. Kandel entsetzt und richtete sich auf. »Wir haben alle von der Suppe gegessen. Warum sollte ausgerechnet er daran sterben?«

Hilflos verzog Freiberg den Mund. »Ich hatte gehofft, dass Sie die Antwort darauf finden, schließlich sind Sie der Arzt. Vielleicht hatte der Graf einen besonders empfindlichen Magen oder war von allgemein schwächlicher Konstitution.«

Anton verfolgte unfreiwillig das Gespräch. Dr. Kandel wirkte bestürzt. »Ich bin Psychiater.« Er räusperte sich verlegen. »Meine Patienten suchen mich wegen Nervenkrankheiten auf.«

»Aber Sie sind Arzt!« Freiberg wurde zunehmend ungehalten.

Hilfesuchend richtete Dr. Kandel sich an Anton. »Herr Böck, Sie sind Apotheker, sicher kennen Sie sich mit Vergiftungssymptomen aus.«

»Wie bitte?«

»Dann kommen Sie eben beide mit«, bestimmte Freiberg. »Aber tun Sie es rasch, bevor die Familie des Toten von dem Vorfall erfährt und auf dem Schiff eine unschöne Szene macht.«

Freibergs Worte klangen nicht wie eine Bitte, sondern wie ein Befehl, was Anton sauer aufstieß. Er hatte nicht vor, einen Toten anzusehen.

»Bitte begleiten Sie mich«, flehte Dr. Kandel leise. Die Farbe war aus seinen Wangen gewichen, er sah bemitleidenswert aus.

»Ich weiß wirklich nicht, wie ich Ihnen in der Angelegenheit behilflich sein kann«, sagte Anton ehrlich.

Freiberg ging mit schnellen Schritten voraus, im festen Glauben, dass beide ihm folgen würden.

»Ich habe mich nach dem Krieg für die Psychiatrie entschieden, weil ich nach den Gasangriffen am Isonzo keine Vergifteten mehr sehen konnte. All die aufgedunsenen Gesichter, die verfärbte Haut, die aufgerissenen Augen. Mir wird ganz übel, wenn ich daran denke.«

Schweißperlen standen auf der Stirn des Arztes, er zitterte leicht.

»Na, na, na.« Anton beugte sich zu ihm und tätschelte seine eiskalte Hand. »So arg wird es schon nicht werden.«

»Ich kann das nicht«, jammerte Dr. Kandel.

Die Verzweiflung in seiner Stimme rührte Anton, und so hievte er sich umständlich aus seinem Liegestuhl und folgte dem Kapitän seufzend. »Nun gut, dann stehen wir das gemeinsam durch.«

Schon von Weitem sah er Ernestine neben Mila Marinkovic sitzen und beruhigend auf sie einreden. Sie schien erleichtert, als sie Anton erblickte.

»Ich bringe Fräulein Marinkovic in ihre Kabine. Sie ist sehr mitgenommen und sollte sich ein wenig ausruhen.«

»Ja, tun Sie das, Fräulein Kirsch«, sagte Freiberg. Sein eigentliches Interesse galt jedoch nicht dem Gesundheitszustand der Pflegerin, sondern dem toten Grafen. Als er die

Kabine erneut betrat, stand ihm das Entsetzen ins Gesicht geschrieben. »Das Ganze ist eine furchtbare Katastrophe! Ein Toter auf der ›Jupiter‹!«

Dr. Kandel hielt sich im Hintergrund und ließ Anton den Vortritt. Es bedurfte keiner medizinischen Ausbildung, um zu erkennen, dass Graf von Jesenky auf sehr grausame Weise das Zeitliche gesegnet hatte. Anton hörte, wie Dr. Kandel hinter ihm die Luft laut einsog und anhielt. Besorgt wandte er sich um und sah gerade noch rechtzeitig, wie der junge Mann noch blasser wurde und die Augen zur Decke verdrehte, sodass das Weiße darin zu sehen war. Mit einem Satz sprang er auf ihn zu und fasste ihn an beiden Schultern.

Auch Kapitän Freiberg fuhr herum. »Was denn?«, rief er entsetzt. »Ist ihm auch schlecht? Was ist denn hier los? Liegt ein Fluch auf dem Schiff oder auf der Kabine? Ich hab noch nie so viele Passagiere umfallen sehen.«

Anton war froh, dass Fräulein Gardner im Moment nicht hier war, die Erwähnung eines Fluches hätte ihr Herz höherschlagen lassen.

»Helfen Sie mir bitte«, forderte er Freiberg auf. Nur widerwillig fasste der Kapitän mit an. Gemeinsam schleppten sie den Arzt zur Bank, auf der eben noch Ernestine mit Mila Marinkovic gesessen hatten.

Anton öffnete die obersten Knöpfe von Kandels Hemd. Augenblicklich kam der Mann wieder zu sich.

»Bitte entschuldigen Sie«, sagte er matt. Er schaute zu Freiberg. »Mir ist ebenfalls nicht ganz wohl. Es muss wohl an der Suppe liegen.«

»Diese elende Suppe«, schimpfte der Kapitän. »Dafür wird Klavaner ins Gefängnis gehen.«

»Geht es wieder?«, fragte Anton.

Kandel nickte. »Ich brauche nur noch ein paar Minuten, dann komme ich nach. Könnten Sie in der Zwischenzeit den Unrat vom Teppich weg –«

Weiter kam er nicht, denn Freiberg fiel ihm ins Wort. »Sie haben recht, guter Mann. Die Familie wird außer sich sein, wenn sie den Grafen so sehen. Wir müssen ihn ein bisschen herrichten.«

»Sie wollen was tun?«, fragte Anton. Sicher hatte er sich eben verhört.

Aber der Kapitän machte bereits einen Satz rückwärts in die Kabine, legte den Grafen ordentlich aufs Bett und versuchte ihn auszustrecken, doch die Totenstarre hatte bereits eingesetzt.

»Verflucht«, schimpfte er.

Fassungslos beobachtete Anton ihn dabei. »Sie müssen den Toten liegen lassen«, sagte er. »Die Polizei in Wien sollte alles so vorfinden, wie es war. Wie kann sie sonst aussagekräftige Untersuchungen durchführen?«

»Welche Untersuchungen?« Freibergs Kopf war dunkelrot angelaufen. »Der Mann hat zu viel Fischsuppe gegessen, das liegt auf der Hand. Ich muss dafür sorgen, dass es den Anschein hat, als hätte er möglichst wenig Schmerzen dabei erlitten. Wenn es nach einem qualvollen Todeskampf aussieht, werden Frau von Jesenky und ihr Mann einen riesigen Skandal daraus machen. Nicht auszudenken, was in den Zeitungen stehen wird. Ich kann die Überschriften schon sehen: die ›Jupiter‹, ein Schiff des Grauens.« Er schüttelte entsetzt den Kopf. »Aber nicht mit meiner ›Jupiter‹, das lasse ich nicht zu!«

Bevor Anton ihn davon abhalten konnte, faltete Freiberg den schmutzigen Teppich zusammen, stellte das umgefallene Glas am Nachttisch auf, nahm die Taschentücher und sammelte vorsichtig die Glasscherben der Wasserkaraffe ein.

»Der arme Mann hat versucht, den Suppengeschmack mit Pfefferminzbonbons zu lindern.« Freiberg nahm das zusammengeknüllte Papiersäckchen und warf es ebenfalls zum Teppich und den Taschentüchern auf den Boden. »Das ist alles einfach nur schauderhaft.«

Anton fühlte sich hilflos. Würde er Freiberg von seinem Tun abhalten, käme es zweifelsohne zu Handgreiflichkeiten. Der Mann wusste im Moment nicht, was er tat. Er schien völlig von Sinnen zu sein.

»Was haben Sie mit den Dingen vor?«

»Was wohl, ich werfe das ganze Zeug über Bord. Die Familie kann jeden Augenblick kommen. Glauben Sie, ich will mich auf Diskussionen einlassen? Schlimm genug, dass er tot ist. Können Sie nicht irgendetwas unternehmen, damit sein Gesicht ein bisschen hübscher aussieht? Man muss ja glauben, dass er schrecklich gelitten hat. Diese verzerrten Züge, einfach scheußlich.«

Während er sprach, rollte er den Teppich ein und trug ihn zur Reling.

Bestürzt starrte Anton ihm nach und sah zu, wie Freiberg alles im weiten Bogen in die Donau warf. Der Teppich wurde von den schaumgekrönten Wellen des Stroms geschluckt und versank.

»Sie haben gerade wichtiges Beweismaterial vernichtet«, sagte Anton leise.

»Welches Beweismaterial?«, zischte Freiberg.

Er hatte ganz sicher den Verstand verloren, anders konnte Anton sein Handeln nicht erklären.

»Warum stehen Sie immer noch tatenlos herum? So tun Sie doch etwas, um das Gesicht des Toten zu verschönern«, forderte Freiberg ungehalten. »Ich will, dass er aussieht, als wäre er friedlich eingeschlafen.«

Dr. Kandel, der immer noch blass und teilnahmslos dasaß, meldete sich zu Wort. »Wir können nichts machen«, sagte er schwach. »Am besten, wir decken ihn einfach zu.«

»Wollen Sie den Toten denn gar nicht untersuchen?«, fragte Anton.

Kandel schüttelte matt den Kopf. »Für ihn kommt jede Hilfe zu spät.«

Aus Angst, der Arzt könnte erneut das Bewusstsein verlieren, verzichtete Anton darauf, seine Bitte zu wiederholen. Er ging allein zurück zum Bett des Toten.

Sein Aussehen war wirklich nicht besonders schön. Sobald die Totenstarre nachließ, konnte man seine Augenlider schließen, aber bis dahin musste man den starren, angstgeweiteten Blick ertragen.

Anton beugte sich tief über das Gesicht des Grafen. Es

war der Geruch, der ihn irritierte. Er löste Erinnerungen an Süßspeisen in ihm aus, aber er konnte im Moment nicht sagen, an welche. Dabei hatte der Graf vor seinem Tod ein paar von Antons Pfefferminzbonbons gegessen. Eines klebte immer noch auf dem Kragen seines offenen Hemdes. Vielleicht war es ihm aus dem Mund gefallen, als er um sein Leben gekämpft hatte. Anton schnippte mit dem Zeigefinger den Rest des Bonbons auf das Bettlaken.

Die Haut des Grafen war grau und leblos, dennoch unterschied sie sich von der Haut anderer Toter. Rote Flecken überzogen seine Wangen. Der Mund war ein Stück weit geöffnet, die Zunge hing heraus. Sie war dunkel verfärbt. Aber das konnte genauso gut eine Täuschung aufgrund der schlechten Lichtverhältnisse in der Kabine sein.

»Decken Sie den Mann zu«, forderte Kapitän Freiberg. »Wenn wir Glück haben, wollen die Angehörigen ihn nicht sehen. Die Familie hat keinen sonderlich liebevollen Umgang miteinander gepflegt.«

Anton kam Freibergs Bitte nach und breitete behutsam die dünne Tagesdecke, die zusammengefaltet auf einem Stuhl neben dem Kasten hing, über dem Toten aus.

Er sprach ein kurzes Gebet und verabschiedete sich von dem Mann, den er kaum kennengelernt hatte.

»Wenn Sie mich hier nicht mehr brauchen, würde ich mich gern wieder zurückziehen«, sagte er höflich, aber mit Nachdruck. Er hatte nicht vor, noch weiter zuzusehen, wie Freiberg Beweismaterial vernichtete oder versuchte, den Angehörigen einen schmerzfreien Tod vorzugaukeln.

»Was, wie?« Freiberg hatte ihm nicht zugehört. Er schien darüber nachzudenken, wie er verhindern konnte, dass Anna von Jesenky oder ihr Mann die Decke hochhoben, um sich vom Toten zu verabschieden. Vielleicht würde er den Stoff mit Nägeln am Bett befestigen. Anton traute dem Kapitän in seinem derzeitigen Zustand alles zu.

»Ich gehe zurück zum Sonnendeck und lege mich in einen Liegestuhl.«

»Ja, natürlich. Gehen Sie nur.« Freiberg winkte ihn weg, rief ihm aber nach, als er am Gang war. »Bitte sagen Sie den anderen nichts. Ich werde diese Aufgabe selbst übernehmen.«

»Ganz, wie Sie wollen.« Anton hatte nicht vorgehabt, Graf von Jesenkys Tod an die große Glocke zu hängen. »Ich werde Dr. Kandel mit aufs Sonnendeck nehmen.«

Freiberg schnaufte verächtlich. »Tun Sie das. Ich kann nur hoffen, dass mein eigenes Leben niemals von der Hilfe eines Nervenarztes abhängen wird.«

Anton ließ den Kapitän beim toten Grafen zurück und trat auf Dr. Kandel zu. »Geht es Ihnen wieder besser?«, erkundigte er sich.

»Ja, vielen Dank für Ihre Hilfe.«

Etwas Farbe war ins Gesicht des Arztes zurückgekehrt. Gerade so viel, dass Anton keine Angst mehr hatte, der Mann könnte am Weg zurück zum Sonnendeck kollabieren.

»Sie brauchen sich nicht zu bedanken«, sagte Anton ernst. »Aber ich würde Ihnen dringend raten, die Hilfe eines Kollegen einzuholen. Ich glaube, dass es da noch einiges gibt, was Sie aufarbeiten sollten.«

»Ich weiß«, seufzte Kandel. »Ich bin seit Jahren in Analyse.«

»Wirklich?«, fragte Anton erstaunt.

»Oft dauert es Jahre, bis man den Kern des Problems findet und zum tieferen Verstehen gelangt.«

Anton kannte die Gräuel des Krieges. Auch er wurde regelmäßig von traumatischen Erinnerungen heimgesucht. Zum Glück hatte er seinen ganz persönlichen Weg gefunden, damit umzugehen. Er hatte seine Familie, sein gutes Essen und den Sportteil der Zeitung, der immer noch auf ihn wartete.

SIEBZEHN

Ernestine saß neben Mila Marinkovic auf dem Bett und hielt ihre eiskalte Hand. Die junge Frau hatte zu weinen aufgehört, aber sie schlotterte immer noch. Ernestine hatte sie in eine dicke Wolldecke eingewickelt, doch selbst das half nichts.

Vorsichtig sah sich Ernestine in der Kabine um. Auf einem Stuhl hing ein Kleid, dessen Nähte aufgetrennt waren, auf dem Tischchen daneben stand ein kleines Nähkästchen.

»Ändern Sie Ihre Kleider?« Ernestine fragte nicht, weil sie an den handwerklichen Fertigkeiten der jungen Frau interessiert war, sondern weil sie Mila Marinkovic ablenken und auf andere Gedanken bringen wollte.

Statt zu antworten, begann Marinkovic erneut laut und bitterlich zu weinen. Sie lehnte sich an Ernestines Schulter und suchte dort Halt.

»Das war offensichtlich nicht die richtige Frage«, murmelte Ernestine ratlos. Sie streichelte der jungen Frau eine Strähne aus der feuchten Stirn. Die kunstvolle, hochgesteckte Frisur hatte sich endgültig aufgelöst. Zwei lange blonde Zöpfe lagen schwer auf ihren Schultern. Mila Marinkovics Gesichtszüge erschienen Ernestine heute weicher als noch gestern Abend.

»Ich weiß nicht, was aus mir werden soll«, schluchzte die Pflegerin. Ernestine reichte ihr ein Stofftaschentuch, das ordentlich gefaltet und gebügelt auf dem Nachtkästchen lag. Mila Marinkovic nahm es entgegen und prustete laut hinein.

»Sie werden eine neue Anstellung bekommen. Gute Pflegerinnen werden immer gesucht«, tröstete Ernestine.

Aber ihre Worte schienen Mila Marinkovic nicht zu überzeugen. »Sie verstehen mich nicht!« Verzweifelt schnappte sie nach Luft und weinte hemmungslos weiter.

Ernestine fühlte sich hilflos. Sobald der erste Schock sich gelegt hatte, würde die junge Frau wieder klar denken können.

Doch im Moment schien sie für jeden Zuspruch unzugänglich, was durchaus verständlich war, ihr Dienstgeber war eben verstorben. Wortlos strich Ernestine weiter über Mila Marinkovics Haar.

»Ich bin schwanger«, stieß die junge Frau zwischen zwei tiefen Seufzern hervor.

Ernestine blickte zum Kleid und dem Nähkästchen. Sie war also dabei, die Nähte des Kleides herauszulassen und es auf diese Weise weiter zu machen.

»Aber Sie freuen sich nicht darüber«, stellte Ernestine fest.

»Wie soll ich denn, wenn der Vater ...«, sie beendete ihren Satz nicht.

Erschrocken rückte Ernestine von Mila Marinkovic ab. Eine schreckliche Ahnung machte sich in ihr breit. Immer wieder hatte sie von jungen Angestellten in adeligen Häusern gehört, die ihren Arbeitgebern auch für sehr persönliche Dienste zur Verfügung stehen mussten. Vor dem Krieg war es ein ungeschriebenes Gesetz gewesen, dass die Dienstmädchen den jungen, reichen Männern sexuelle Nachhilfestunden geben mussten. Alle hatten davon gewusst. Die Mütter, Schwestern und die Väter, die sich mitunter auch gern bedienten. Es war eine Zeit verlogener Werte gewesen. Während nach außen hin Moral gepredigt worden war, hatte man sich im Inneren des Missbrauchs und der Gewalt schuldig gemacht. Ernestine hatte gehofft, dass dieses dunkle Kapitel gesellschaftspolitischer Irrwege überstanden war. Aber offenbar gab es den Missbrauch immer noch.

»Der Graf hat sich an Ihnen vergangen«, sagte sie bestürzt.

Mit einem Ruck setzte sich Mila Marinkovic auf. Sie fuhr sich mit dem dreiviertellangen Ärmel ihres Kleides über die rinnende Nase. Eine unhübsche Spur blieb zurück. Ernestine reichte ihr ein weiteres Taschentuch, diesmal ihr eigenes.

»Aber nein!« Mila Marinkovic schüttelte den Kopf. »Sie verstehen mich falsch. Das Kind stammt nicht von Graf von Jesenky, sondern von seinem Sohn, Thomas.«

Na bitte. Genau wie Ernestine befürchtet hatte. Die reichen, jungen Männer waren nach wie vor der Meinung, dass jede hübsche Frau, die sie für eine Tätigkeit bezahlten, ihnen auch sexuell gefügig zu sein hatte. Es war eine erniedrigende Form der Leibeigenschaft.

Ernestine wurde schlecht. Diese Ungerechtigkeit musste endlich ein Ende haben.

»Meine Liebe, Sie dürfen sich das nicht gefallen lassen«, sagte sie entschieden.

Verständnislos sah Mila Marinkovic sie aus rot geweinten Augen an.

»Sie wurden für die Pflege eines alten Mannes bezahlt und für keinerlei Zusatzdienste.«

»Ja, natürlich, wofür denn sonst?«

Nun war es an Ernestine, verwundert zu schauen. Hatte sie eben irgendetwas falsch verstanden?

»Ich liebe Thomas«, platzte Mila Marinkovic hervor.

Oh, offenbar hatte Ernestine tatsächlich voreilige Schlüsse gezogen. Sie fühlte sich verlegen. »Wenn der junge Mann Ihre Gefühle erwidert, ist doch alles bestens«, sagte sie vorsichtig, ahnte aber, dass es nicht so war, denn warum sonst sollte Mila Marinkovic so verzweifelt weinen?

»Thomas wollte es seinem Vater nicht sagen, da er fürchtete, dass er ebenso verärgert reagieren würde wie über die Heirat zwischen Anna und Adam von Jesenky. Der Graf wollte eine adelige Schwiegertochter. Eine Verkäuferin war schlimm genug, eine Pflegerin hätte er niemals akzeptiert. Er hätte mich auf der Stelle entlassen und ohne Zeugnis auf die Straße geworfen.«

Irgendetwas passte nicht zusammen. Müsste Mila Marinkovic dann nicht froh sein, dass der Graf nun tot war? So konnte Thomas sie heiraten, ohne auf die Gefühle seines Vaters Rücksicht nehmen zu müssen.

»Als Thomas erfahren hat, dass ich schwanger bin, hat er mir Geld für eine Abtreibung gegeben. Aber ich habe es nicht zusammengebracht.« Sie zog geräuschvoll die Nase auf. »Ich war bei einem Arzt, der aber nicht wie einer ausgesehen hat. Alles in seiner Praxis war alt und schmutzig gewesen. Sicher hätte er mich und das Kind umgebracht. Ich hatte so viel Angst, dass ich auf der Stelle davongelaufen bin. Hinterher hat mir eine Freundin gesagt, dass viele Mädchen den Eingriff nicht überleben.«

»Das war eine gute Entscheidung von Ihnen.«

»Aber wenn ich das Kind bekomme, kann ich nicht mehr arbeiten. Dann werden wir beide verhungern und erst recht sterben.«

Ernestine schwirrte der Kopf ob all der Informationen. »Wusste Graf von Jesenky von der Schwangerschaft?«

Mila Marinkovic schüttelte den Kopf. »Nein, um Himmels willen. Ich habe Ihnen doch schon gesagt, dass er mich entlassen hätte. Vielleicht hätte die Nachricht ihn sogar umgebracht.« Als sie erkannte, was sie eben gesagt hatte, schniefte sie nur noch lauter. »Ich hatte immer gehofft, dass Thomas seine Meinung ändern und eines Tages zu mir stehen wird. Ich dachte, solange ich für seinen Vater arbeite, bin ich in seiner Nähe. Aber jetzt muss ich weg. Wenn er mich aus den Augen verliert, wird er mich und das Kind vergessen ...«

Sie legte beide Hände schützend auf ihren Bauch und weinte erneut.

Ernestine schwieg betroffen. Sie brachte es nicht über sich, ihr zu sagen, dass ihr Leben auch ohne Graf von Jesenkys Tod bald zu einer Tragödie geworden wäre. Die junge Frau war unglücklich verliebt und schwanger. Sie hatte alle Entschuldigungen der Welt, verwirrt zu sein.

»Jetzt legen Sie sich erst mal hin und rasten sich aus. Ich gehe in die Küche und hole Ihnen eine Tasse Pfefferminztee mit einer Scheibe Zitrone und einem großen Löffel Honig. Das hilft immer.«

Widerstandslos streckte Mila Marinkovic sich auf dem Bett aus und ließ sich von Ernestine zudecken. Die stand auf und schlich zur Tür.

»Bitte lassen Sie die Kabine offen«, bat Mila Marinkovic.

»Die Luft ist so drückend. Ich habe Angst, ich könnte ersticken.«

»Gern.« Ernestine stopfte ein Taschentuch in den Spalt zwischen Tür und Boden. Dann machte sie sich auf den Weg zur Küche, der ihr mittlerweile bestens bekannt war.

ACHTZEHN

Ernestine klopfte gegen eines der Bullaugen der Küchentür. Sie wartete jedoch nicht darauf, eingelassen zu werden, sondern machte die Flügeltür einfach auf und trat ein.

Ihre Überraschung hätte nicht größer sein können, als sie die Frau erblickte, die neben dem Koch am Tisch in der Mitte des Raums saß. »Fräulein Stein. Was machen Sie hier?«

»Dasselbe kann ich Sie fragen.« Karoline Gardners Gesellschafterin trug wie immer ihren grauen Rock und die weiße Bluse. Ganz anders als ihre Dienstgeberin, die sich gern in auffällige Kleidung hüllte.

»Ich brauche eine Tasse Pfefferminztee mit Zitrone und Honig.«

»Das hätten Sie genauso gut beim Kellner bestellen können. Oder wollten Sie ein bisschen in der Küche herumspionieren? Schließlich ist hier die vergiftete Suppe zusammengemischt worden.« Fräulein Stein kniff die Augen zusammen und musterte Ernestine feindselig.

»Wovon reden Sie?«

»Ach, kommen Sie. Das ganze Schiff weiß bereits Bescheid. Sie und der Kapitän haben den toten Grafen gefunden. Angeblich ist er an einer Fischsuppenvergiftung gestorben, und jetzt will der Kapitän dem armen Karl die Schuld für die Sache in die Schuhe schieben. Dabei haben wir alle von der Suppe gegessen, und keiner von uns ist tot.«

Der Chefkoch, Karl Klavaner, saß ihr gegenüber. Der Mann starrte trübsinnig in ein Glas, in dem sich eine klare Flüssigkeit befand. Mit hoher Wahrscheinlichkeit handelte es sich nicht um Wasser.

»I hab die Suppn gar net angrührt«, sagte er niedergeschlagen. »Der Peter hat sie abgeschmeckt und gwürzt. Aber er hat alles so gmacht, wie i es ihm gsagt hab.« Ratlos griff er an seinen Kopf und kratzte sich unter der Kochmütze. Auf der

Arbeitsfläche hinter ihm stand eine riesige Bratschüssel, in der fertig aufgerollte Rindsrouladen lagen. Das Fleisch war noch roh. Es handelte sich wohl um das Abendessen, das bereits vorbereitet wurde.

»Stimmt es, dass es keine Suppe mehr gibt?«, fragte Ernestine.

»Woher wissen Sie das?«, fragte Erna Stein.

»Nachrichten verbreiten sich schnell auf diesem Schiff.«

»Net nur die Suppn«, sagte der Koch. »Der ganze Topf is weg. Der is afoch verschwundn. Jetzt glaubt der Kapitän, dass i ihn wegtan hab. Aber des hab i net. Es war a guter Topf. So was schmeißt man net weg.«

»Wenn keine Suppe mehr da ist, kann auch niemand mit Sicherheit behaupten, dass sie der Grund für den Tod des Grafen war. Erst eine Obduktion in Wien wird Klarheit verschaffen. Vielleicht ist er ja eines ganz natürlichen Todes gestorben.« Ernestine hoffte, dass ihre Worte ihn etwas beruhigen konnten.

»Und wenn net?« Klavaner sah sie aus trüben Augen an. Er war immer noch nicht ganz gesund. Der Alkohol in seinem Glas würde kaum zu seiner Genesung beitragen.

Ernestine ersparte ihm die Antwort.

»Aber es war nix Schlechtes in der Suppn drin«, rief Klavaner händeringend. »Der Peter und ich habn beide davon gessn. Uns is net übel gwesen.« Er nahm einen Schluck von seinem Getränk und verzog das Gesicht. »I bin mein Arbeitsplatz los, des hat der Freiberg gsagt. Und wenn die Gschicht in die Zeitung kommt, dann nimmt mi nie wieder jemand als Koch. Dann geht's ma wieder wie vorm Kriag, damals wors a der Graf, der dafür gsorgt hat, dass i auf der Straßn glandet bin. Es is grad so, als würdn die Jesenkys mi verfolgn.« In seine Niedergeschlagenheit mischten sich Ärger und Wut.

»Sie haben für Graf von Jesenky gearbeitet?«, fragte Ernestine.

»Na, i war Patissier im Café Prückel, am Stubenring. Der Jesenky hat si über a Dobostortn von mir beschwert. Angeblich war die Creme ranzig. In Wirklichkeit hat er vorher a schoarfes Zuckerl glutscht. Aber des war dem Chef egal. Er hat die Tortn weggschmissn, mi auf die Straßn gsetzt, und i war drei Jahr lang ohne Arbeit.«

Fräulein Stein sah den Koch mitfühlend an. »Vielleicht wird's gar nicht so schlimm, Karl.«

»Du kannst leicht reden«, sagte Klavaner. »Du musst nimma in der Kuchl arbeiten und bist seit Jahren eine ›Gesellschafterin‹!« Er malte Anführungszeichen in die Luft und betonte das Wort, als wäre es eine Beschimpfung.

»Glaub mir, manchmal wünscht ich, ich wär wieder eine Küchenhilfe«, sagte Erna Stein. »Wo ist übrigens deine? Sollte der Peter dir nicht beim Abendessen helfen?«

»Der wird im Vorratsraum sein.«

»Ich bin dem Burschen in Budapest begegnet«, sagte Erna Stein. »Er war bei dem Altwarenhändler, bei dem ich für die Gardner ein Päckchen abgeholt habe. Leider hat er das Geschäft ganz eilig verlassen, als ich es betrat, deshalb konnte ich nicht mit ihm reden. Weißt du, was er dort wollte?«

»I hab ka Ahnung!«

»Ich geh ihn suchen und hol ihn her.« Erna Stein stand auf und ging zur Tür. »Dann muss ich wieder rauf. Die Gardner wartet sicher schon auf mich.«

»Wasch dem Peter ordentlich den Kopf und schimpf auf Ungarisch mit ihm. Von mir versteht er ja nur die Hälfte.«

»Werde ich machen, versprochen.« Damit verließ Erna Stein die Küche.

»Spricht Fräulein Stein Ungarisch?«

»Mindestens so guad wie Deutsch.«

In der Donaumonarchie hatten viele verschiedene Völker zusammengelebt. Es war nicht ungewöhnlich, dass Menschen zwei Sprachen perfekt beherrschten.

Klavaner hob betrübt den Kopf. »Was wolltn Sie von mir? I habs scho wieder vergessn.«

»Eine Tasse Pfefferminztee mit einer Scheibe Zitrone und einem großen Löffel Honig.«

»Ah ja. I mach Ihnan gleich den Tee.« Er stand schwerfällig auf und ging zu seinem Herd, auf dem er einen Wasserkessel zum Kochen brachte.

Ernestine fühlte sich fehl am Platz und stand verunsichert im Weg herum. Sollte sie sich setzen? Ihr Blick streifte durch den außergewöhnlich sauber geputzten Raum. Ein kleines Stückchen dunkler Rinde am Boden störte das Bild. Es wirkte wie ein Fremdkörper auf dem polierten Fliesenboden. Mit der Spitze ihres Schuhs holte sie das Stück zu sich, bückte sich und hob es auf. Sie wollte daran riechen, aber da drehte Klavaner sich um, und sie ließ es in die Tasche ihres Kleides gleiten. Der Mann war ohnehin schon deprimiert genug. Wenn sie ihm nun die Rinde zeigte, legte er das möglicherweise als weitere Kritik an ihm aus.

»Bitte schön.« Er reichte ihr eine Tasse frisch gebrühten Pfefferminztee. Eine Scheibe Zitrone lag auf einem Teller daneben, ebenso ein Schälchen mit Honig.

»Vielen Dank.« Ernestine nahm das Tablett entgegen. Bevor sie die Küche verließ, stellte sie noch eine Frage: »War Fräulein Stein Ihre Arbeitskollegin?«

»Sie hat im Prückel gearbeitet, aber net lang. Dann hat sie die Stelle als Haushälterin beim Herrn Gardner kriegt.«

»Herr Gardner?«

»Des war der Bruder von der Karoline Gardner, der war viel älter als sei Schwester und viel geiziger. Er hat die Erna eingestellt, weil sie so gut Ungarisch kann und weil sie earm für wenig Geld den ganzen Haushalt gmacht hat.«

»Lebt Herr Gardner noch?«

»Na, der is schon vor Jahren gstorbn, und sei Schwester hat alles geerbt. Des Haus, des Geld und die Erna. Aber des Fräulein Gardner is net so knausrig wie ihr Bruder war. Die lebt gern gut und hat mehrere Bedienstete. Die Erna dearf jetzt mit ihr in der Welt herumreisn und oide Sachen einkaufen.«

»Sie meinen Antiquitäten?«

»Ja, oide Teppiche, Vasen und Gemälde.«

»Das ist schön für Fräulein Stein.«

Klavaner zog die Mundwinkel nach unten. »Die Erna hat's net leicht. Die Gardner is a bisserl ...« Er lehnte sich nach vorn. Für einen Moment schien er sein eigenes Elend zu vergessen. Er tippte sich an die Stirn. »Die brauchert an guaten Arzt fürs Oberstübchen.«

»Kein Vorteil ohne Nachteil«, sagte Ernestine. Dann verließ sie die Küche.

Wegen des Stadtrundgangs fiel das Mittagessen aus. Zu Antons großem Bedauern wurden nur kleine Häppchen serviert: dünn geschnittenes Weißbrot mit Käse und Schinken sowie frisches Gemüse. Er musste sich mit aufgespießten Champignons und kleinen Zwiebeln begnügen. Allzu lange würde sich sein Magen damit nicht zufriedengeben, so viel stand fest.

Am Sonnendeck wie auch im Rauchsalon und an der Bar gab es nur ein einziges Gesprächsthema: das plötzliche Ableben des Grafen. Alle schienen sich einig, dass der arme Mann an einer Fischvergiftung gestorben sein musste.

»Es war eine ganz schauderlich grässliche Suppe«, jammerte Frau Kattany und verzog angewidert ihr Gesicht bei der Erinnerung an den Geschmack. »Wir können von Glück reden, dass wir nicht alle gestorben sind. Ich hatte die ganze Nacht über Bauchschmerzen. Mein Mann, der keine Suppe gegessen hat, weil er mir meinen Mantel geholt hat, schlief wie ein Murmeltier. Er hat nicht einmal bemerkt, dass ich aufgestanden und durch das Schiff gewandert bin.«

»Ich hatte auch keine Bauchschmerzen und keine Übelkeit«, sagte Marlene Radatz. »Mein Vater war heute Morgen ebenfalls weitgehend beschwerdefrei. Die Kopfschmerzen, die er beim Aufstehen hatte, waren anderer Natur.«

In Ihrer Stimme lagen Vorwurf und Kritik, die ihr Vater geflissentlich ignorierte. Hubert Radatz hatte sich auf einen Platz im Schatten zurückgezogen und wirkte nachdenklich. Er beteiligte sich nicht an dem Gespräch und reagierte, auch wenn er angesprochen wurde, äußerst wortkarg.

»Mich überrascht der Tod des Grafen nicht«, sagte Fräulein Gardner. »Schon gestern war völlig klar, dass etwas Tragisches passieren würde. Die negativen Schwingungen auf dem Schiff waren so heftig, dass alles auf eine Katastrophe hingewiesen hat. Selten geben die Geister so eindeutige Signale. Wenn Sie mich fragen: Es lastet ein Fluch auf der ›Jupiter‹.«

»Immer noch?«, fragte Frau Kattany ängstlich.

»Das kann ich Ihnen nicht sagen, meine Liebe. Im Moment sind die Geister in Aufruhr. Der Graf ist noch nicht in die Anderswelt übergetreten.«

»Aber wo ist er dann?«

»Es dauert eine Weile, bis die Seele sich vom leblosen Körper endgültig löst.«

»Ach du meine Güte. Das bedeutet, dass meine Großtante den Streit mitgehört hat, den meine Mutter und ich an ihrem Sterbebett ausgetragen haben. Wie unangenehm!« Frau Kattany schlug sich auf den Mund.

Anton hoffte, dass sie nun keine Geschichte über ihre verstorbene Verwandte zum Besten gab. Wo waren eigentlich die beiden Kapitäne? Seit der Szene in der Kabine hatte Anton weder Kapitän Freiberg noch Neumeier gesehen. Die Männer glänzten durch Abwesenheit.

»Anton«, zischte Ernestine. Sie hatte sich von hinten seinem Liegestuhl genähert. »Ich muss mit Ihnen reden.«

»Nur zu, was liegt Ihnen am Herzen?«

»Nicht hier.« Ernestine sah über ihre Schulter. »Ich muss Sie unter vier Augen sprechen. Können wir an einen ungestörten Ort gehen? In Ihre Kabine?«

»Oh.« Anton schoss das Blut in die Ohren. »Ja, natürlich.«

Auch er blickte sich um, so als hätte Ernestine eben einen unanständigen Vorschlag gemacht. Niemand nahm von ihnen Notiz.

Anton stand auf, und gemeinsam gingen sie zu seiner Kabine. Es dauerte einen Moment, bis er den Schlüssel aus seiner Hosentasche kramte und aufsperrte.

»Himmel, Anton. Die Luft in diesem Raum ist ja fürchterlich stickig«, sagte Ernestine, als sie die Kabine betrat. »Kein Wunder, dass Sie hier nicht schlafen konnten. Auch ohne verdorbenen Magen wäre es unmöglich gewesen.«

»Ihre Kabine ist komfortabler?«, fragte er leicht säuerlich.

»Ja. Aber an Deck im Liegestuhl war es noch gemütlicher.« Mit der Antwort konnte Anton gut leben.

Ernestine setzte sich auf seine Bettkante und bedeutete ihm, neben ihr Platz zu nehmen.

»Ich muss Ihnen etwas zeigen.« Sie kramte aus der Seitentasche ihres Sommerkleides ein Stück Rinde hervor. »Haben Sie eine Ahnung, was das sein könnte? Ich habe es am Boden der Schiffsküche gefunden.« Sie hielt ihm das Fundstück hin.

Anton setzte sich neben sie und nahm es entgegen. Es war ein unspektakuläres Stück Rinde. Er selbst hätte es unbeachtet auf der Straße liegen lassen und wäre daran weiterspaziert. Anders jedoch in einer Küche. Dort hätte auch er es aufgehoben. »Das ist die Rinde eines Faulbaums«, sagte Anton. »Die Rinde verursacht Durchfall und Erbrechen. In zu hoher Dosierung kann sie auch tödlich sein. Aber niemand würde zu viel davon einnehmen. Sie schmeckt furchtbar bitter.«

»Könnte man den Geschmack mit starken Gewürzen überdecken?«

»Natürlich könnte man das. Sie reden von der Suppe gestern Abend?«

Ernestine nickte eifrig.

»Die Dosierung war nicht tödlich. Wir beide sind der beste Beweis dafür. Wir sitzen hier auf meinem Bett und unterhalten uns.«

»Dennoch glaube ich, dass irgendwer die Suppe mit der Rinde versetzt hat und hinterher den Rest verschwinden ließ.« Ernestine steckte nachdenklich ihren rechten Zeigefinger zwischen ihre Zähne und kaute am Nagel.

»Haben Sie Beweise für Ihre Theorie?«

»Natürlich nicht. Ich weiß auch nicht, warum jemand das hätte tun sollen. Glauben Sie, dass der Graf an einer Fischvergiftung gestorben ist?«

Es war eine Frage, die Anton bereits den ganzen Nachmittag beschäftigte, jedoch ohne eine befriedigende Antwort darauf zu finden.

»Ich gebe zu, dass ich noch nie ein Opfer von Fischvergiftung gesehen habe«, sagte er. »Aber ich stelle es mir anders vor, und dieser Geruch …«

»Welcher Geruch?«, fragte Ernestine.

»Ich kann nicht genau sagen, was es war. Aber er war mir vertraut.«

»Ein vertrauter Geruch an einem Toten? Er wird wohl kaum nach gutem Essen gerochen haben.«

Anton schüttelte den Kopf. »Ich weiß es einfach nicht mehr.«

»Vielleicht fällt es Ihnen später wieder ein.«

»Es ist absurd. Das Letzte, was der Graf gegessen hat, waren meine Pfefferminzbonbons.«

»Nun, die können unmöglich der Grund für seinen Tod gewesen sein.« Ernestine grübelte. »Mila Marinkovic sagt, dass sie von Jesenky gestern nach der Filmvorführung und der anschließenden Diskussion in seine Kabine gebracht hat. Sie hat ihm aus seiner Kleidung und in seinen Pyjama geholfen. Dann ist sie gegangen. Der Graf hat seine Kabine selbst abgeschlossen und sich ins Bett gelegt. Er war müde gewesen und wollte schlafen.«

»Ihre Kabine liegt neben der des Grafen. Hat sie irgendetwas Ungewöhnliches gehört?«

»Sie behauptet, dass sie ebenfalls müde war und sofort eingeschlafen ist. Da sie keinen Fisch mag, hat sie nur einen Löffel der Suppe gekostet und den Rest wieder zurückgeschickt.«

»Ihr war also nicht übel«, sagte Anton.

Nachdenklich runzelte Ernestine die Stirn. »Ich frage mich, ob die Deckenlampe und auch der Unfall mit dem Rollstuhl in irgendeinem Zusammenhang mit der Fischsuppe stehen.«

»Sie glauben, dass es keine unglücklichen Zufälle waren?«

»Die Bremse wurde durch eine Brosche in Sicherheitsnadelform blockiert. Natürlich kann sie zufällig hineingerutscht sein. Aber es wäre genauso möglich, dass jemand absichtlich etwas manipuliert hat. Auch die Lampe könnte präpariert worden sein. Aber es war Fräulein Hodul, für die die Kabine mit der herunterfallenden Lampe ursprünglich vorgesehen war. Das ergibt keinen Sinn.«

»Wir sollten nicht zu viel in diese Vorfälle hineininterpretieren. Es reicht, wenn Fräulein Gardner von negativen Schwingungen redet und die Theorie verbreitet, auf dem Schiff liege ein Fluch.«

Ernestine verzog unzufrieden den Mund. »Die Frau macht sich wichtig und nutzt die Unglücksfälle für ihre dramatischen Auftritte.«

»Aber sie hatte recht mit ihren unheilvollen Prophezeiungen.«

»Man kann nur Dinge mit Sicherheit vorhersagen, von denen man im Vorfeld weiß«, sagte Ernestine nachdenklich.

»Sie glauben, dass Fräulein Gardner die Suppe mit Faulbaumrinde versetzt hat und für die beiden Unfälle verantwortlich ist?«

»Ich weiß nicht, wer es getan hat, Anton. Der Küchenchef ist stark erkältet. Er hat die Suppe nicht selbst gewürzt. Ich wollte mit seiner Küchenhilfe sprechen, aber ich habe den Burschen, Peter Urban heißt er, bis jetzt nicht finden können. So ein Schiff ist riesig. Er kann überall sein.«

»Spätestens beim Abendessen muss er sich wieder blicken lassen. Ich habe Urban in Budapest gesehen. Er ist bei einem Trödler gewesen.«

»Das ist interessant«, sagte Ernestine. »Erna Stein hat ihn ebenfalls bei einem Trödler getroffen. Die beiden waren im gleichen Laden. Vielleicht hat Urban mehrere Altwarenhändler in Budapest abgeklappert.«

»Warum geht eine Küchenhilfe zu mehreren Trödlern?«

»Entweder will er etwas kaufen, oder er bietet etwas zum Verkauf an.« Ernestine dachte nach. »Etwas, das sich in dem Päckchen befand, das er kurz vor unserer Abreise entgegengenommen hat.«

»Sie erstaunen mich immer wieder, Ernestine. Sie haben das ebenfalls wahrgenommen?«

»Ich bin eine aufmerksame Beobachterin.«

»Nun, Sie können ihn später danach fagen. Er muss bald wieder auftauchen. Der Küchenchef kann unmöglich allein für alle kochen. Ich hoffe, dass heute Abend die versprochenen Rouladen serviert werden.«

»Die Rouladen sind bereits aufgerollt und im Bratengeschirr, ich habe sie zuvor in der Küche gesehen.« Ernestine stand auf und strich den Rock ihres Kleides glatt. Als sie sich aufrichtete, grinste sie. »Da alle Angst haben werden, dass der Koch sie vergiften könnte, werden Sie heute Abend mit Sicherheit nicht hungrig schlafen gehen.«

»Kein Nachteil ohne Vorteil«, sagte Anton.

Ernestine starrte ihn ungläubig an. »Anton, Sie werden mir unheimlich. Diesen Satz habe ich vor wenigen Stunden gesagt. Oder war es umgekehrt?«

NEUNZEHN

Punkt sieben Uhr wurde das Abendessen serviert. Bis auf Mila Marinkovic saßen alle Gäste rechtzeitig im Speisesaal. Die Pflegerin verzichtete auf eine Mahlzeit und zog es vor, in ihrer Kabine zu bleiben.

Anders die Familie des Verstorbenen, die an einem extra Tisch saß, aber weder sonderlich erschüttert noch besonders traurig wirkte. Anna von Jesenky sprach leiser als gewöhnlich, aber sonst konnte man keinen Unterschied zum vergangenen Abend feststellen. Bis auf die Tatsache, dass der Graf nicht anwesend war.

»Ist es nicht reichlich merkwürdig, dass Graf von Jesenkys Söhne beim Abendessen sitzen, als wäre nichts passiert?«, raunte Frau Kattany hinter vorgehaltener Hand. »Die Einzige, die den Anstand hat und angemessen trauert, ist seine Pflegerin. Ich finde das Verhalten der Familie skandalös. Selbst wenn man nicht traurig ist, sollte man ein gewisses Maß an Respekt zeigen.«

»Dabei hätte gerade die junge Frau allen Grund zum Jubel«, mischte sich Hubert Radatz in das Gespräch.

»Wie meinen Sie das?« Frau Kattanys rundes Gesicht glänzte, ihre Augen gierten geradezu nach Klatsch.

»Der Graf hat Mila Marinkovic in seinem Testament mit einer stattlichen Summe Geld bedacht. Die Frau braucht sich um ihre Zukunft keine Sorgen zu machen. Wenn sie geschickt vorgeht, muss sie den Rest ihres Lebens nicht mehr arbeiten gehen.«

»Das ist ja interessant«, sagte Frau Kattany.

»Ich würde zu gern wissen, welche Dienste Marinkovic dem Grafen erwiesen hat«, scherzte Herr Kattany. Worauf der Ellbogen seiner Frau in seiner gut gepolsterten Seite landete.

»Aua.« Er rieb die schmerzende Stelle.

»Josef, diese Bemerkung war geschmacklos.«

Er zuckte beleidigt mit den Schultern und schwieg schmollend. In dem Moment kam der Kellner mit einer klaren Rindssuppe. Bis auf Anton und Ernestine lehnten alle dankend ab.

»Von Suppen habe ich auf diesem Schiff genug«, schnaubte Hubert Radatz, dabei hatte er die Fischsuppe des Vortages gar nicht probiert. »Es wundert mich, dass der Koch es wagt, noch einmal eine zu servieren.«

Sein eingefallenes, kantiges Gesicht sah heute noch älter aus als am Tag zuvor. Radatz wirkte müde. Vielleicht ging ihm der Tod des Grafen näher, als er zuzugeben bereit war. Von Jesenky hatte zwar eine Affäre mit seiner Frau gehabt, die Radatz ihm nie verziehen hatte, aber er war jahrelang sein Rechtsanwalt und Geschäftspartner gewesen.

Anton konzentrierte sich auf den Teller, der vor ihm stand. Eine dampfende und köstlich riechende Rindssuppe mit goldgelben Frittaten und dünnem, in Röllchen geschnittenem Schnittlauch. Er schnupperte zufrieden daran. »Hmm.«

»Sie sind mutig«, sagte Herr Kattany.

»Warum? Die Wahrscheinlichkeit, dass die Suppe wieder verdorben ist, ist äußerst gering. Sicher haben der Koch und seine Küchenhilfe heute besonders darauf achtgegeben, dass es keinen Grund zur Beschwerde gibt.«

»Der Koch hat allein gearbeitet«, erklärte der Kellner, der das Gespräch mitgehört hatte. »Peter Urban ist verschwunden, wir können ihn nirgendwo finden.«

»Haben Sie denn überall nachgeschaut?«, erkundigte sich Ernestine. »In den Kabinen der Heizer, ganz hinten im Schiff, und in denen der Schiffsjungen, ganz vorn, im Heizraum und bei den Maschinen?«

Überrascht nickte der Kellner und sah Ernestine verwundert an. »Wir haben überall gesucht. Der Peter ist weg.«

»Das ist sehr merkwürdig«, sagte Ernestine nachdenklich.

»Hat dieser Peter Urban nicht die Suppe gestern Abend zubereitet?«, fragte Andrej Hodul.

»Ja«, bestätigte der Kellner. »Der Koch war erkältet, deshalb hat der Peter gewürzt.«

»Gut möglich, dass er über Bord gegangen ist, als er erfahren hat, dass der Graf wegen seiner Suppe gestorben ist.« Erneut landete der Ellbogen seiner Frau in Kattanys Seite. Diesmal wich er aus, weshalb ihn der Schlag nicht so heftig traf.

Anton nahm den ersten Löffel seiner Suppe.

»Und?«, erkundigte sich Herr Kattany neugierig.

»Die Suppe schmeckt vorzüglich.« Antons Gesichtsausdruck spiegelte pure Zufriedenheit wider, weshalb Herr Kattany sich umentschied, nach dem Kellner winkte und ebenfalls einen Teller bestellte.

»Was soll schon schiefgehen«, meinte er. »Im schlimmsten Fall bekomme ich Durchfall.«

»Oder du wachst nicht mehr auf«, sagte seine Frau trocken.

Herr Kattany schluckte hart, ließ sich aber trotzdem einen Teller Suppe servieren und geriet ebenso ins Schwärmen wie Anton. Bei den Rindsrouladen hatten alle Gäste ihre Meinung so weit geändert, dass sie die Speise probieren wollten. Bis auf Anna von Jesenkys, die nie einen Teller leer aß und aus Prinzip immer ein paar Bissen zurück in die Küche schickte, wurden alle Rouladen aufgegessen. Auch das Dessert, ein warmer Schokoladenkuchen mit Himbeereis und Schlagobers, ließ sich niemand entgehen.

»Anton, wollen Sie mich auf einen kleinen Rundgang begleiten? Nach dem üppigen Essen wäre es fein, sich die Beine zu vertreten«, schlug Ernestine vor.

»Gern, meine Liebe«, sagte Anton und stand auf.

»Kommen Sie später in den Rauchsalon?«, wollte Herr Kattany wissen. »Der zweite Kapitän hat ein paar Filmjournale zusammengetragen, in allen stehen Kritiken zum ›Cabinet des Dr. Caligari‹. Wir könnten sie gemeinsam lesen und darüber diskutieren. Die Unterhaltung gestern Abend war sehr anregend.«

»Das ist eine hervorragende Idee«, rief Marlene Radatz.

Auch Theresa Hodul und ihr Vater waren von dem Vorschlag angetan.

»Wir kommen auch gern«, sagte Ernestine. Anton bezweifelte, dass irgendjemand über den Film reden wollte. Ganz sicher würde Graf von Jesenkys Tod das zentrale Gesprächsthema sein.

Als Anton und Ernestine das Deck betraten, ging die Sonne langsam im Westen unter. Ernestine wollte zum Bug des Schiffs, um die letzten Sonnenstrahlen noch zu erwischen. »Rosa wird die Schiffsfahrt lieben.« Ernestine erinnerte Anton an sein Versprechen. Sobald er wieder in Wien war, musste er Karten für eine Fahrt nach Dürnstein kaufen.

»Ja, sie wird ihr gefallen«, sagte Anton. »Ich hoffe jedoch, dass uns Aufregungen wie auf dieser Fahrt erspart bleiben.«

»Wir nehmen einfach Erich Felsberg mit, der sorgt dafür, dass keine Verbrechen passieren.«

Da war er wieder, der Kriminalbeamte, der sich um Heide und Rosa bemühte. Für Antons Geschmack tauchte er eine Spur zu oft in ihren Gesprächen auf. Dabei war ihm der junge Mann durchaus sympathisch. Er hinkte, aber das störte Anton nicht. Es war die Traurigkeit in Felsbergs Augen, die ihn beunruhigte und die aufschimmerte, sobald er sich unbeobachtet fühlte. Anton musste an Dr. Kandel denken und an dessen Reaktion heute Nachmittag. Ohne seine Hilfe wäre der Arzt handlungsunfähig gewesen. Hätte er sich komplett geweigert, den Toten anzusehen? Immer noch fand Anton es erschreckend, dass ausgerechnet ein Psychiater so offenkundig unter einer psychischen Störung litt und weder er selbst noch seine Kollegen in der Lage waren, ihn zu heilen.

»Ein Königreich für Ihre Gedanken«, sagte Ernestine.

Anton kehrte aus seinen Überlegungen zurück, wollte aber nicht schon wieder über den Krieg reden. Sie hatten dieses Thema erst gestern Abend behandelt. Einmal reichte für diesen Ausflug, befand Anton.

»Werden Sie Erich Felsberg vom Tod des Grafen erzählen?«

»Selbstverständlich«, sagte Ernestine entschieden. »Irgendetwas stimmt daran nicht. Auch wenn Kapitän Freiberg sich wünschen würde, dass der Graf eines natürlichen Todes gestorben wäre, und glaubt, ein Herzinfarkt oder ein Schlaganfall könnte verantwortlich sein. Alle Zeichen deuten auf einen gewaltsamen Tod hin. Ich frage mich außerdem, wohin die Küchenhilfe verschwunden ist. Als ich Urban zuletzt gesehen habe, hat der junge Mann lebenslustig und gesund gewirkt. Zu schade, dass ich nicht mit ihm gesprochen habe. Er hat auf mich nicht den Eindruck gemacht, als wollte er Selbstmord begehen und über Bord springen. Stimmt dieses Bild mit Ihrem überein, das Sie hatten, als Sie ihm in Budapest begegnet sind?«

»Dazu habe ich ihn nicht lange genug gesehen«, sagte Anton. »Ist es denn denkbar, dass er es getan hat?«

Ernestine zuckte mit den Schultern. »Wenn wirklich alle Stellen im Schiff abgesucht worden sind, wird es wohl so sein. Mir fällt kein Plätzchen mehr ein, an dem nicht nachgeschaut worden ist.«

»Und Sie müssen es schließlich wissen.« Anton grinste. »Sie haben mir immer noch nichts über Ihre Rolle als blinde Passagierin erzählt.«

»Ach, da gibt es nicht viel zu berichten.« Ernestine machte eine wegwerfende Handbewegung, als ein Geräusch sie aufhorchen ließ. Vorwitzig lehnte sie sich über die Reling. Auch Anton wandte sich dem lauten Scheppern und Krachen zu, das vom unteren Deck zu ihnen drang.

Karoline Gardner war auf dem Weg zu ihrer Kabine mit ihrem Rollstuhl gegen ein Hindernis gestoßen und samt Rollstuhl umgefallen.

»Ach du meine Güte«, stöhnte Anton und wollte schon loslaufen, aber Ernestine hielt ihn zurück.

»Warten Sie einen kurzen Moment«, forderte sie leise.

Verständnislos starrte Anton sie an. Sorgenvoll blickte er nach unten. Wie konnte Ernestine so grausam sein und die arme Frau allein am Boden liegen lassen? Doch nun traute Anton seinen Augen nicht. Karoline Gardner sah sich um, richtete den Oberkörper auf, griff rasch nach dem Paket, das ihr aus dem Schoß gefallen war, und gelangte über die Knie in den Stand.

»Die Frau … kann …«, stotterte Anton fassungslos.

»Psst!« Ernestine tippte mahnend ihren rechten Zeigefinger gegen ihre Lippen.

Gebannt schauten beide zu Karoline Gardner, die mit einem kräftigen Ruck ihren Rollstuhl wieder aufrichtete und problemlos darin Platz nahm. Kunstvoll drapierte sie ihren bunten Baumwollschal über ihrem Schoß und sah wieder genauso bedauernswert aus wie zuvor.

»Ich … kann es nicht glauben. Warum sitzt die Frau im Rollstuhl? Sie bewegt sich so flink und geschmeidig wie ein Eichhörnchen.«

»Der Vergleich erscheint mir reichlich übertrieben«, sagte Ernestine. »Aber sie ist in der Tat sehr geschickt und braucht gewiss keinen Rollstuhl.«

Anton schüttelte immer noch den Kopf.

»Vielleicht gehört es zum Bild der Hellseherin. Der Rollstuhl hat etwas Dramatisches.«

»Das ist verrückt.«

»Es ist nicht das einzig Ungewöhnliche auf diesem Schiff«, meinte Ernestine nachdenklich.

»Glauben Sie etwa auch an einen Fluch?«

»Unsinn, Anton, natürlich nicht. Es sind die Menschen, die hier für Unruhe sorgen, und nicht die Geister der Verstorbenen.«

»Was hatte sie denn auf ihrem Schoß?«

»Es ist das Paket, das Erna Stein für sie in Budapest bei einem Antiquitätenhändler besorgt hat. Irgendeine Tischdecke, die angeblich Katharina der Großen gehört hat.«

»Wie soll die Decke denn von St. Petersburg nach Budapest gelangt sein?«

»Keine Ahnung.« Ernestine verzog ratlos den Mund.

»Wollen Sie gleich in den Rauchsalon gehen?«

»Ich möchte mich zuvor noch frisch machen und die Nase pudern. Warten Sie hier auf mich?«

»Gern.« Anton hatte keine Lust auf seine stickige Kabine. Lieber blieb er unter freiem Himmel. Er holte einen der Liegestühle und machte es sich bequem. Je öfter er darin saß, umso lieber mochte er die Stühle. Ob er einen für den begrünten Hinterhof der Apotheke besorgen sollte? Man konnte sie platzsparend zusammenfalten. Eigentlich träumte er von einer Hängematte, aber leider fehlten ihm zwei passende Bäume dafür. So ein Liegestuhl wäre eine passable Alternative. Ob Heide einen blau-weiß gestreiften Stoffbezug haben wollte oder einen einfarbigen bevorzugte? In Gedanken ging Anton alle Stoffvarianten durch und kam zu dem Schluss, dass er selbst gern einen dunkelgrünen Liegestuhl besitzen wollte. Er würde sein neuer Lieblingsplatz werden.

ZWANZIG

Eine Lichterkette mit winzigen Glühbirnen war entlang der Reling gespannt worden und beleuchtete den Weg zu Ernestines Kabine. Als sie zuvor mit Anton über mögliche Verstecke am Schiff gesprochen hatte, war kurz ein Bild vor ihrem inneren Auge aufgetaucht, aber sofort wieder verschwunden. Woran hatte sie nur gedacht?

Sie blieb vor dem Speisesaal stehen. Buntes Stimmengewirr und das Klirren von Gläsern war zu hören. Lachen drang an ihr Ohr. Sie konnte sich einfach nicht mehr daran erinnern. Es war wie verhext. Als Karoline Gardner gegen das Hindernis gestoßen war, hatte sie den Geistesblitz aus ihrem Kopf verloren. Ernestine rieb sich die Schläfen. »Denk nach«, mahnte sie sich selbst.

Eine Tür ging hinter ihr auf, jemand trat auf den Gang, schnappte kurz nach Luft. Es waren Erna Stein und Andrej Hodul, die sich über Zigaretten unterhielten.

»Nach einem guten Essen lobe ich mir eine feine Zigarette«, sagte er. »Wollen Sie auch eine?«

Erna Stein lehnte dankend ab. »Ich rauche nicht.«

»Die Zigaretten sind mein Rettungsanker.«

Am liebsten hätte Ernestine sich umgedreht und den Mann umarmt. Das Bild war wieder da. Rettungsanker. Man hatte die Rettungsboote noch nicht abgesucht. Als Kind hatte sie sich dort versteckt. Die festen Abdeckplanen boten einen hervorragenden Schutz. Man konnte sich problemlos dahinter verbergen und das Geschehen an Bord beobachten, ohne Gefahr zu laufen, entdeckt zu werden.

Mit einem zufriedenen Lächeln marschierte sie ans andere Ende des Schiffes. Hier gab es keine romantische Lichterkette, dafür sorgte eine Gaslaterne für ausreichend Beleuchtung. Ernestine näherte sich dem ersten Boot und hob die schwere Plane ein Stück weit an. Das feste Material roch nach Fisch, Algen und Schlingpflanzen. Ein feiner, glitschiger Film hatte sich darauf gebildet. Neugierig blinzelte Ernestine durch einen winzigen Spalt ins Innere. Es war stockfinster, sie konnte nichts sehen. Sie brauchte die Gaslaterne, die an einem Haken an der Schiffswand befestigt war. Um dorthin zu gelangen, musste Ernestine sich auf die Zehenspitzen stellen und sich strecken. Mit einem kleinen Ruck holte sie die Laterne herunter. Ein runder Lichtkegel fiel flackernd vor ihr auf den Boden.

War sie es, die zitterte, oder schwankte das Schiff? Sie hatte sich an die Bewegungen gewöhnt. Ein Rascheln ließ sie aufhorchen. War ihr jemand gefolgt? Es war ihr, als hätte sie Schritte gehört. Mit hochgehaltener Laterne leuchtete sie angespannt in die Dunkelheit. Aber außer dem Plätschern des Wassers, das gegen den Bug des Schiffes klatschte, und dem regelmäßigen Stampfen der Dampfmaschine konnte sie keine weiteren Geräusche wahrnehmen. Vorsichtig trat Ernestine erneut zum Rettungsboot, hob die Plane hoch und leuchtete ins Innere. Der Geruch von brackigem, abgestandenem Wasser schlug ihr entgegen. Zwei Ruder lagen in den dafür vorgesehenen Befestigungen, Rettungsringe waren seitlich montiert, eine Sitzbank lehnte aufgestellt an einer der Innenwände des Bootes. Nichts an dem Bild schien ungewöhnlich zu sein. Ernestine ließ die Plane wieder nach unten sinken. Etwas umständlich richtete sie sich auf und ging zum nächsten Rettungsboot. Wieder hockte sie sich hin. Beide Knie taten weh, aber sie versuchte, den Schmerz zu ignorieren. Behutsam stellte sie die Lampe am Boden ab und fasste die Plane an. Wieder war das Material glitschig und feucht. Ernestines Finger rutschten daran ab. Sie packte nun fester zu. Mit einem Ruck hob sie die Abdeckung an, griff nach der Laterne. Verwesungsgestank schlug ihr entgegen. Benommen taumelte sie zurück. Sie hielt sich schützend eine Hand vor den Mund. Noch einmal näherte sie sich dem Spalt zwischen Plane und Boot und spähte hinein. Hinter der aufgeklappten Sitzbank entdeckte sie die vermodernden Reste einer toten Maus. Auch hier waren die

Rettungsringe ordentlich befestigt, aber, anders als beim ersten Boot, fehlte ein Ruder. Es war entfernt worden. Ernestine kämpfte tapfer gegen ihren Ekel an und beugte sich noch tiefer ins Innere. Sie konnte das fehlenden Ruder nicht entdecken. Ihr Magen rebellierte ob des intensiven Verwesungsgestanks. Rasch lehnte sie sich wieder zurück und schnappte hörbar nach frischer Luft. Erstaunlich, wie unangenehm so ein kleiner Tierkadaver riechen konnte.

Wo war das Ruder nur hingekommen? Sie richtete sich auf und umrundete das Rettungsboot. Auch hier war es nicht. Ratlos kehrte sie zurück zur Laterne und nahm sie hoch. Ein schwerer Tropfen klatschte vom Boden der Laterne auf die Schiffsplanken. Verwundert sah Ernestine zu ihren Füßen. Eine kleine, aber dunkle Pfütze befand sich neben ihrem linken Schuh. Die Laterne hatte direkt darin gestanden. Neugierig bückte sie sich. Wer hatte hier Flüssigkeit verschüttet und vor allem was? Um ihre Knie zu schonen, neigte sie sich mit gestreckten Beinen nach unten. Beherzt tauchte sie ihren Zeigefinger in die dickflüssige, klebrige Flüssigkeit und schnupperte daran. Ihr Herz setzte für einen Atemzug aus. Am liebsten hätte sie die Flüssigkeit wieder von sich abgestreift, geistesgegenwärtig hielt sie sich selbst davon ab, den Finger an ihrem Kleid abzuwischen. Es war Blut. Schon wollte Ernestine nach Anton rufen. Zu spät nahm sie das schleichende Scharren hinter sich wahr. Ein Schatten fiel in den Lichtkegel der Laterne. Noch bevor Ernestine die Gefahr erfasste, prallte ein harter Gegenstand mit voller Wucht gegen ihren Hinterkopf. Zuerst hörte sie ein Krachen, dann erst spürte sie den Schmerz. Ernestine wollte laut fluchen über ihre eigene Dummheit. Aber sie brachte keinen Laut über die Lippen. Langsam sackte sie zusammen. Es war, als könnte sie sich selbst beim Fallen zusehen. Sie ging zuerst in die Knie, dann fiel sie polternd auf den Boden, nur eine Handbreit entfernt von ihrem grausigen Fund. Es dauerte nicht lange, und die Dunkelheit um sie herum wurde undurchdringlich.

EINUNDZWANZIG

»Ernestine, meine Liebe, so wachen Sie auf!«

Ängstlich tätschelte jemand ihre Hand, während eine andere Person ihren Hinterkopf mit einem kalten Umschlag umwickelte. Ernestine blinzelte. Die Wände des Raums, in dem sie sich befand, schienen beweglich wie Wackelpudding. Sie kamen langsam auf sie zu, um dann wieder wegzudriften. Verwirrt schaute sie in ein vertrautes Gesicht. Es gehörte Anton. Er wirkte besorgt, sehr besorgt. Auf seiner hohen Stirn hatte sich eine tiefe Falte gebildet.

»Was … was ist passiert?« Ihre eigene Stimme kam ihr fremd vor. Sie hallte in ihrem Kopf, einem Echo gleich, wider.

»Sie sind neben einem Rettungsboot ausgerutscht und auf dem Hinterkopf aufgeschlagen. Ein Matrose hat Sie gefunden und einen Kollegen alarmiert. Die beiden haben Sie hier in den Rauchsalon gebracht.«

In Antons Blick lag so viel Fürsorge, dass es Ernestine rührte.

»Tut es sehr weh?«, fragte er.

»Es fühlt sich an, als hätte ich literweise Schnaps getrunken.«

Anton seufzte erleichtert. »Sie haben sich Ihren Humor bewahrt. Das ist ein gutes Zeichen.«

»Sie hatten großes Glück«, sagte Dr. Kandel, der ebenfalls neben ihr saß, ihre andere Hand hielt und ihren Puls zählte. Zufrieden mit dem Ergebnis ließ er ihr Handgelenk wieder sinken. »Wenn Sie ein bisschen seitlicher ausgerutscht wären, hätten Sie durchaus über die Reling stürzen und in der Donau landen können.«

Ernestine schloss noch einmal die Augen. Was redeten die beiden da? »Ich bin nicht ausgerutscht.« Sie wollte sich aufsetzen, hielt aber mitten in der Bewegung mit schmerzverzerrtem Gesicht inne.

»Bleiben Sie um Himmels willen liegen, meine Liebe.« Anton drückte sie sanft, aber bestimmt zurück auf die Bank.

»Aber natürlich sind Sie ausgerutscht«, mischte sich Karoline Gardner ein. »Dem Himmel sei Dank, dass einer der Matrosen Sie gefunden hat, sonst würden Sie wohl immer noch dort liegen und im schlimmsten Fall die ganze Nacht neben den Rettungsbooten verbringen. Wobei das bei den Temperaturen wohl auch nicht dramatisch gewesen wäre, aber ein komfortables Bett ist den harten Planken eines Schiffs doch vorzuziehen.«

»Ich bin nicht ausgerutscht«, beharrte Ernestine. Warum glaubten die anderen zu wissen, was ihr zugestoßen war? »Jemand hat mich von hinten angegriffen und mir mit einem harten Gegenstand einen Schlag auf den Hinterkopf verpasst. Leider habe ich den Angreifer nicht sehen können. Bloß seinen Schatten.« Sie versuchte sich zu erinnern. »Ich glaube, dass es eine große Person war.«

Karoline Gardner hüstelte belustigt. Sie saß an einem der Tische und mischte einen Stoß Spielkarten. Auch die anderen schienen Ernestines Geschichte keinen Glauben zu schenken. Erna Stein schüttelte nachsichtig den Kopf. Sie hatte sich umgezogen und trug zum ersten Mal ein farbenfrohes Kleid in freundlichen Grüntönen mit einer aufwendig gestalteten Bordüre an den Ärmeln und am Saum.

»Auf dem Boden war Blut. Ich kann mich wieder an alles erinnern. Ich habe eine Blutpfütze gefunden. Als ich Anton um Hilfe rufen wollte, hat mich jemand niedergeschlagen, und ich habe das Bewusstsein verloren.«

Anton umfasste ihre kalten Finger mit beiden Händen. »Sie wollten mich um Hilfe rufen.« Er klang gerührt.

»Dankenswerterweise ist es bloß eine riesige Beule und ein winziger Riss, der kaum blutet. Ich musste keine Wunde nähen.« Dr. Kandel schien über die Tatsache erleichtert.

Ernestine hätte am liebsten laut geschrien, weil niemand ihr glaubte. Stattdessen sagte sie mürrisch: »Es war nicht mein Blut.«

Mitfühlend bedachte Dr. Kandel sie mit einem milden Blick.
»Sie hatten die Vorstellung von Blut. Ihr Unterbewusstsein
suggerierte Ihnen das Bild. Das ist ganz natürlich bei einem
Aufprall auf den Hinterkopf. Die Schmerzen verzerrten Ihre
Wahrnehmung. Sie glaubten, Blut zu sehen.«

»An meiner Wahrnehmung ist gar nichts verzerrt«, em-
pörte sich Ernestine. »Und was mein Unterbewusstsein
dachte, weiß ich nicht. Aber ich kann mit Sicherheit sagen,
dass ich Blut neben dem Rettungsboot entdeckt habe. Eines
der Ruder fehlt übrigens auch. Jemand muss es entfernt haben. Und dann hat ein Schlag auf den Hinterkopf mich außer
Gefecht gesetzt.«

»Und Dr. Caligari ist in Wirklichkeit kein Nervenarzt, sondern ein Patient.« Frau Kattany kicherte amüsiert.

»Wie, was, warum?«, fragte Ernestine aufgebracht. »Was
hat denn der Film mit meinem Kopf zu tun?«

»Verstehen Sie denn nicht, es ist genau wie im Film. Man
glaubt, die Wahrheit zu kennen, aber in Wirklichkeit ist alles
bloß eine Täuschung. Sie sind ausgerutscht und auf den Hinterkopf gefallen, aber Sie meinen, dass Sie überfallen wurden, weil
Sie sich davor im Dunkeln gefürchtet haben und bereits kon-
krete Ängste und mögliche Szenarien im Kopf gehabt haben.
So wie wir gestern, als wir gemeinsam den Film anschauten.«

»Jetzt endlich verstehe ich den Werbeslogan, der auf allen Filmplakaten zu sehen war. ›Wir alle sind Caligari!‹«, rief
Marlene Radatz begeistert. »Er zielt darauf ab, dass wir alle
uns von unseren Phantasien täuschen und leiten lassen.«

Ernestine schwirrte der Kopf. Sie konnte den Gedanken
der anderen nicht folgen und wollte es auch gar nicht. Der
Film hatte nichts damit zu tun, dass jemand sie bewusstlos
geschlagen hatte.

»Keine Ahnung, was Sie mir mitteilen wollen«, platzte sie
verärgert heraus. »Aber ich kann Ihnen versichern, dass ich
keine Angst im Dunkeln habe und nicht ausgerutscht bin.
Gehen Sie zu den Rettungsbooten und Sie werden sehen, dass
sich neben dem vorderen Boot ein Blutfleck befindet.«

Dr. Kandels Miene wurde noch mitleidiger. Er schüttelte bedauernd den Kopf. »Der Boden des Schiffs ist völlig sauber.« Seine Stimme war sanft und voller Empathie, so als spreche er mit einer seiner Patientinnen, die zu Hysterie oder Tobsuchtsanfällen neigten und deshalb beschwichtigt werden mussten.

Sein einlullender Tonfall verfehlte bei Ernestine die gewünschte Wirkung.

»Was ist mit dem fehlenden Ruder?«, schrie sie entrüstet.

»Das ist weg, seit wir Wien verlassen haben.« Neumeiers Schnurrbartschnecken wippten, weil seine Oberlippe nervös zuckte. Kapitän Freiberg hatte ihm die unangenehme Aufgabe überlassen, die Gesellschaft zu unterhalten.

»Anton, Sie glauben mir doch?«, fragte Ernestine.

»Natürlich, meine Liebe.«

Ernestine sah aus den Augenwinkeln, wie Karoline Gardner im Hintergrund bedauernd die Lippen verzog. Sie legte eine Reihe Karten vor sich auf dem Tisch auf. Ihr Haar war unter einem kanariengelben Turban verborgen, ihre Augenbrauen dramatisch mit einem schwarzen Stift nachgezogen.

»Die Karten sprechen von einem weiteren Todesfall«, raunte sie geheimnisvoll und düster. »Die Geister sind immer noch nicht zufrieden.«

Frau Hodul erstarrte und schniefte laut.

»Dann sagen Sie Ihren Karten und den Geistern, sie sollen sich zusammenreißen und über erfreulichere Dinge reden«, schlug Theresa Hodul patzig vor. Die junge Frau saß in einer Ecke und ließ den Kohlestift fleißig über den Block wandern, der auf ihren hochgezogenen Knien lag. Das kratzende Geräusch war bis zu Ernestine zu hören.

»Man kann weder den Karten noch den Geistern Befehle erteilen«, dozierte Karoline Gardner. »Sie geben die Wahrheit preis, egal, ob man sie hören will oder nicht.«

Theresa Hodul verdrehte gereizt die Augen.

»Im Moment scheint wirklich nicht der passende Augenblick für gruselige Geschichten zu sein. Einige von uns sind sehr aufgewühlt.« Dr. Kandel stand auf und setzte sich zu Theresa Hodul, um ihr über die Schulter zu schauen. Auf seinem Gesicht breitete sich ein Lächeln aus. Offenbar hatte die Künstlerin einen der Anwesenden wieder einmal perfekt getroffen.

»Natürlich kann ich mein Wissen für mich behalten«, sagte Fräulein Gardner eingeschnappt. »Aber die Geister lügen nicht. Sie warnen uns lediglich.«

»Dann kann ein weiteres Unglück verhindert werden?«, fragte Frau Kattany.

Fräulein Gardner verzog den Mund. »Man wünscht, dass ich mich in Schweigen hülle.«

Anton beugte sich tief zu Ernestine. »Was ist genau passiert?« Er sprach sehr leise.

»Das habe ich doch schon gesagt. Ich bin zu den Rettungsbooten gegangen und wollte nachsehen, ob Peter Urban sich darin versteckt hat. Und als ich die Gaslaterne auf den Boden abstellen wollte, sah ich, dass dort eine Blutlacke war. Danach kann ich mich an nicht mehr viel erinnern. Irgendwer hat sich von hinten angeschlichen und mich niedergestreckt.«

»Zum Glück wollte man Sie nicht töten«, sagte Anton bestürzt. »Die Beule auf Ihrem Hinterkopf sieht schlimm aus, aber in ein paar Tagen werden Sie keine Schmerzen mehr haben.«

»Glauben Sie etwa die phantastische Geschichte Ihrer Begleitung?«, fragte Herr Kattany.

»Natürlich«, sagte Anton ernst. »Ich habe keinen Grund, daran zu zweifeln.«

»Außer der Tatsache, dass es keine Blutlacke gibt.« Kattany lachte und hielt sich seinen dicken Bauch. »Das ist eine wunderbare Geschichte. Ich werde meinen Stammtisch in Wien damit köstlich unterhalten.«

»Oh, ja. Nach dieser Reise gibt es in der Tat viel zu erzählen«, pflichtete ihm seine Frau bei. »Ich kann es gar nicht erwarten, den Damen in meinem Kaffeekränzchen davon zu berichten und denen aus dem Wohltätigkeitsverein. Meine Cousine Anna wird die Geschichte lieben und erst …«

»Ich will jetzt ins Bett«, flüsterte Ernestine. Sie fühlte sich mit einem Mal sehr schwach und erschöpft. Ihre Wangen waren blass, und sie sah mitgenommen aus. »Würden Sie mich in meine Kabine begleiten?«

»Selbstverständlich. Kommen Sie. Ich helfe Ihnen auf.« Anton bot ihr seinen Arm an. Gemeinsam wankten sie zur Tür des Rauchsalons und weiter auf den Gang.

Dank der frischen Nachtluft ging es Ernestine nach einigen Schritten eine winzige Spur besser. Ihr Kopf dröhnte allerdings immer noch.

»Vielen Dank, dass Sie mir glauben. Wenn alle die Unwahrheit behaupten, läuft man Gefahr, irgendwann an der Wahrheit zu zweifeln.«

»Das ganze Gerede über Einbildung und Phantasie, über Wahnsinn und das Unterbewusstsein übersteigt meine Vorstellung. Wenn Sie eine Beule am Hinterkopf haben und sagen, dass jemand Ihnen mit einem Gegenstand über den Schädel geschlagen hat, welchen Grund hätte ich, es nicht zu glauben?«

Statt zu antworten, lehnte sich Ernestine dankbar gegen seine Schulter. Wenn ihr Hinterkopf nicht bereits angefangen hätte, sich dunkelblau zu färben, hätte sie es fein gefunden, wenn Anton zärtlich darübergestreichelt hätte.

»Sobald wir in Wien sind, müssen Sie mir etwas versprechen«, sagte er.

»Alles«, seufzte Ernestine.

»Das waren die letzten Karten, die wir von der Familie Rosenstein übernommen haben. Ganz egal, was sie Ihnen das nächste Mal anbieten, eine Reise nach Indien oder in den Kongo, Sie lehnen ab.«

»Oh«, sagte Ernestine enttäuscht. Plötzlich kehrte die Übelkeit zurück. Sie fühlte sich wieder schwindelig und musste ganz schnell in die Kabine begleitet werden.

ZWEIUNDZWANZIG

Anton brachte Ernestine in ihr Bett, öffnete eines der Fenster und stellte ein Glas Wasser auf ihr Nachtkästchen.

»Brauchen Sie noch etwas?«, fragte er fürsorglich.

»Nein, vielen Dank. Ich werde versuchen zu schlafen. Wobei ich noch nicht weiß, wie ich liegen soll, ohne meinen Kopf zu sehr zu quälen.«

»Brauchen Sie ein Schmerzmittel?«

»Nein, lieber nicht.«

Es klopfte an der Kabinentür. Anton öffnete und hätte die Tür am liebsten auf der Stelle wieder zugeschlagen. Kapitän Freiberg stand davor. Wie immer trug er eine akkurat gebügelte dunkelblaue Uniform. Seine Kapitänsmütze hatte er unter seinen Arm geklemmt. Sein an den Schläfen ergrautes Haar war mit Brillantine hinter die Ohren gelegt. Auf seinen Händen balancierte er ein Tablett, auf dem sich eine Vase mit einer Rose, eine Karaffe mit rot schimmerndem Wein und zwei Gläser befanden.

»Ich habe von dem bedauerlichen Vorfall gehört.« Er stellte sich auf die Zehenspitzen und versuchte über Antons Schulter zu schauen, was ihm nicht sonderlich schwerfiel. Anton war zwar fast so groß wie Freiberg, aber nur halb so breit.

»Fräulein Kirsch ist müde, sie braucht Ruhe und möchte schlafen.« Vielleicht klang Antons Stimme ein bisschen zu scharf.

»Aber sie winkt mir gerade zu.«

»Sie …« Anton drehte sich um.

»Kommen Sie herein, Kapitän Freiberg«, forderte Ernestine ihn auf.

Wie konnte es sein, dass Ernestine, die gerade noch leidend im Bett gelegen hatte, sich jetzt aufrichtete und mit blassen Wangen, aber glänzenden Augen nach dem Kapitän winkte?

Anton spürte, wie Ärger, aber auch Müdigkeit von ihm

Besitz ergriffen. Der Tag war eindeutig zu lang und zu ereignisreich gewesen. Wenn Ernestine trotz Kopfverletzung noch ein Glas Wein trinken wollte, sollte sie es tun. Er würde nicht danebensitzen und ihr hinterher ganz bestimmt keine Kopfschmerztablette bringen.

»Gute Nacht.« Mit einer Spur zu viel Schwung schlug er die Kabinentür hinter sich zu. Kurz war er selbst über den Lärm überrascht, den er verursachte. Er atmete tief durch, warf einen Blick in den Himmel, der immer noch so aussah wie vor einer Stunde, jetzt aber eine völlig andere Wirkung auf ihn erzielte.

Niedergeschlagen machte er sich auf den Weg zu seiner Kabine. Einige Meter von seiner Kabinentür entfernt stand Karoline Gardner in ihrem Rollstuhl am Gang. Umständlich versuchte sie, etwas vom Boden aufzuheben. Als Anton näher kam, erkannte er, dass es ihr Schlüssel war.

»Herr Böck«, rief sie mit tiefer Stimme. »Was für ein Glück, dass Sie gerade vorbeikommen. Wären Sie so freundlich, meinen Schlüssel aufzuheben?«

Später versuchte Anton sein unfreundliches Verhalten mit der Enttäuschung zu erklären, die er eben durch Ernestine erfahren hatte. »Warum stehen Sie nicht einfach auf und nehmen ihn selbst?«, fragte er knapp.

Karoline Gardner schnappte hörbar nach Luft und sagte mit gespielter Empörung: »Ich sitze in einem Rollstuhl.«

Plötzlich war ihm die ganze Schiffsfahrt zuwider und die Menschen, mit denen er seine kostbare Zeit verbrachte. Statt sich über Hypnose zu unterhalten, hätte er das Wochenende mit Rosa im Gänsehäufel verbringen und zusehen können, wie sie schwimmen lernte. Anton hatte genug von diesem Ausflug.

»Dann stehen Sie doch einfach auf.«

»Wie bitte?«

»Kommen Sie aus dem Rollstuhl und holen Sie sich Ihren Schlüssel selbst«, forderte Anton verärgert.

»Mein lieber Herr Böck, ich darf Sie daran erinnern, dass ich –«

Ungeduldig schnitt ihr Anton ihr das Wort ab. »Ich habe vorher gesehen, wie Sie Ihren Rollstuhl mit eigenen Händen aufgestellt haben. Das Gefährt ist mit Sicherheit nicht leicht. Deshalb gehe ich davon aus, dass Sie es zusammenbringen werden, einen Schlüssel aufzuheben.«

»Ich ... also ... wie ...« Karoline Gardners Gesichtsfarbe war trotz der schlechten Lichtverhältnisse bedenklich dunkel angelaufen.

»Wenn Sie die Freundlichkeit hätten und mich vorbeiließen? Meine Kabine ist dort vorn.« Anton zeigte auf seine Kabinentür. Er wollte sich am Rollstuhl vorbeidrücken, aber der Spalt war selbst für ihn zu schmal.

»Herr Böck, ich muss Ihnen etwas gestehen ...«

Bevor Anton erwidern konnte, dass er an Erklärungen im Moment kein Interesse hatte, fasste sie seine Hände und zog ihn zu sich. »Nicht schon wieder«, stöhnte Anton leise.

Karoline Gardner sah ihm tief in die Augen und klimperte mit ihren langen Wimpern, die irritierend glitzerten. »Ich bin eine alleinstehende Frau. Schon als junges Mädchen weigerte ich mich zu heiraten.«

»Aha.« Anton fühlte sich in seiner halb knienden Position äußerst unwohl.

»Vor dem Krieg war das viel schwieriger, als es für junge Frauen heute ist. Damals durften wir das Haus allein nur verlassen, wenn wir in die Kirche oder auf den Friedhof wollten. Zu allen anderen Orten benötigten wir die Begleitung einer Anstandsdame.«

Antons Knie schmerzte, aber sie dachte nicht daran, ihn wieder freizugeben, und hielt seine Hände fest umklammert.

»Als ich das Geld und das Haus meines Bruders erbte, habe ich mir eine Anstandsdame zugelegt. Erna Stein hat damals den Haushalt für meinen Bruder geführt, ich habe sie übernommen, und sie war ihr Geld stets wert. Mit ihr konnte ich Reisen unternehmen und Gesellschaften besuchen. Ohne Fräulein Stein wäre das niemals möglich gewesen.«

Anton hoffte inständig, dass Fräulein Gardner mit ihren

Ausführungen bald zu einem Ende kommen würde. Immer noch hockte er äußerst unbequem am Boden. Sein Knie rebellierte.

»Nach dem Krieg wurde für uns Frauen alles leichter. Wenigstens dafür war das Abschlachten gut.« Sie lachte humorlos auf.

»Ich finde das alles äußerst interessant, würde aber gern …«

»Sie wollen wissen, warum ich in einem Rollstuhl sitze, obwohl ich gehen kann.«

Eigentlich wollte Anton nur an ihr vorbei, aber Karoline Gardner ließ ihn nicht aus.

»Ich bin längst nicht so wohlhabend, wie es den Anschein hat. Die Reisen sind kostspielig, und ich habe eine gewisse Leidenschaft für wertvolle Antiquitäten.«

Anton wechselte aufs andere Knie. »Wie Tischdecken von Katharina der Großen«, ergänzte er, in der Hoffnung, die Sache ein bisschen zu beschleunigen.

»Oh, Sie haben davon gehört? Die Decke ist großartig. Wenn Sie wollen, zeige ich sie Ihnen.«

»Bitte nicht.«

Er sah ein, dass er nicht entkommen würde. Karoline Gardner wollte noch etwas loswerden. Besser, sie tat es hier auf dem Gang. Auf keinen Fall wollte er sie in ihre Kabine begleiten.

»Heute muss ich mein Einkommen selbst verdienen. Zum Glück hat das Universum mich großzügig mit einer einmaligen Gabe versehen. Ich kann mit Toten kommunizieren.«

»Ah ja.«

»Diese Gabe bringt mir viel Geld ein. Genug, um mich und Fräulein Stein über Wasser zu halten. Ich schaffe es einfach nicht, sie zu entlassen. Sie war mir all die Jahre eine treue Seele.« Karoline Gardner seufzte tief. »Aber das Leben einer Hellseherin ist nicht einfach. Die Hilfesuchenden erwarten, dass man Mängel aufweist. Sie können nicht glauben, dass makellose Menschen übernatürliche Gaben besitzen. Ich habe es versucht. Aber ich konnte niemanden überzeugen. Erst der Rollstuhl brachte den gewünschten Erfolg. Nun kommen die

Armen und Gestrandeten zu mir, suchen Rat und bekommen Hilfe.«

Anton war sprachlos und bewegungsunfähig. Sein Knie war steif geworden. Schwerfällig mühte er sich auf und fühlte sich dabei wie ein Hundertjähriger.

»Mittlerweile habe ich meine Meinung geändert. Ich denke, dass es durchaus reizvoll wäre, den richtigen Mann an meiner Seite zu haben und mit ihm die restlichen Jahre zu verbringen«, sagte Karoline Gardner leise. Dabei klimperte sie erneut heftig mit den Wimpern. Ein paar der Glitzersteinchen fielen in ihren Schoß.

»Ich für meinen Teil«, Anton zeigte auf den Spalt zwischen Rollstuhl und Reling, »würde jetzt gern an dieser Seite vorbei zu meiner Kabine.«

»Oh, natürlich.« Karoline Gardner verschob ihren Rollstuhl.

»Herr Böck?«

»Ja?«

»Sie werden mein kleines Geheimnis doch nicht verraten, oder?«

Anton kramte in seiner Westentasche nach seinem Kabinenschlüssel und fand ihn. »Ich werde mich davor hüten, über Hellseherinnen, Hypnose, Schlafwandler und andere Dinge, von denen ich keine Ahnung habe, zu reden.« Er steckte den Schlüssel ins Schlüsselloch. »Ich gehe jetzt einfach nur schlafen und hoffe, dass die Welt morgen wieder freundlicher aussehen wird. Ich wünsche Ihnen eine gute Nacht.«

Damit betrat er seine Kabine und schlug erneut die Tür hinter sich ungewöhnlich laut zu. Er war überrascht, wie wohltuend und befreiend es sich anfühlte, Türen zu knallen. Bis jetzt hatte er jedes Mal mit Rosa geschimpft, wenn sie es getan hatte. Vielleicht sollte er selbst damit anfangen und es in Zukunft öfter machen.

DREIUNDZWANZIG

Dicke Regentropfen klatschten gegen die runden Fensterscheiben und weckten Anton aus einem unruhigen Schlaf. Der Himmel war grau und wolkenverhangen. Nach Tagen der Hitze sorgte nun ein sommerlicher Regenguss für etwas Abkühlung. Erleichtert öffnete Anton die Tür zu seiner Kabine und atmete befreit durch. Die vom Regen gesäuberte Luft roch nach Wald, Algen und üppigen Farnen. Vom Wasser stieg Dampf auf, der die riesigen Bäume in Nebel hüllte. Die Aulandschaft erinnerte ihn an Bilder, die er vom Amazonas gesehen hatte.

Er blieb einen Augenblick im Türrahmen stehen und genoss die frische Luft. Im Westen lockerte die Wolkendecke bereits auf. In wenigen Stunden würde die Sonne wieder brütend heiß vom Himmel scheinen, aber jetzt gab es für Mensch und Natur einen Moment des Durchatmens. Anton sah Wildgänse auf einer Schotterbank im Regen sitzen. Sie schienen das kühle Nass, das vom Himmel tropfte, ebenso zu genießen wie er.

»Ihr Nachtanzug ist chic.« Marlene Radatz' Stimme riss ihn aus seinen beschaulichen Naturbeobachtungen. Sie schlenderte mit einem rosaroten Regenschirm, der mit dunkelroten Rüschen versehen war, an ihm vorbei. Der Schirm passte perfekt zu ihrem eng geschnittenen Sommerkleid. Wie immer präsentierte sie ihre weiblichen Formen von der vorteilhaftesten Seite.

»Zum Frühstück sollten Sie trotzdem lieber Hose und Hemd anziehen, sonst verdrehen Sie den armen alleinstehenden Damen noch den Kopf. Nicht auszudenken, wenn eine kollabiert.« Sie lachte vergnügt.

Fräulein Radatz schien heute einen ihrer guten Tage zu haben. Sie wirkte aufgedreht, und ihre Augen sprühten vor Unternehmungslust.

»Sie sollten Komödiantin werden.«

»Meinen Sie wirklich? Vielleicht wäre ich eine großartige Schauspielerin.« Sie schien ernsthaft über diese Möglichkeit nachzudenken und sich bereits als gefeierte Diva auf einer Bühne zu sehen.

Anton fragte sich, wie viel Veronal beziehungsweise Aufputschmittel sie bereits geschluckt hatte. Wahrscheinlich beides in einer teuflischen Kombination. Ihre Pupillen waren bedenklich geweitet.

»Sie entschuldigen mich«, sagte er. »Ich werde mich anziehen.«

»Tun Sie das, mein Lieber.« Sie winkte ihm kokett nach.

Als Anton später in den Speisesaal kam, stellte er überrascht fest, dass Ernestine bereits Platz genommen hatte und auf ihn wartete. Um ihren Kopf war ein stattlicher weißer Verband gewickelt.

»Sie sind schon wach?«, fragte Anton mürrisch.

»Auch Ihnen einen wunderschönen guten Morgen.« Ernestine klang beleidigt. »Und ja, vielen Dank für die Nachfrage, es geht mir wieder deutlich besser.«

Beschämt entschuldigte sich Anton. »Das war unhöflich von mir. Verzeihung. Ich freue mich natürlich, dass es Ihnen wieder besser geht.«

Ernestine schien aber noch lange nicht zufrieden. Sie musterte Anton immer noch verärgert aus zusammengekniffenen Augen. »Warum haben Sie mich gestern einfach allein mit Kapitän Freiberg gelassen? So schnell konnte ich gar nicht schauen, und schon waren Sie, schwups, am Gang und ich allein mit ihm in meiner Kabine.«

»Ich … ich dachte, das wäre in Ihrem Sinn«, stammelte Anton.

»Das kann nicht Ihr Ernst sein«, sagte sie aufgebracht. »Ich bin die, die eine Kopfverletzung hat. Trotzdem scheint Ihr Geist deutlich verwirrter als meiner zu sein.«

Anton überlegte kurz, ob er beleidigt sein sollte. Aber Ernestine ließ ihm keine Zeit. Sie fuhr aufgeregt fort: »Haben

Sie wirklich geglaubt, dass ich mit meiner Beule am Kopf mit Kapitän Freiberg Wein trinken möchte? Es hat eine Ewigkeit gedauert, bis ich den Mann wieder losgeworden bin. Er wollte einfach nicht gehen. Erst als ich ihn beinahe beschimpfte, hat er verstanden, dass ich meine Ruhe haben wollte.«

Anton zuckte verlegen mit den Schultern.

»Der Kapitän mag zwar über einen imposanten Brustkorb verfügen, aber was er an überschüssiger Muskelkraft hat, scheint ihm hier zu fehlen.« Sie tippte mit ihrem Zeigefinger auf ihren Turbanverband. »Er will einfach nicht glauben, dass mich jemand niedergeschlagen hat.«

Antons Laune hob sich mit jedem von Ernestines Worten. Jetzt musste nur noch der Kellner kommen, damit er Spiegeleier mit gebratenem Speck ordern konnte.

»Er behauptet, ich hätte mir die Blutlacke bloß eingebildet«, schnaufte Ernestine empört. »Bei unserer Ankunft in Wien wird er der Polizei sagen, dass Peter Urban sich das Leben genommen hat, weil er eine verdorbene Fischsuppe servieren ließ, wegen der Graf von Jesenky verstarb. Von mir verlangt er, dass ich nicht über meinen ›Unfall‹, wie er es nannte, spreche.« Ernestine äffte seine Stimme nach: »Sie werden sich doch nicht zum Gespött der Stadt machen wollen?«

Anton musste schmunzeln. Endlich kam der Kellner, und Anton bestellte drei Spiegeleier, so glücklich fühlte er sich.

»Ich hoffe von ganzem Herzen, dass Erich Felsberg unter den Beamten sein wird, die uns heute Abend in Wien empfangen.«

»Selbst wenn er Ihnen glaubt wie ich, wird es schwierig werden, den Überfall auf Sie zu beweisen. Falls es noch Blutspuren gab, hat der Regen sie heute Nacht gewiss weggewaschen.«

»Ich bin mir sicher, dass Peter Urban nicht freiwillig über Bord gegangen ist. Aber ich habe nicht die geringste Idee, warum ihn jemand gestoßen haben soll. Und wer es gewesen sein könnte.«

»Der Koch? Schließlich ist er jetzt über jeden Vorwurf erhaben. Ich nehme an, dass er auch seine Arbeitsstelle behalten kann.«

»Damit haben Sie recht. Klavaner profitiert von Urbans Tod. Aber was ist mit der Faulbaumrinde? Wer hat die in die Suppe getan und warum?«

»Jemand, der dem Koch schaden wollte?«

»Hm.« Ernestine wirkte nicht überzeugt. »Sie glauben, dass die ganze Sache mit dem Koch zu tun hatte und der Graf nur per Zufall an der verdorbenen Suppe gestorben ist?« Sie machte eine Pause und fuhr fort: »*Wenn* er daran gestorben ist, was mir immer noch unwahrscheinlich erscheint. Schließlich ist allen anderen von der Suppe nur speiübel geworden.«

»Aber es ist durchaus möglich. Er war ein alter Mann und vielleicht nicht mehr bei bester Gesundheit. Er hat selbst gesagt, dass er an Rheuma litt.«

»So schlimm die Krankheit Rheuma auch sein mag, sie schlägt einem nicht auf den Magen.« Ernestine setzte dazu an, den Kopf zu schütteln, ließ es aber sofort bleiben. »Ganz im Gegenteil, der Graf verfügte über einen gesunden Appetit. Erinnern Sie sich nur an das riesige Schnitzel, er hat doch betont, dass er seinen Teller immer leer isst.«

»Apropos Essen.« Anton schaute auf Ernestines Teller, auf dem eine unberührte Buttersemmel lag. »Fühlen Sie sich immer noch nicht wohl?«, fragte er besorgt.

»Mir ist etwas flau im Magen wegen meinem Kopf.«

»Was für ein Jammer. Sie haben beide Male das köstliche Frühstück verpasst.«

»Dr. Kandel hat gemeint, dass ich heute lieber auf schwere Kost verzichten soll. Er hat mir auch den Turban verpasst.«

»Sehr schick, Fräulein Gardner wird vor Neid erblassen.«

Es dauerte einen Moment, bis Antons Bemerkung bei Ernestine ankam. Aber als sie es tat, lachte sie so laut und schallend, dass die anderen Gäste irritiert ihre Köpfe zu ihnen drehten.

VIERUNDZWANZIG

Am Nachmittag besserte das Wetter sich wieder. Die graue Wolkendecke riss auf, und die Sonne kehrte in gewohnt kräftiger Weise zurück. Nach den Regengüssen dampfte das üppige Dickicht am Ufer. Anton war froh, dass er sich auf dem Schiff befand und nicht zwischen Farnblättern und Lianen, wo sich jetzt mit Sicherheit Heerscharen von Insekten tummelten.

Ernestine und er hatten in Liegestühlen auf der kleinen überdachten Fläche vor dem Speisesaal Platz genommen und genossen die letzten Stunden ihrer Schiffsfahrt. In einigem Abstand dösten Herr und Frau Kattany im Schatten. Weit genug entfernt, dass Frau Kattany kein Gespräch anfangen konnte. Auf der linken Donauseite zog Hainburg mit dem markanten Braunsberg im Hintergrund und dem grünen Zwiebelturm der Stadtkirche an ihnen vorbei. Schon in Kürze würden sie Wien erreichen.

Neben ihnen saßen Anna und Adam von Jesenky sowie Andrej Hodul und Hubert Radatz. Obwohl die vier leise sprachen, konnten Anton und Ernestine jedes Wort mithören.

»Trotz der tragischen Ereignisse hat sich die Reise gelohnt«, sagte Anna von Jesenky. »Die Geschäftspartner in Budapest haben bereits alles vorbereitet.« Sie räusperte sich. »Der Vertragsunterzeichnung steht nichts mehr im Wege.«

Thomas von Jesenky kam den Gang entlang und trat hinzu. Wie immer sah er wie aus dem Ei gepellt aus. Das Haar war perfekt frisiert, die Falte seiner modernen weißen Hose akkurat gebügelt. Statt eines Sakkos trug er heute einen lässigen dunkelblauen Pullover, der ihn ein bisschen wie einen Matrosen aussehen ließ. Mit steinerner Miene kaute er an einer Pfeife, die jedoch nicht angezündet war. Er hatte die letzten Worte seiner Schwägerin mitangehört.

»Warum sagt du nicht einfach, wie es ist«, fuhr er sie ungehalten an. »Die Reise hat sich gelohnt, *weil* Vater tot ist. Sein plötzliches Ableben kommt dir und Adam sehr gelegen. Wollt ihr mit den Unterschriften nicht wenigstens warten, bis Vater unter der Erde liegt?«

»Warum?«, fragte Anna von Jesenky spitz. »Damit dir mehr Zeit bleibt, auch den Rest des Vermögens für Automobile und teure Hotelbesuche auszugeben?«

»Im Unterschied zu dir gehört das Geld, das ich ausgebe, mir. Ich habe mich nicht mit einer Heirat ins gemachte Nest gesetzt.«

»Thomas, reiß dich zusammen«, forderte sein Bruder.

»Ich spreche bloß aus, was Vater immer gesagt hat.« Thomas von Jesenky zuckte mit den Schultern.

»Weil Vater tot ist, musst du jetzt nicht seine Rolle übernehmen.«

»Sie können sich glücklich schätzen, dass Ihre Schwägerin dafür sorgt, dass Ihr Vermögen sich weiter vergrößert«, mischte sich Hubert Radatz ein.

»Ach, hören Sie doch auf.« Thomas von Jesenky wurde lauter. »Ihnen ist der Tod meines Vaters doch genauso recht wie meinem Bruder und seiner habgierigen Frau.« Er schnaufte abschätzig. »Ich bin davon überzeugt, dass das Aufsetzen der Verträge sich für Sie gelohnt hat. Oder haben Sie sich mit eigenem Kapital an dem Geschäft beteiligt?«

Radatz starrte den jungen Mann emotionslos an, stritt den Vorwurf aber nicht ab.

»Es wird für uns alle ein erfolgreiches Geschäft.« Andrej Hodul versuchte zu beruhigen. »Ich bin sehr froh, dass die Investitionen, die ich bereits getätigt habe, nicht verloren sind. Wir werden die modernste Keksfabrik des Landes bauen und unsere Produkte bis nach Amerika exportieren. Die Menschen der umliegenden Ortschaften werden profitieren, denn die Fabrik sichert Arbeitsplätze. Mein Unternehmen wird für Wohlstand und Zufriedenheit sorgen.« Er klang wie ein Politiker, der eine Wahlrede schwang.

Ernestine setzte sich in ihrem Liegestuhl auf. »Bitte entschuldigen Sie meine Neugier, aber warum wollte Graf von

Jesenky keine Keksfabrik, wenn die Errichtung für alle Beteiligten ein Gewinn ist?«

Überrascht, so als hätten sie Ernestine erst jetzt bemerkt oder gedacht, sie würde das Gespräch nicht verfolgen, richteten alle ihre Blicke auf sie.

Nach einer kurzen Pause erklärte Adam von Jesenky: »Mein Vater war ein altmodischer Sturkopf. Er ist in einer Zeit aufgewachsen, in der es ausreichte, seinen Titel zu nennen, und alle Türen öffneten sich.«

»In seiner Kindheit lebten auf dem Gutshof fünfmal so viele Hausangestellte wie Familienmitglieder. Wenn Vater in seiner Jugend von einem Reitausflug nach Hause gekommen ist, warteten ein Stiefelknecht, ein Dienstmädchen und eine Köchin auf ihn, die ihn fragte, was er essen wollte«, ergänzte Thomas von Jesenky. Die Art, wie er sprach, ließ erahnen, dass er gern das Rad der Zeit zurückdrehen und so leben würde, wie sein Vater es getan hatte.

»Aber die Zeiten haben sich geändert«, wandte Anna von Jesenky ein. »Ein Titel öffnet immer noch bestimmte Türen, aber nur dann, wenn auch das notwenige Kleingeld fließt. Und niemand braucht mehr zwanzig Bedienstete.«

»Wer seinen Wohlstand halten will, muss flexibel sein und mit der Zeit gehen, Veränderungen mitmachen«, sagte ihr Ehemann.

»Ich bin sicher, Alfons hätte über kurz oder lang dem Geschäft zugestimmt«, meinte Hubert Radatz. Seine Augen waren rot unterlaufen, seine Stirn glänzte. Ein Glas Whisky stand auf dem Tischchen vor ihm. Aber er sprach klar und deutlich, was darauf schließen ließ, dass er große Mengen von Alkohol trinken musste, bevor seine Sprache verwaschen klang.

Frau Hodul kam aus dem Speisesaal. Wie immer trug sie einen Hut mit Schleier, der ihre Augenpartie verdeckte. Aber anders als während der letzten Tage waren ihre Lippen geschminkt. Sie leuchteten in einem satten Rot, was angesichts der Tatsache, dass sie sich vor der Welt verbergen wollte, merkwürdig war. Sie setzte sich neben ihren Mann, der ihre Hand ergriff, sie zum Mund führte und einen Kuss daraufhauchte.

»Hast du sie gefragt?«, wollte er leise wissen.

Die rot geschminkten Lippen verzogen sich zu einem Lächeln. »Sie wird es machen.«

Herr Hodul nickte ergeben. Er erweckte nicht den Eindruck, als sei er erfreut über ihre Antwort. Gleichzeitig schien er nichts anderes erwartet zu haben.

Noch bevor Anton darüber nachdenken konnte, was Frau Hodul meinen könnte, wurde Karoline Gardner von ihrer Gesellschafterin zur Gruppe geschoben.

»Wir werden eine wunderbar spannende Unterhaltung führen«, versprach sie und winkte so lange mit den Händen, bis ihre Armreifen klimperten. »Ich habe eben Kontakt mit Graf von Jesenky aufgenommen. Er hat mir versprochen, dass er als Vermittler fungieren wird.«

»Mit wem haben Sie Kontakt aufgenommen?«, fragte Anna von Jesenky.

»Mit Ihrem Schwiegervater«, erklärte Karoline Gardner mit einer Selbstverständlichkeit, als hätte sie eben vom Kellner gesprochen.

»Mein Schwiegervater liegt tot in seiner Kabine.«

»Ich weiß, aber sein Geist befindet sich noch unter uns.« Bedeutungsvoll hob sie ihre Arme und zeigte zum Himmel. »Als Medium fällt es mir besonders leicht, mit kürzlich Verstorbenen zu kommunizieren. Ich nehme mit ihnen Kontakt auf und bemühe mich, ihn zu halten, denn sie können mir dabei helfen, Tote in der Anderswelt zu finden, die sich schon länger dort aufhalten.«

»Fräulein Gardner wird unsere Söhne finden.« In Frau Hoduls Stimme lagen Hoffnung und Zuversicht.

Alle anderen schwiegen betreten.

»Um mit Graf von Jesenky in Kontakt zu bleiben, brauche ich aber mindestens eines seiner Familienmitglieder«, erklärte Karoline Gardner.

Anna von Jesenky öffnete den Mund zu einer Erwiderung, doch ihr Mann legte seine Hand warnend auf ihren Oberschenkel, und sie klappte ihn wieder zu.

»Am besten wäre es natürlich, wenn alle, die mit dem Grafen die letzten Stunden verbracht haben, an der Sitzung teilnehmen könnten. Dann ist es ein Kinderspiel, mit dem Verstorbenen in Verbindung zu treten. In den meisten Fällen sind die Toten besonders gesprächig, wenn sie mehrere Zuhörer haben.«

Nach der gestrigen Unterhaltung konnte Anton sich nur allzu gut vorstellen, warum Fräulein Gardner möglichst viele Zuschauer bei ihrer Darbietung haben wollte. Je mehr Menschen an ihren Sitzungen teilnahmen, umso weiter würde sich ihr Name herumsprechen. Angeblich war auch negative Werbung besser als gar keine. Vielleicht richtete sich die Rechnung der Séance nach der Anzahl der anwesenden Gäste, und Fräulein Gardner konnte sich drei weitere Servietten von Katharina der Großen oder der verstorbenen österreichischen Kaiserin Sisi kaufen.

»Das ist eine hervorragende Idee«, platzte Ernestine begeistert hervor.

Anton, der eben eines seiner Pfefferminzbonbons lutschte, verschluckte sich und musste husten. Ernestine klopfte ihm hilfreich auf den Rücken.

»So können wir uns alle von Graf von Jesenky verabschieden und gleichzeitig Frau Hodul behilflich sein, die sich nichts sehnlicher wünscht, als ein Zeichen ihrer verstorbenen Söhne zu erhalten.«

Anna von Jesenky starrte Ernestine entgeistert an. »Haben Sie noch starke Kopfschmerzen? So ein Sturz kann mitunter gefährlich sein.«

Bevor Ernestine etwas erwidern konnte, fiel ihr Frau Hodul ins Wort. »Sie würden mir alle einen großen Gefallen erweisen.« In ihrer Stimme lag so viel Dankbarkeit, dass niemand es wagte, das Vorhaben zu kritisieren oder sich dagegen zu äußern.

»Hervorragend.« Karoline Gardner klatschte zufrieden in

die Hände. »Sobald wir wieder in Wien sind, werde ich Einladungskarten zu einer Séance ausschicken. Wir werden einen wundervollen Abend zusammen verbringen. Vielleicht will ja noch jemand mit einem Verstorbenen Kontakt aufnehmen?« Betretenes Schweigen war die Antwort. Anna von Jesenky betrachtete eingehend die Spitzen ihrer Schuhe.

»Sie können in Ruhe darüber nachdenken«, sagte Karoline Gardner großzügig. Dann wandte sie sich an Thomas und Adam von Jesenky. »Ihr Vater ist ein sehr zuvorkommender und überaus hilfsbereiter Toter. Wir haben uns ganz vorzüglich unterhalten. Ich soll Ihnen schöne Grüße von ihm ausrichten. Es geht ihm dort, wo er jetzt ist, sehr gut.«

»Danke«, sagte Thomas von Jesenky leise. Sein Bruder starrte Fräulein Gardner schweigend an. Es fehlten ihm die passenden Worte.

»Gern, mein Lieber. Wollen Sie, dass ich ihm etwas in Ihrem Namen sage?«

Sowohl Thomas als auch Adam von Jesenky schüttelten den Kopf.

Anton hoffte, dass irgendjemand Einwände gegen den Abend vorbringen würde. Aber genau wie er selbst wagte niemand die Hoffnungen von Frau Hodul zu zerstören, die zum ersten Mal, seit sie auf dem Schiff war, lächelte. Er versuchte, die Emotionen auf den Gesichtern der Gäste zu lesen. Von Entsetzen bis zu Amüsement fand sich alles wider. In Ernestines Miene spiegelte sich Zufriedenheit. Anton wusste, sie hatte eben genau das erreicht, was sie wollte. Aber was erhoffte sie sich von einem Gespräch mit dem toten Grafen?

»Ist das Schiff denn immer noch verflucht?«, fragte Frau Kattany. Sie war nun aufgestanden und näher gekommen.

»Nein, meine Liebe. Es sind die Donaugeister gewesen, die die schlechte Energie verbreitet haben. Leider habe ich das nicht gleich erkannt. Manchmal dauert es ein bisschen, bis man die Botschaften aus der Anderswelt richtig entschlüsselt.«

»Oh, ich verstehe.« Frau Kattany nickte beeindruckt. »Die

Donaugeister haben nach einem Opfer verlangt und es bekommen. Jetzt sind sie wieder besänftigt.«

Anton wurde schwindelig ob der verdrehten Logik der
Frau. Glaubte sie wirklich an die Gespenstergeschichten?
Selbst Rosa wusste, dass es keine Geister gab.

»Ich kann es kaum erwarten, dass Graf von Jesenky uns
seine Version der Geschichte erzählen wird«, sagte Ernestine.

»Sie werden ihn doch danach fragen?«

»Selbstverständlich, meine Liebe. Ich kann alle Fragen stellen, die gewünscht werden.«

Anton hörte die Brüder Jesenky leise murmeln. Er musterte
Ernestine besorgt von der Seite. Hatte Anna von Jesenky am
Ende recht, und die Kopfverletzung hatte schwerwiegendere
Folgen, als es zuerst den Anschein gehabt hatte? Wenn sich
Ernestines Zustand nicht rasch besserte, würde er sie zum
Arzt begleiten müssen.

FÜNFUNDZWANZIG

Im Wiener Hafen warteten bereits zwei Polizeibeamte auf die »Jupiter«. Kapitän Freiberg hatte sie über Funk benachrichtigt, als klar war, dass Peter Urban sich nicht mehr auf dem Schiff befand.

Kaum waren die Dampfmaschinen abgestellt und die Leiter zum Ufer ausgefahren, kamen die Männer in Zivil an Bord.

»Werden wir befragt?« Ernestine streckte ihren Hals, um die beiden besser zu sehen.

»Nein, das ist nicht vorgesehen«, erklärte Kapitän Neumeier. »Die Beamten wollen nur mit dem Schiffspersonal und der Familie Jesenky sprechen. Alle anderen Gäste können problemlos die ›Jupiter‹ verlassen.« Seine sonst so kunstvoll gedrehten Bartschnecken hatten sehr gelitten. Die Ereignisse der letzten Stunden hatten dem zweiten Kapitän deutlich zugesetzt.

Ernestine schien mit seiner Antwort alles andere als zufrieden. Anton konnte ihr an der Nasenspitze ansehen, dass sie zu gern mit den Beamten gesprochen und ihnen von ihrer gestrigen Entdeckung neben dem Rettungsboot erzählt hätte. Sie reckte ihr Kinn und lehnte sich in Richtung der Polizeibeamten, in der Hoffnung, das Gespräch der Männer belauschen zu können. Einer war in einiger Entfernung stehen geblieben, um sich eine Zigarette anzuzünden.

»Nach longa Zeit wieda amoi a ruhiger Abend. A Fischvergiftung und a Selbstmörder. Des lob i ma.«

Sein Kollege lachte. »Da hama echt Glück ghabt. War eh scho Zeit. In ana Stund sama fertig, und dann geh ma a Bier trinken.«

Anton beugte sich zu Ernestine und flüsterte ihr ins Ohr: »Besser, Sie sprechen mit Erich Felsberg. Ich glaube, die beiden Herren wollen Ihre Geschichte nicht hören.«

»Ich nehme an, Sie haben recht.« Ernestine war enttäuscht.

Wahrscheinlich würde niemand aus der Mannschaft über ihren Unfall berichten.

»Kommen Sie.« Anton nahm seine Tasche und Ernestines Koffer und trug das leichte Gepäck zum Schiffsabgang.

Gerade als er auf die Treppe steigen wollte, kam Kapitän Freiberg von der Kommandobrücke gelaufen. Er winkte Ernestine zu und bedeutete ihr, zu warten.

»Liebes Fräulein Kirsch«, sagte er etwas außer Atem. »Ich bin todunglücklich, dass ich mit den Herren von der Polizei sprechen muss. Zu gern hätte ich Sie nach Hause begleitet. Aber ich verspreche Ihnen, dass wir den gestrigen Abend nachholen werden. Verraten Sie mir, wo Sie wohnen, damit ich Sie besuchen kann.«

»Fräulein Kirsch wohnt bei mir in der Kirchengasse«, erklärte Anton. »Sie brauchen sich keine Sorgen zu machen. Ich werde sie sicher bis vor die Haustür bringen. Haben Sie noch einen schönen Abend.« Er hob seinen Strohhut und neigte seinen Kopf zum Gruß. Dann griff er erneut nach Koffer und Tasche. Er nahm beides in die eine Hand und Ernestine an der anderen.

»Auf Wiedersehen.« Ernestine nickte Kapitän Freiberg zu, bevor sie gemeinsam mit Anton über die Metallstufen kletterte. Leider konnte Anton Kapitän Freibergs Gesicht nicht sehen, aber es reichte die Vorstellung seines verständnislosen Blicks, um ihm ein Lächeln der Genugtuung auf die Lippen zu zaubern.

SECHSUNDZWANZIG

Zum vierten Mal läutete Anton an der Wohnungstür, aber niemand öffnete. Also kramte er in seiner Reisetasche und suchte nach seinem Schlüssel. Kaum hatte er ihn gefunden, hörte er die helle Stimme seiner Enkeltochter aus dem Hinterhof. Ernestine schob einen Blumenstock zur Seite und öffnete das schmale Fenster im Stiegenhaus. Sie winkte nach unten.

»Hallo Fräulein Kirsch! Wir sind hier!«, rief Rosa.

»Fein, wir kommen!« Mit verminderter Lautstärke sagte sie zu Anton: »Ihre Tochter und Erich Felsberg sitzen in der neu gebauten Laube.«

»Erich Felsberg?«

»Er ist ein netter junger Mann.«

»Ja, ich weiß«, sagte Anton. »Ich hatte nur nicht damit gerechnet, dass er hier ist. Das ist alles.«

»Aber jetzt wissen Sie es, und deshalb können Sie wieder das freundliche Lächeln aufsetzen, das den ganzen Weg von der Reichsbrücke bis in die Kirchengasse Ihr Gesicht geschmückt hat.«

Anton schob seine Tasche ins Vorzimmer und gab sein Bestes bezüglich des Lächelns. »Soll ich Ihr Gepäck auch hier abstellen, oder wollen Sie gleich in Ihre Wohnung gehen?«

»Auf gar keinen Fall. Ich will Heide und Rosa guten Tag sagen und meinen ehemaligen Schüler begrüßen.«

»Ach ja«, sagte Anton, und schon war sein Lächeln wieder da. »Fast hätte ich vergessen, dass Sie ihm etwas Dringendes erzählen wollen.«

»Und das werde ich auch gleich tun.« Schon marschierte Ernestine los.

Noch bevor Anton den Hof erreicht hatte, stürmte Rosa auf ihn zu und warf sich ihm entgegen. »Opa, ich kann schwimmen. Ganz allein. Vom Gänsehäufel bis zum Straßenbahnerbad und wieder zurück.«

»Ui, das ist weit«, sagte Anton beeindruckt.

»Der Erich hat den ganzen Nachmittag mit mir geübt, und jetzt bin ich eine Langstreckenschwimmerin.«

»Aha.«

Rosa nahm Anton an der Hand und zog ihn zur Laube, wo Heide und Erich Felsberg saßen. Anton hatte das Holzgerüst mit Hilfe eines Tischlers im Frühjahr auf Heides Wunsch errichtet. Seine Tochter hatte in den letzten Jahren den grauen, trostlosen Innenhof, der zur Apotheke gehörte, in ein kleines grünes Paradies verwandelt. In einem Gemüsebeet wuchsen Karotten, Salat und Paradeiser. In einem weiteren Kräuter für die Küche, aber auch für Teemischungen und Tinkturen, die Heide in der Apotheke verkaufte. Rosa hatte eine Schaukel auf dem Nussbaum in der Hofmitte bekommen und ein eigenes kleines Beet, in dem sie Sonnenblumen und Schnittlauch wachsen ließ. Weintrauben rankten sich an den massiven Holzpfosten der Laube entlang. Im nächsten Sommer würden die Pflanzen für Schatten sorgen.

Heide winkte Anton fröhlich zu. Auf dem Tisch lag ein kariertes Tischtuch, darauf standen Limonadengläser und zwei Krüge sowie ein Teller mit einem selbst gebackenen Marillenkuchen. Eine Kerze in einem großen Gurkenglas sorgte für Licht.

Als Felsberg Anton und Ernestine kommen sah, stand er rasch vom Tisch auf und reichte zuerst Ernestine, dann Anton zur Begrüßung die Hand. Er sah verändert aus. Was vielleicht daran lag, dass er keinen Hut aufhatte. Sein rotblondes Haar lockte sich an den Schläfen. Seine Haut war von der Sonne gebräunt, und die Sommersprossen hatten sich nicht nur über sein Gesicht, sondern auch über seine Unterarme verteilt. Er trug sein weißes Hemd aufgekrempelt. Auch beim Kragen waren zwei Knöpfe leger geöffnet. Die größte Veränderung aber hatte sich in seinem Gesicht vollzogen. Sein Lachen hatte eine Leichtigkeit angenommen, die Anton gefiel. Auch Heide wirkte unbekümmerter als sonst. Sie hatte ihr kinnlanges Haar nach oben gesteckt und Lippenstift aufgetragen. In ihrem hellrosa Sommerkleid wirkte ihre sonnengebräunte Haut noch dunkler und ihre großen Augen heller. Anton war stolz auf seine hübsche Tochter.

»Was ist denn mit Ihrem Kopf passiert?«, fragte Heide bestürzt, als sie Ernestines Turban sah.

»Das ist eine komplizierte Geschichte, die ich von Anfang an erzählen möchte. Dazu muss ich mich aber erst mal hinsetzen.« Ernestine ließ sich auf einen der grün lackierten Holzstühle sinken.

»Wollen Sie Hollersaft oder lieber Zitronenlimonade? Ich habe beides selbst gemacht.«

»Ich nehme den Hollersaft«, sagte Ernestine. Anton bediente sich bei der Zitronenlimo, und noch während Heide einschenkte, begann Ernestine von der Fischsuppe, dem Tod des Grafen und dem Verschwinden der Küchenhilfe sowie dem nächtlichen Überfall zu erzählen.

Gebannt hörten Heide und Erich Felsberg zu. Auch Rosa saß mit großen Augen und vor Aufregung roten Ohren da und lauschte, als handle es sich um eine spannende Abenteuergeschichte.

Als Ernestine endete, war Rosa die Erste, die sich zu Wort meldete. »Opa, wann fahren wir nach Dürnstein? Ich will auch so ein Abenteuer erleben.«

»Bald, Rosa. Zuerst muss Fräulein Kirsch ihren Turban wieder loswerden.« Anton brachte es nicht übers Herz zuzugeben, dass er vorerst genug von der Donauschiffsfahrt hatte.

Auf Erich Felsbergs Stirn hatten sich nachdenkliche Falten gebildet. »Rätselhafte Geschichten scheinen Sie beide anzuziehen wie Motten das Licht.« Er räusperte sich verlegen. »Natürlich will ich Sie nicht mit Motten vergleichen. Das ist bloß eine Redensart.«

Heide neben ihm schmunzelte.

»Werden Sie der Sache nachgehen und den Tod des Grafen untersuchen?«, fragte Ernestine.

Bedauernd hob Felsberg beide Hände. »Ich fürchte, da werde ich nichts ausrichten können. Baumann und Löschner lassen sich nicht gern dreinreden. Sie gelten im Revier als die Männer für schnelle Lösungen. Wenn sie gemeinsam einen Fall übernehmen, ist er binnen vierundzwanzig Stunden fertig bearbeitet, und es gibt immer einen Schuldigen, der hinter Gitter wandert. In diesem Fall hat sich der Schuldige schon selbst gerichtet, wenn es stimmt, dass er über Bord gegangen ist.«

»Könnte man bei einer Obduktion nicht feststellen, ob der Graf tatsächlich an einer Fischvergiftung gestorben ist?«, fragte Ernestine.

»Natürlich könnte man das, aber so eine Untersuchung müsste von meinem Vorgesetzten angeordnet werden, beziehungsweise vom Staatsanwalt. Aber wenn Baumann und Löschner den Fall mit dem Gelöst-Stempel versehen, wird nichts dergleichen passieren. Im Moment leiden wir bei der Polizei an akutem Personalnotstand. Jeder Fall, der zu den Akten wandert, wird nicht weiter aufgerollt. Es sei denn, die Angehörigen würden darauf drängen.«

»Was sie tunlichst unterlassen werden«, sagte Ernestine ärgerlich. Sie nahm einen Schluck vom Hollersaft, dann griff sie zum Marillenkuchen. »Darf ich?«

»Selbstverständlich, greifen Sie zu. Aber ich muss Sie warnen …«

Schon biss Ernestine in den Kuchen. »Oh. Der Kuchen schmeckt ein bisschen bitter. Oder liegt es am Hollersaft, der sich damit nicht verträgt?«

»Nein, der Hollersaft ist völlig in Ordnung«, entschuldigte sich Heide. »Es ist das Marzipan im Kuchen, das den bitteren Geschmack hinterlässt. Dabei habe ich es wie immer im Zuckerlgeschäft in der Neubaugasse besorgt. Frau Gries hat mir noch nie schlechte Ware verkauft. Leider stimmt irgendetwas mit diesem Marzipan nicht. Ich fürchte, die Hersteller haben das Innere von billigen Pfirsichkernen verwendet anstatt teurer Mandeln.«

»Würde das bloß bitter schmecken, oder wäre es auch ungesund?« Felsberg griff ebenfalls zu einem Stück Kuchen und biss hinein. Tapfer kaute er, ohne das Gesicht zu verziehen. Es war die Höflichkeit, die ihn dazu zwang, das Stück aufzuessen. »Der Geschmack ist etwas ...« Er suchte nach dem richtigen Wort, fand aber keines.

Heide lachte herzhaft. »Der Kuchen schmeckt furchtbar.« Felsberg zuckte mit den Schultern. »Ich habe schon weitaus Schlimmeres gegessen.« Er lächelte Heide mit so viel Zuneigung und Wärme an, dass Anton das dringende Bedürfnis verspürte, rasch etwas zu sagen.

»Man müsste riesige Mengen des gestreckten Marzipans essen, bevor sich eine schädliche Wirkung auf die Gesundheit einstellt«, dozierte er.

»Ich werde Frau Gries trotzdem davon erzählen und ihr zum Beweis ein Stück vom Kuchen bringen. Sicher weiß sie gar nicht, dass ihr Marzipan so bitter schmeckt. Ihre Ware ist sonst immer einwandfrei«, sagte Heide. »Der Geruch nach Bittermandeln ist täuschend ähnlich.«

»Bittermandeln«, wiederholte Anton leise und wurde dabei blass.

»Ja, die Kerne von Pfirsichen riechen nach Bittermandel«, bestätigte Heide. »Genau wie Marzipan.«

»Der Graf hat nach Bittermandeln gerochen, und seine Haut war rot gefleckt.« Anton sah seine Tochter eindringlich an.

Heides Lachen verschwand, auch sie wurde ernst. »Die Blausäure in den Kernen ist für den Geruch der Bittermandeln verantwortlich. Die Säure wirkt unverdünnt tödlich und verursacht rote Flecken auf der Haut.«

Einen Moment lang schwiegen alle betroffen.

»Das Verrückte an der Sache ist, dass es so aussieht, als wäre das Letzte, was der Graf im Mund hatte, ein Pfefferminzbonbon von mir gewesen. Auf seinem Nachtkästchen hat das Papiersäckchen gelegen, und in seinem Mund steckte noch ein halb gelutschtes Bonbon. Kapitän Freiberg hat das Säckchen gemeinsam mit dem Teppich und Jesenkys Erbrochenem über Bord geworfen.«

»An deinen Bonbons kann er wohl kaum gestorben sein«, sagte Heide. »Es sei denn, er wäre daran erstickt.«

»Freiberg ist ein Dummkopf«, schimpfte Ernestine. »Wie konnte er nur den Teppich wegwerfen?«

Anton widersprach Ernestine nicht. Im Gegenteil, er lächelte zufrieden.

»Können Sie wirklich nichts tun, Erich?«

Felsberg fuhr sich verlegen über die Stirn. »Ich werde morgen nachfragen, wie der Stand der Ermittlungen ist. Vielleicht haben Baumann und Löschner in ihrem Bericht eine Obduktion angefordert.«

»Das wäre großartig«, sagte Ernestine. »Es würde mich wirklich brennend interessieren, wer mir die hässliche Beule am Hinterkopf verpasst hat. Ich komme mir mit dem Verband vor wie ein Zirkusclown.«

»Ich finde, der Turban steht Ihnen«, sagte Anton.

Heide unterdrückte ein Grinsen, während Felsberg auf seine Armbanduhr schaute. »Oh, schon so spät«, stellte er bedauernd fest. »Ich muss gehen, sonst versäume ich die letzte Straßenbahn.«

»Und dieses kleine Fräulein gehört dringend ins Bett«, sagte Anton mit einem Blick auf Rosa, die auf der Bank neben Heide eingeschlafen war.

»Soll ich sie rauftragen?«, fragte Felsberg.

Noch während Heide »Ja, bitte« sagte, hob er Rosa hoch und trug sie behutsam zum Hintereingang der Apotheke. Mit der Last des Mädchens im Arm hinkte er stärker als sonst. Anton schaute ihm nachdenklich hinterher. Felsberg und seine Tochter wirkten seltsam vertraut miteinander, so als hätte sich in den drei Tagen seiner Abwesenheit etwas zwischen ihnen verändert. Zu der Freude, die Anton für seine Tochter empfand, mischten sich Eifersucht und Angst. Heide war nach wie vor verletzlich. Auch wenn es so aussah, als hätte sie den Verlust ihres Ehemanns vollständig verarbeitet, so wusste er aus eigener leidvoller Erfahrung, dass die Trauer sich manchmal wie ein heimtückischer Angreifer verhielt und auch nach Jahren noch qualvoll zuschlagen konnte.

Ernestine unterbrach seine Gedanken. Sie beugte sich zu ihm und strich mit ihrem Daumen die steile Falte zwischen seinen Augen glatt. »Er ist ein guter Mann«, sagte sie sanft.

»Ich weiß«, seufzte Anton. »Aber es geht alles so schnell.«

Amüsiert zog Ernestine ihre Augenbrauen hoch. »Die beiden treffen einander seit Februar. Sie gehen gemeinsam zum Schwimmen und trinken am Abend ein Glas Limonade zusammen. Was soll daran eine schnelle Entwicklung sein?«

Anton verzog den Mund. »Wissen Sie, was mich manchmal in den Wahnsinn treibt?«

Ernestine grinste. »Dass ich immer recht habe?«

Anton fühlte sich ertappt und schwieg.

SIEBENUNDZWANZIG

Während Ernestine die nächsten Tage damit verbrachte, ihren Kopf zu schonen, und mit Rosa im Schatten des großen Nussbaums im Hinterhof »Mensch ärgere dich nicht« spielte, machte Anton sich daran, Süßigkeiten für die Schultüte seine Enkeltochter zu besorgen. In zwei Wochen würde Rosa ein Schulkind werden. Heide hatte sich für die Montessori-Schule von Lili Roubiczek am Rudolfsplatz entschieden. Und wie alle Schulanfängerinnen würde Rosa eine Schultüte bekommen. Ernestine hatte versprochen, die Tüte zu basteln, während Anton sich für den Inhalt verantwortlich fühlte.

Natürlich hätte er die Bonbons und Schlecker genauso gut beim Greißler um die Ecke kaufen können, aber viel lieber ging er auf die Freyung, wo sich sein Lieblingszuckerlgeschäft befand. Dort gab es nicht nur die besten sauren Drops, sondern auch die weichsten Karamellbonbons. Krachmandeln wollte er später bei Frau Mikarevic am Naschmarkt besorgen. Vielleicht hatte sie wieder eine Ladung frischen Mohn aus dem Waldviertel bekommen.

Voller Vorfreude machte er sich auf den Weg. Er ging zu Fuß die Mariahilfer Straße stadteinwärts bis zu den zwei großen Museen, die Kaiser Franz Joseph hatte errichten lassen, überquerte den Ring und lief weiter Richtung Michaelerplatz, vorbei an mehreren Fiakern, um schließlich die Herrengasse entlangzugehen. Er passierte drei prunkvolle Palais und das Café Central und landete schließlich auf der Freyung, wo die Schottenkirche und das ehemalige Hospital nach wie vor den Platz dominierten.

Als er den winzigen Laden an der Ecke betrat, läutete die helle Glocke an der Tür. Eine süße Geruchsmischung schlug ihm entgegen. Fruchtaromen mischten sich mit Vanille, gerösteten Haselnüssen und Schokolade. Anton schloss die Augen und atmete genießerisch den Duft ein.

»Herr Böck«, rief eine Stimme.

Abrupt wurde Anton aus seinen Tagträumen gerissen, in denen er auf einer Zuckerwolke geschwebt war, und landete unsanft auf dem Boden der Wirklichkeit. Die Stimme gehörte Marlene Radatz. Die junge Frau schien das Süßwarengeschäft ebenso zu schätzen wie Anton. Der Einkaufskorb, der vor ihr auf der Ablage stand, war bereits randvoll mit Bonbons und Schokolade gefüllt. Sie legte Geldscheine auf die Theke, auf denen irrwitzig hohe Summen standen. Die Inflation wurde von Tag zu Tag dramatischer, und die Staatsdruckerei kam nicht hinterher, neue Geldscheine zu produzieren.

»Guten Tag.« Anton zog seine Hut zum Gruß. »Planen Sie ein Zuckerfest?«

Marlene Radatz lachte. Sie schien heute bestens gelaunt zu sein. Es war wohl einer der Tage, an denen sie alle Geschäfte Wiens leer kaufen wollte.

»Ich habe endlich einen neuen Arzt«, erklärte sie aufgekratzt. »Er arbeitet ebenfalls in Steinhof, genau wie Dr. Kandel. Kennen Sie die Nervenklinik?«

»Bis jetzt bin ich noch nicht dort gewesen.« In Gedanken fügte er hinzu, dass das auch so bleiben sollte.

»Die Kirche auf den Steinhofgründen is a Juwel«, mischte sich Frau Sommer, die Verkäuferin hinter dem Verkaufstresen, ein. Sie begrüßte Anton und holte ungefragt die Dose mit den Himbeerbonbons vom Regal. »Zehn Decka wie immer?«

»Zwanzig bitte. Meine Enkeltochter kommt in die Schule.«

»Dann müssen S' die Schokorosinen kosten«, sagte Frau Sommer. »Alle Tafelklassler lieben die Rosinen.« Sie stellte die Himbeerbonbons weg und ging nach hinten in den Lagerraum.

»Ich kann mich noch gut an meine Schulzeit erinnern«, sagte Marlene Radatz. Ein Schatten legte sich über ihr Gesicht. Sie sah an Anton vorbei und wirkte mit einem Mal abwesend.

»Sie haben mir noch nicht erklärt, was Sie mit all den Süßigkeiten vorhaben«, fragte Anton, mit der Absicht, die junge Frau wieder aufzuheitern.

»Die bringe ich nach Steinhof, in die Nervenklinik.«

Anton hob fragend die Augenbrauen.

»Sie können sich nicht vorstellen, unter welch schrecklichen Bedingungen die armen Menschen dort leben. Keiner von den Patienten bekommt etwas Süßes. Als ich das letzte Mal ein Zitronenzuckerl ausgepackt habe, stürzten sich zwei Frauen auf mich. Die Pfleger mussten sie zurückzerren. Es war grauenhaft.«

Antons Plan ging nicht auf. Fräulein Radatz' Gesichtszüge blieben traurig. Wie beim gemeinsamen Besuch im Café Gerbeaud in Budapest wechselten ihre Stimmungen innerhalb von Augenblicken. Gerade noch hatte sie überschäumend fröhlich gewirkt, schon sah sie aus, als müsste sie gleich in Tränen ausbrechen.

»Würden Sie mich in die Klinik begleiten?«, fragte sie.

»Wie bitte?«

»Die Kirche is an Besuch wert.« Frau Sommer war vom Lagerraum zurückgekommen.

»Bitte, Herr Böck«, jammerte Marlene Radatz. Ihre Stimme klang weinerlich. »Ich glaube, allein schaffe ich es nicht. All die schrecklich armen Menschen. Das ist einfach zu viel für mein schwaches Nervenkostüm.«

»Aber gerade haben Sie noch genau das vorgehabt. Und Sie haben sich darauf gefreut.«

»Da habe ich mich auch noch besser gefühlt.« Sichtlich erschöpft ließ sich Marlene Radatz auf einen niedrigen, dreibeinigen Hocker, der in der Ecke des Geschäfts stand, sinken.

»Sie werdn den Ausflug net bereuen«, sagte Frau Sommer laut. Deutlich leiser wisperte sie über die Theke: »Das Fräulein schaut gar net gut aus. Seit sie kommen is, hat sich ihr Stimmung schon dreimal gändert. Einmal wills weinen, dann lacht sie wieder. I glaub, die hat a Problem.«

»Das glaube ich auch«, brummte Anton.

Wieder laut sagte Frau Sommer: »Die Kirche is vom Otto Wagner. Die is sehr schön.« Und danach wieder im Flüsterton: »Ich mach ma große Sorgen um das Fräulein.«

Nur zu gern hätte Anton geantwortet, dass es Frau Sommer freistand, mit Fräulein Radatz zu den Steinhofgründen zu fahren, aber er schluckte seine Bemerkung hinunter. Der Anblick der jungen Frau rührte ihn. Marlene Radatz saß in sich zusammengesunken auf dem Hocker und vermittelte den Eindruck völliger Verzweiflung. Wie ein Häufchen Elend begann sie nun auch noch zu zittern. Unmöglich konnte Anton sie allein lassen. Würde ihr etwas zustoßen, Anton könnte es sich nicht verzeihen.

»Ich werde Sie begleiten«, gab er sich geschlagen.

Sofort änderte sich Marlene Radatz' Miene wieder. Hatte sie eben noch ausgesehen, als wollte sie sich von der nächsten Donaubrücke stürzen, lachte sie nun übers ganze Gesicht.

Frau Sommer hielt Anton die Schokoladenrosinen entgegen. »Nehmen S' ruhig mehr davon«, bot sie großzügig an. »Und noch ein Stückerl vom Türkischen Honig. Sie werden's brauchen.« In leisem Tonfall fügte sie hinzu: »Am besten, Sie lassen des Fräulein glei im Gugelhupf. Die is net ganz gsund im Kopf.«

Zum Glück hatte Marlene Radatz das Geschäft bereits verlassen und wartete vor der Tür auf Anton. Sie hatte die Worte der Verkäuferin nicht gehört.

ACHTUNDZWANZIG

Gemeinsam mit Fräulein Radatz spazierte Anton zum Ring des 12. November. Vor dem Krieg hatte der Abschnitt des Prachtboulevards vor dem Parlament Franzensring geheißen. Die meisten Wiener nannten ihn immer noch so. Nur die wenigsten wollten den Tag der Ausrufung der Österreichischen Republik mit einem Straßennamen ehren. Er führte schmerzlich vor Augen, dass aus der riesigen Donaumonarchie eine winzige Republik geworden war. Anton hatte weder mit dem Namen noch mit der Größe Österreichs Schwierigkeiten. Im Augenblick war sein Problem weiblich und redete wie ein Wasserfall auf ihn ein. Er bemitleidete sich selbst. Der Weg zu den ehemaligen Steinbrüchen und Steinlagern, auf deren Gelände sich heute die größte und modernste Nervenheilanstalt des Landes befand, war sehr weit. Zuerst mussten sie die Straßenbahnlinie 46 bis zur Endstation nehmen und dann mit der Linie 47 bis zur letzten Haltestelle fahren.

Nach einer gefühlten Ewigkeit, in der Marlene Radatz in einer Endlosschleife immer wieder dieselben Themen behandelte, nämlich ihre Schlafprobleme und ihren labilen Nervenzustand, hatte die Straßenbahn schließlich ihr Ziel erreicht. Anton und Fräulein Radatz waren die letzten Fahrgäste. Der Schaffner, der in seiner Kabine im Wageninneren eingenickt war, wachte wieder auf und rief: »Endstation, bitte alle aussteigen!«

Nur zu gern folgte Anton seinen Anweisungen. Obwohl er sein ganzes Leben lang in Wien verbracht hatte, war er noch nie an diesem entlegenen Ort der Stadt gewesen.

»Die Kirche von Otto Wagner steht dort hinten«, sagte Marlene Radatz. Das weiße Gebäude am anderen Ende der Parkanlage war mit seiner goldenen Kuppel nicht zu übersehen. Über dem Eingang und den Säulen rechts und links davon befanden sich ebenfalls goldene Ornamente, die griechisch anmuteten.

Der Bau hätte genauso gut in der Innenstadt stehen können, neben der Secession oder dem Musikvereinssaal. Anton war beeindruckt, aber für einen Besuch der Kirche war keine Zeit, denn Fräulein Radatz drängte ihn zum Hauptgebäude der Nervenheilanstalt. Sie passierten ein Häuschen, in dem ein Portier saß. Der Mann kannte Marlene Radatz und winkte sie vorbei. Die Anlage war wie eine weitläufige Siedlung gebaut und lag in einem malerischen Wäldchen. Genau wie Dr. Kandel gesagt hatte, befanden sich die Patientenzimmer in einzelnen Pavillons. Zwischen den niedrigen Gebäuden luden Gehwege und eine parkähnliche Anlage zum Flanieren ein. Dennoch unterschied sich der Garten von anderen. Zum einen war er von einer hohen, schier unüberwindbaren Steinmauer umgeben, zum anderen war er fast gespenstisch leer. Nur hier und dort eilte eine Krankenschwester in weißer Uniform von einem zum anderen Gebäude.

So als könnte sie Antons Gedanken lesen, sagte Marlene Radatz: »Um diese Zeit sind die Patienten beim Mittagsschlaf.«

»Alle schlafen?«

»Ich glaube schon.« Sie hakte sich bei Anton unter und wirkte auf einmal wieder sehr niedergeschlagen.

Ob sie selbst Zeit als Patientin in einem der Pavillons verbracht hatte? Anton wagte nicht, sie danach zu fragen. »Was genau haben Sie denn jetzt mit all den Süßigkeiten vor?«

»Die gebe ich bei der Krankenschwester beim Empfang ab.«

»Das ist alles?« Anton blieb stehen.

»Ja, natürlich. Was haben Sie denn gedacht? Ich kann doch nicht wie der heilige Nikolaus durch die Anstalt laufen und jeden, der mir begegnet, beschenken.«

Eigentlich hatte Anton genau das angenommen. Mit einem Mal kam er sich sehr einfältig vor.

»Um vier habe ich meinen Termin mit meinem Arzt. Würden Sie so lange mit mir warten? Ich finde es jedes Mal furchtbar deprimierend, allein im Park herumzusitzen. Jetzt ist niemand hier, aber bald kommen die Patienten wieder, und ihr Anblick ist kaum zu ertragen.«

Anton schaute auf seine Taschenuhr. Es war halb vier. Er gab sich geschlagen. Jetzt, wo er schon mal hier war, konnte er genauso gut die restliche halbe Stunde mit Fräulein Radatz auf einer Parkbank verbringen. Sie suchten nach einem schattigen Platz und setzten sich unter eine der alten, knorrigen Eichen. Eine leichte Brise bewegte die Blätter, die sich bereits an einigen Stellen gelblich färbten.

»Es ist genau wie in der Anfangsszene des Films, den wir auf der ›Jupiter‹ gesehen haben«, sagte Marlene Radatz. »Können Sie sich erinnern?«

Die erste Hälfte des Films war Anton noch sehr lebhaft im Gedächtnis, mit dem Ende verhielt es sich anders. Der Film hatte mit einem Gespräch zwischen zwei Männern im Garten einer Irrenanstalt begonnen.

»Ich hoffe, Ihr Arzt ist kein Dr. Caligari«, bemerkte er scherzhaft.

»Oh, mein Gott!« Marlene Radatz griff sich an ihren ausladenden Busen. »Das wäre schrecklich. Ich wünschte, Dr. Kandel würde mich wieder behandeln.«

Anton verkniff sich seine Antwort. Fräulein Radatz kannte seine Meinung zu diesem Thema.

»Ich habe versucht, ihn während der Reise zu überreden«, gestand sie. »Aber es ist mir nicht gelungen.«

»Wann haben Sie denn mit ihm gesprochen?« Anton hatte die beiden nie zusammen gesehen. Zum einen, weil Fräulein Radatz die Nähe des Arztes gemieden hatte, zum anderen, weil auch er ihr ausgewichen war, sobald sie den Raum betreten hatte.

»Zuerst habe ich es in der Nacht nach der Filmvorführung probiert.«

Anton erinnerte sich wieder, dass er den aufdringlichen Geruch ihres Parfums in der Nase gehabt hatte, als er selbst wegen der Übelkeit an Deck gegangen war. »Sie haben ihn in seiner Kabine aufgesucht?«

»Ich wollte. Ich habe an seiner Tür geklopft, doch er hat nicht geöffnet. Also bin ich wieder gegangen. Ich habe es am folgenden Tag noch einmal probiert. Nach unserem Gespräch im Café Gerbeaud war mir klar geworden, dass er der beste Arzt war, den ich je hatte.«

»Haben Sie mit ihm gesprochen?«

»Er hat mir geöffnet, mich aber sofort wieder weggeschickt. Er wollte sich meine Bitte nicht einmal anhören.« Marlene Radatz schniefte. Sie öffnete ihre kleine Handtasche und suchte nach einem Taschentuch, mit dem sie sich die Nase abtupfte.

»Ich glaube, er hat jemand anderen erwartet.«

»Wie kommen Sie auf diese Idee?«

Marlene Radatz zuckte mit den Schultern. »Ich weiß es nicht. Es ist einfach ein Gefühl. Er wirkte enttäuscht.«

»Ich nehme an, dass Sie wieder gegangen sind.«

»Ja, ich war sehr niedergeschlagen. Auf dem Weg in meine Kabine bin ich einem Burschen begegnet, der bei den Rettungsbooten gestanden und geraucht hat. Ich war so verzweifelt, dass ich ihn um eine Zigarette gebeten habe. Rauchen beruhigt meine Nerven.«

»Hat die Zigarette gewirkt?«, wollte Anton wissen.

»Der Mann hat behauptet, dass er keine mehr hat. Aber in seiner Hosentasche steckte eine angebrochene Packung. Ich habe es genau gesehen. Er wollte mir keine geben. Ein gieriger kleiner Mann mit ungarischem Akzent und einer lächerlichen Kochmütze am Schädel.«

»Sie haben Peter Urban gesehen, die Küchenhilfe, die sich kurz danach das Leben genommen hat?«

Entsetzen machte sich auf Marlene Radatz' Gesicht breit. »Um Himmels willen«, sagte sie betroffen. »Daran habe ich gar nicht gedacht. Glauben Sie, dass er, kurz nachdem ich gegangen bin, ins Wasser gesprungen ist?«

»Hat er denn gewirkt wie ein Mann, der sich das Leben nehmen wollte?«

»Oh, mein Gott!« Sie stöhnte, ihre Augen füllten sich mit Tränen. »Ich habe seine Not nicht erkannt. Aber er sah nicht verzweifelt aus, das müssen Sie mir glauben.«

»Natürlich glaube ich Ihnen.«

»Ich selbst war mit Sicherheit trauriger und aufgewühlter als er.« Sie prustete lautstark in ihr Taschentuch. »Denken Sie, ich hätte das Unglück verhindern können? Bin ich schuld am Tod des armen Mannes?«

»Aber nein«, beruhigte sie Anton. »Man kann in Menschen nicht hineinschauen. Wie hätten Sie ahnen sollen, was er vorhatte?«

In dem Moment schlug die Glocke der Kirchturmuhr.

»Ach du Schreck.« Marlene Radatz sprang auf. »Ich muss gehen. Meine Sitzung beginnt gleich.«

Sie wirkte völlig aufgelöst. Ihre Bewegungen waren fahrig, und ihre Augenlider flatterten vor Aufregung. Anton war froh, dass sie sich gleich in die Hände eines Nervenspezialisten begab.

»Auf Wiedersehen.« Sie lief trotz ihrer hohen Stöckelschuhe in einem erstaunlichen Tempo auf das lang gestreckte Gebäude zu. Zu spät bemerkte Anton, dass sie ihren Korb mit den Süßigkeiten auf der Bank zurückgelassen hatte.

»Fräulein Radatz«, rief er, doch sie hörte ihn nicht mehr.

Also nahm Anton den Korb und überlegte, was er damit tun sollte. Am besten, er gab ihn beim Empfang ab. Anton ging über den Kiesweg zum Eingang. Ein paar Stufen führten nach oben. Sobald er die Eingangshalle betreten hatte, umgaben ihn spitalstypische Gerüche nach Desinfektionsmittel, Tee und Urin. Anton hasste die Mischung, die Erinnerungen an Feldlazarette und Sterbende in ihm wachrief.

Hinter einem Empfangstresen sortierte eine mürrisch dreinschauende Krankenschwester Papiere in einen Ordner. Obwohl sie Anton bemerkt haben musste, sah sie von ihrer Arbeit erst auf, als er sich laut räusperte.

»Was wollen Sie?«, herrschte sie ihn unfreundlich an.

Schon wollte Anton wieder gehen und den Korb an einer anderen Stelle abgeben. Doch dann erinnerte er sich daran, dass es nicht sein Korb war, sondern der von Fräulein Radatz. »Ich möchte eine Spende für die Patienten abgeben.«

»Unsere Patienten brauchen keine Spenden.«

»Der Korb ist voll mit Süßigkeiten ...« Weiter kam er nicht, denn er wurde von einem lauten, eintönigen Schreien unterbrochen. Anton fuhr erschrocken herum. Ein Pfleger schob aus einem Nebenraum eine junge Frau in einem Rollstuhl. Sowohl ihre Hände als auch ihre Füße waren an den Stuhl angebunden. Sie wippte plärrend mit dem Oberkörper vor und zurück. Das kurz geschorene Haar stand ihr vom Kopf ab. Blutspuren befanden sich auf ihrer Wange.

»Glauben Sie wirklich, unsere Patienten brauchen Süßigkeiten?«, fragte die Krankenschwester.

»Der Korb ist ein Geschenk von Fräulein Radatz. Sie ist gerade hereingekommen. Die junge Frau ist eine Patientin von einem Ihrer Ärzte.« Anton wandte schnell den Blick von der Frau im Rollstuhl ab, doch auch der nächste Patient, der an der Hand einer Krankenschwester den Empfangsraum betrat, machte einen erbärmlichen Eindruck. Sein zahnloser Mund stand offen, auf dem kahl geschorenen Kopf zeigten sich mehrere verkrustete Wunden. Der Mann war so dürr, dass sich seine Schulterknochen durch sein Hemd bohrten.

»Die Menschen, die bei uns leben, sind unheilbar krank«, erklärte die Krankenschwester kalt. »Süßigkeiten können ihre Leiden nicht lindern.«

»Weder die Bonbons noch das Nougat sind als Medikamentenersatz gedacht«, sagte Anton. Die unhöflichen Worte der Krankenschwester machten ihn ärgerlich. »In der Anstalt wohnen doch sicher auch Patienten, denen man ihr schweres Los mit dem Geschmack von Vanille und Honig ein bisschen versüßen kann.«

»Pah«, schnaufte die Krankenschwester. »Glauben Sie wirklich, dass die irgendwas mitbekommen? Schauen Sie sich doch um.«

Sie zeigte auf eine etwa Fünfzigjährige, die in einem Korbsessel beim Fenster saß. Ihre Körperhaltung war verkrampft. Der dürre rechte Arm seitlich weggestreckt, die Finger schmerzhaft ineinander verknotet. Still und teilnahmslos starrte sie in den Garten.

»Maria kann weder reden noch gehen. Statt zu sprechen, grunzt sie wie ein Tier. Was soll die arme Kreatur mit sauren Drops anfangen?«

»Vielleicht schmecken sie ihr.«

»Und selbst wenn es so wäre, sie würde es gar nicht mitbekommen.«

Anton hoffte inständig für die Patienten in der Anstalt, dass nicht alle Pflegerinnen so dachten wie die unfreundliche Frau am Empfang.

»Sie können den Korb da stehen lassen«, sagte sie mit gierigem Blick und klopfte energisch auf die Theke. »Wir werden schon irgendeine Verwendung dafür finden.«

Anton konnte sich gut vorstellen, wo die Süßigkeiten landen würden. Er hielt den Korb mit beiden Händen fest, als gelte es, ihn zu verteidigen.

Noch einmal richtete er seine Aufmerksamkeit auf die Frau im Korbsessel. Trotz der verzerrten Gesichtszüge kam sie ihm bekannt vor. Sie erinnerte ihn an jemanden, dem er in den letzten Tagen begegnet war. Aber an wen?

Langsam näherte er sich der Geisteskranken.

»He, was ist jetzt mit dem Korb?«, rief ihm die Krankenschwester nach.

»Den gebe ich Fräulein Radatz zurück, wenn ich sie wiedersehe.«

»Dann eben nicht!« Die Antwort war ein beleidigtes Keifen.

Anton ging zum Ausgang. Er sah noch einmal zu der Frau im Korbsessel und hätte sich ohrfeigen können, ob seines lausigen Gedächtnisses.

In Gedanken versunken verließ er das Gebäude und trat wieder in den Park. Der junge Mann, der völlig unerwartet auf ihn zustürmte, hätte ihn beinahe umgerammt. Zum Glück konnte Anton sich an einer der Säulen festhalten. Erschrocken schaute er in zwei schräg stehende Augen. Aus dem Mund seines Angreifers tropfte Speichel. Der Mann war klein und dick. Sowohl seine Hände als auch seine Füße wirkten winzig im Verhältnis zu seinem Körper. Er lächelte Anton an und umarmte ihn innig. Eine ältere Frau folgte ihm. »Alois, bleib stehen«, forderte sie energisch. Der junge Mann reagierte nicht. Erst als sie ihn am Oberarm fasste und von Anton wegzerrte, schien er sie zu hören.

»Bitte entschuldigen Sie. Alois liebt Süßes. Manchmal glaube ich, dass er Süßigkeiten auf mehrere Meter Entfernung riechen kann. In Ihrem Fall hat er die Bonbonverpackung aus dem Korb blitzen sehen.«

Anton sah nach unten. Tatsächlich lugten verschiedene Papiersäckchen aus dem Korb. Erstaunlich, dass der junge Mann sie sofort erkannt hatte.

»Bitte schön«, sagte er und reicht ihm den ganzen Korb.

»Sie schenken ihm den ganzen Korb?«, fragte die Frau. Wahrscheinlich war sie eine Verwandte, vielleicht die Mutter, die ihren Sohn in der Nervenheilanstalt besuchte.

»Ja, der Korb gehört ihm.« Anton richtete seine Worte direkt an den jungen Mann. »Essen Sie nicht alles auf einmal. Vielleicht wollen Sie einen Teil verschenken.«

Alois nickte ernst. »Ich geb der Rosi und dem Peter was ab«, sagte er mit überraschend verständlichen Worten.

»Aber teilen Sie auf gar keinen Fall mit der Krankenschwester am Schalter«, flüsterte Anton.

Ein verstehendes Grinsen breitete sich auf Alois' Gesicht aus. Es reichte von einem zum anderen Ohr. Glücklich drückte er den Korb gegen seine Brust, so als handelte es sich um einen kostbaren Schatz.

»Ich schleich mich an ihr vorbei«, sagte er spitzbübisch. Damit war Anton zufrieden. Als er sich zum Gehen drehte, fasste Alois erneut nach ihm und zog ihn zu sich. Rasch drückte er ihm einen Kuss auf die Wange. Noch bevor seine Mutter sich entschuldigen konnte, befreite sich Anton aus der Umarmung, floh regelrecht aus dem Park und eilte zurück zur Straßenbahn. Fürs Erste hatte er genug von Steinhof.

NEUNUNDZWANZIG

Ernestine saß in der Laube im Hinterhof und schnitt die fauligen Stellen der Marillen heraus, bevor sie die Früchte zerkleinerte und in einen großen Topf warf.

»Wo sind denn die Marillen her?«, fragte Anton. Ein betörend aromatischer Duft hing in der Gartenlaube.

»Frau Gerstner vom Nachbarhaus hat sie vorhin vorbeigebracht. Ihre Schwester und ihr Schwager haben einen Obstgarten in der Wachau. Die haben ihr so viele Früchte geliefert, dass sie gar nicht weiß, was sie damit anfangen soll.«

»Wie kann man zu viele Marillen haben?«

»Leider sind die Früchte zu weich, um Knödel damit zu füllen. Aber für Marmelade sind sie geradezu perfekt. Heide hat mich gebeten, ihr zur Hand zu gehen, da sie in der Apotheke beschäftigt ist.«

»Ich weiß.« Antons Gesicht verfinsterte sich. Eben hatte er eine heftige Diskussion mit seiner Tochter geführt, die gerade dabei war, die Gläser im Apothekerschrank neu zu ordnen. Sie war der Meinung, dass die Medikamente zuerst nach Themen und dann erst nach dem Alphabet gereiht werden sollten.

»Warum soll ich Hühneraugensalben durchsuchen, wenn ich ein Reinigungsmittel für Prothesen brauche?«, hatte sie ihn gefragt.

Anton war beleidigt gegangen. Er sah keinen Grund dafür, etwas zu ändern, was sich jahrhundertelang bewährt hatte.

Mit Ernestine brauchte er darüber nicht zu diskutieren, sie teilte Heides Meinung. Erst neulich hatte sie ihm gesagt: »Die Welt verändert sich und wir uns mit ihr.«

»Kosten Sie doch eine der Marillen.« Ernestine hielt ihm eine entkernte Frucht entgegen.

Augenblicklich entspannten sich Antons Gesichtszüge wieder. Er ließ sich auf einen der grünen Holzstühle plumpsen und griff nach dem zweiten Messer, das unbenutzt am Tisch lag.

»Wie schön, dass Sie mir helfen wollen. Rosa hat schon nach fünf Minuten aufgegeben. Eines der Nachbarskinder hat sie zum Spielen geholt.«

Das konnte Anton verstehen. Er griff in den Kübel mit Marillen.

»Ich habe darüber nachgedacht, was Sie mir über den Ausflug nach Steinhof erzählt haben«, sagte Ernestine. »Ich finde, Marlene Radatz hat den Beweis dafür geliefert, dass Peter Urban nicht freiwillig über Bord gegangen ist.«

Anton ließ eine ausgeschnittene Frucht in den Topf wandern und nahm die nächste Marille. »Wenn Fräulein Radatz behauptet, dass die Küchenhilfe nicht verzweifelt gewirkt hat, muss das nicht unbedingt stimmen«, sagte er vorsichtig. Er hatte die Gefühlsschwankungen der jungen Frau miterlebt und wusste, wie labil sie war. Durchaus möglich, dass sie Dinge in einer Form wahrnahm, die anderen Menschen befremdlich erschien.

»Das mag schon sein, aber warum hätte Peter Urban ihr keine Zigarette geben sollen? Was hätte er damit noch anfangen wollen? Sie am Grund der Donau rauchen?«

Erst letzte Woche hatte Anton Rosa eine Geschichte über ein Donauweibchen vorgelesen. Das Bild der grünen Fischfrau tauchte nun vor seinem inneren Auge auf. Neben dem Weibchen saß ein rauchender Mann. Er schüttelte den Kopf, um das absurde Bild wieder loszuwerden.

»Ich glaube, dass Peter Urban vor dem Rettungsboot auf seinen Mörder oder seine Mörderin gewartet hat«, sagte Ernestine. »Natürlich wusste er nicht, was ihn erwarten würde.«

»Aber wer soll den Mann getötet haben und warum?«

»Im Grunde kann jeder Peter Urban erschlagen haben. Sogar Karoline Gardner kann es gewesen sein, denn wir wissen, dass sie in Wirklichkeit aufstehen und herumspazieren kann. Und was das Warum betrifft: Entweder hat es mit dem Päckchen zu tun, das er in Wien übernommen hat. Oder aber er wusste etwas, das unserem Mörder unangenehm war. Vielleicht hat er ihn deshalb zum vereinbarten Platz bestellt, gewartet, bis der Mann ihm den Rücken zukehrt, was bei einem Raucher, der sich über die Reling beugt, sehr wahrscheinlich ist, und dann hat er, zack, mit dem Ruder des Rettungsbootes zugeschlagen.« Ernestine sah Anton triumphierend an.

»Also, ich weiß nicht. Das Ganze klingt sehr abenteuerlich.«

»Natürlich kann sein Tod mit dem Päckchen *und* gefährlichem Wissen zu tun haben. Leider fehlen uns in jedem Fall die Beweise.« Ernestine wischte sich die klebrigen Hände an der Schürze ab, die sie umgebunden hatte. »Dr. Kandel könnte uns sagen, wann Marlene Radatz bei ihm gewesen ist. Wenn wir den Zeitpunkt kennen, können wir bestimmte Personen ausschließen.«

Sie kaute nachdenklich auf ihrer Unterlippe. Anton kannte diesen konzentrierten Gesichtsausdruck nur zu gut, ihr Gehirn arbeitete gerade auf Hochtouren.

»Ich glaube, dass der Mörder von Peter Urban und der Mörder von Graf von Jesenky ein und dieselbe Person ist.« Sie sah Anton herausfordernd an. »Wer auf dem Schiff hatte ein Motiv, Graf von Jesenky zu ermorden?«

Anton dachte nach. »Seine Familie und Andrej Hodul, die wollten das Grundstück für die Fabrik, Dr. Kandel hatte ein Motiv, denn von Jesenky hat ihn um sein Erbe gebracht, Hubert Radatz hätte ebenfalls Grund gehabt, sich zu rächen, Mila Marinkovic hat nach seinem Tod ein ordentliches Erbe bekommen, Karl Klavaner …« Er brach ab, es war erschreckend, wie viele vom Tod dieses Mannes profitierten.

»Sogar Karoline Gardner und ihre Gesellschafterin hätten indirekt ein Motiv. Denn durch seinen Tod kann sich Gardner als Hellseherin profilieren, und das nutzt auch Erna Stein, die in ihrem Alter keine adäquate Anstellung mehr bekommen würde«, ergänzte Ernestine.

»Das Ehepaar Kattany hat kein Motiv.«

»Hm, zumindest kennen wir es noch nicht. Vielleicht haben sie etwas mit dem Päckchen zu tun. Hat Frau Kattany nicht erwähnt, dass ihr Schwiegersohn mit Pferden und Antiquitäten handelt? Eine reichlich sonderbare Kombination, finden

Sie nicht?« Ernestine rührte in den zerkleinerten Früchten im Topf. »An dem Abend, an dem wir den Film schauten, hatten Dr. Kandel und Theresa Hodul ein Lokal genannt, das beide regelmäßig besuchen.«

Anton hatte es nicht vergessen. Er hatte auf dem Schiff den Eindruck gehabt, dass Dr. Kandel die große Hoffnung hegte, Theresa Hodul dort irgendwann zu treffen.

»Das Schweizerhaus im Prater«, sagte er.

»Ich habe schon ewig keine Stelze mehr gegessen.«

Gegen ein Stück saftig gebratenes Fleisch mit Sauerkraut und Knödel hatte Anton nie etwas einzuwenden. »Im Schweizerhaus gibt es das beste frisch gezapfte Bier der Stadt.« Er freute sich.

Mit einem zufriedenen Lächeln schnitt Ernestine die letzten Marillen klein. Während Anton in Gedanken bereits bei Bier und Stelze einen der letzten Sommerabende genoss, schien Ernestine mit anderen Erwartungen in den Prater zu gehen.

»Vielen Dank für die Einladung«, sagte Erich Felsberg.
Während Ernestine, Anton und Heide sich ein Glas Bier gönnten, begnügte Felsberg sich mit einem Himbeerkracherl. Rosa hatte ihre Limonade kaum angerührt. Sie war sofort zu den drei Musikern gelaufen, die im hinteren Teil des Gastgartens auf einem hölzernen Podest Schrammelmusik zum Besten gaben. Gemeinsam mit anderen Kindern tanzte sie zu den Klängen einer Gitarre, einer Geige und einer Ziehharmonika.

»Gern«, sagte Anton. »Ein Glück, dass wir reserviert haben.« Er blickte sich um. Der Gastgarten war voll, und alle Tische zwischen den alten, hohen Kastanienbäumen waren besetzt. Grund dafür war der laue Sommerabend, der Ende August wohl zu einem der letzten gehören würde, den man bis spät in die Nacht im Freien verbringen konnte.

Das Schweizerhaus war eine der beliebtesten Meiereien in Wien. Sein Name erinnerte an die Zeit, als der Prater noch Jagdrevier des Kaisers gewesen war. Erst 1766 hatte Joseph II, der Sohn Maria Theresias, das Gebiet für die Allgemeinheit geöffnet. Davor hatten Jagdhelfer aus der Schweiz eine Schutzhütte aus Holz errichtet, die dann nach 1766 zum Ausflugsziel der Wiener wurde.

»Es war eine wundervolle Idee, den Sonntag im Prater zu verbringen«, sagte Heide zufrieden. »Was würden wir ohne Sie und Ihre guten Einfälle nur machen, Fräulein Kirsch?«

Ernestine errötete und nahm einen Schluck aus ihrem Bierglas.

Sie waren bereits am frühen Nachmittag aufgebrochen und hatten eine Bootsfahrt auf einem der alten Kanäle unternommen, die vom einstigen »Venedig in Wien« noch vorhanden waren. Danach folgte ein Spaziergang, der sie am Buschkino vorbeigeführt hatte, dem größten Lichtspielpalast der Stadt. Der riesige Kuppelbau bot einem sechzigköpfigen Orchester und bis zu eintausendachthundert Zuschauern Platz. Schließlich gelangten sie in den Wurstelprater, jenes Vergnügungsviertel, dem der Volksschauspieler Joseph Stranitzky mit seiner Figur »Hanswurst« den Namen gegeben hatte. Rosa hatte mit dem wichtigsten Bauwerk, dem Riesenrad, fahren wollen. Aber selbst sechsundzwanzig Jahre nach der feierlichen Eröffnung des Denkmals, das anlässlich des fünfzigsten Thronjahres von Kaiser Franz Joseph errichtet worden war und ein Jahr vor dem eigentlichen Jubiläum in Betrieb ging, verlangten die Betreiber des Riesenrades astronomisch hohe Preise für eine Fahrt in einer der roten Gondeln. Stattdessen hatte Rosa dreimal auf der großen Wippe geschaukelt und danach so lange gebettelt, bis Anton ihr einen kandierten Zuckerapfel gekauft hatte, den er, nachdem sie dreimal abgebissen hatte, selbst aufgegessen hatte.

»Es freut mich, dass es ein so schöner Ausflug geworden ist«, stimmte Ernestine zu. Bis jetzt hatte sie sich mit ihren Fragen zurückgehalten, aber jetzt, da Rosa außer Hörweite war, wollte sie unbedingt wissen, was Erich Felsberg über den Stand der Ermittlungen auf der »Jupiter« zu berichten hatte. »Wird man den Tod des Grafen näher untersuchen?«, platzte sie hervor.

Alle drei am Tisch grinsten.

»Was ist daran so witzig?«

»Wir haben uns gefragt, wie lange Sie es wohl aushalten würden, bis Sie diese Frage stellen«, sagte Anton.

»Wirklich?«

Er nickte und legte seine Hand auf ihre. »Sie haben sich tapfer geschlagen, meine Liebe.«

Erneut schoss Farbe in Ernestines Wangen. »Also wirklich –«, begann sie empört. Aber Erich Felsberg ließ sie nicht weitersprechen.

»Leider wird Ihnen meine Antwort nicht gefallen. Es wird keine Untersuchungen geben. Vorgestern fischte man Peter Urbans Leiche aus der Donau. Sie wurde oberhalb von Budapest an Land gespült. Ein Fischer hat sie in den frühen Morgenstunden gefunden. Damit scheint bewiesen zu sein, dass Urban Selbstmord begangen hat. Man nimmt an, dass er sich das Leben genommen hat, weil er mit seiner verdorbenen Fischsuppe den Tod des Grafen verschuldet hat.«

»Ich kann nicht glauben, dass man sich mit dieser Antwort zufriedengibt.«

»Urban war kein unbeschriebenes Blatt«, fuhr Felsberg fort. »Laut ungarischer Polizei hat er versucht, in Budapest ein gestohlenes Diamantenarmband zu verkaufen.«

»Das Päckchen, das er in Wien übernommen hat. Ich wusste, dass damit etwas nicht stimmte.«

Ernestine beantwortete Felsbergs fragenden Blick mit einer ausführlichen Erklärung.

»Ist es ihm gelungen, das Armband zu verkaufen?«, fragte sie dann.

»Nein, er hat das Schmuckstück erneut an Bord genommen und in seiner Kabine versteckt. Unsere Männer haben es sicherstellen können. Seit gestern ist das Armband wieder bei seiner rechtmäßigen Besitzerin.«

»Wenigstens das ist gelungen.«

»Nicht nur das, wir konnten auch seinen Komplizen dingfest machen. Der Bursche wird seit Monaten gesucht und hat nicht nur das Armband, sondern auch drei Ringe einer Generalswitwe gestohlen.«

Ernestine verzog den Mund. Ihr Interesse galt Peter Urban und nicht seinem Komplizen. »Hatte Urbans Leiche irgendwelche Verletzungen?«

»Eine Wunde am Hinterkopf sowie andere Schürf- und Stoßwunden. Man vermutet, dass sie durch den Sturz gegen Steine oder andere harte Gegenstände verursacht wurden.«

»Eine Wunde am Hinterkopf?« Ernestine stieß lautstark Luft aus. »Wie soll er denn bitte ins Wasser gesprungen sein? Es ist doch offensichtlich, dass ihm jemand mit einem Gegenstand eins übergezogen hat.«

»Die ungarischen Kollegen sehen das anders. Ebenso die Polizei in Wien.«

»Aber das stimmt doch alles nicht!«, rief Ernestine aufgebracht und erinnerte daran, dass man sie beim Entdecken der Blutlacke niedergeschlagen hatte.

»Der Fall ist abgeschlossen«, bedauerte Felsberg. »Die Familie hat keinerlei Einwände gegen die Ermittlungsergebnisse erhoben.«

»Natürlich nicht«, schnaufte Ernestine empört. »Die sind allesamt froh, dass sie den alten Mann los sind.«

Ein Kellner mit einer langen dunkelblauen Schürze über einem karierten Hemd balancierte auf einem Arm ein riesiges Tablett. Unter seinen eiligen Schritten knirschte der Kies. Er kam zu ihrem Tisch. »Dreimal Stözn mit Sauerkraut und Knedel und zwamal die Frankfurter mit Senf und Kren?«

»Ja, das haben wir bestellt«, bestätigte Anton.

Schwungvoll platzierte der Kellner die Speisen auf dem Tisch. »An guaden Appetit«, wünschte er und lief wieder zurück zur Küche. Jeder einzelne Teller wog schwer. Es war erstaunlich, dass der Mann gleich fünf davon tragen konnte.

»Ich werde Rosa holen, damit ihre Würstel nicht kalt werden.« Anton stand auf und ging zu den Musikern.

Als er weg war, fuhr Ernestine aufgeregt fort: »Man muss doch irgendetwas unternehmen können. Schließlich läuft ein Mörder frei herum.«

»Wir haben keinerlei Beweise. Sie selbst haben auch keinen Verdacht, wer Graf von Jesenky ermordet haben könnte«, sagte Felsberg. »Alles, was Sie haben, ist ein Stück Faulbaumrinde.«

»Und die Tatsache, dass mir jemand mit einem Prügel über den Kopf geschlagen hat.« Ernestine hatte ihren Turban zwar wieder abgelegt, aber die Beule auf ihrem Hinterkopf erinnerte sie jeden Morgen vor ihrem Frisiertisch an den unliebsamen Vorfall.

»So leid es mir tut«, Felsberg bemühte sich um die richtigen Worte, »alle anderen am Schiff behaupten, Sie wären ausgerutscht.«

»Ich bin nicht ausgerutscht!«

Ernestine hatte sichtlich Probleme, sich zu beruhigen. Ihr

Gesicht war vor Aufregung gerötet, als Anton und Rosa zum Tisch kamen.

»Ich habe gar keinen Hunger«, jammerte Rosa.

»Du musst nicht alles aufessen«, sagte Heide. »Nur ein paar Bissen, damit du später nicht hungrig bist, wenn wir wieder zu Hause sind.«

»Ich glaube, dass niemand diese Portionen aufessen kann.« Stirnrunzelnd schaute Erich Felsberg auf seinen Teller. Eine riesige Stelze, Sauerkraut und zwei Knödel lagen darauf. Selbst Anton fühlte sich diesen Mengen nicht gewachsen.

»Der Graf hätte alles aufgegessen«, murmelte Ernestine leise.

»Wie bitte?«

»Mir ist gerade eingefallen, dass der Graf nie etwas zurückgeschickt hat«, sagte Ernestine nachdenklich.

Sie erntete Verständnislosigkeit. Dann widmeten sich alle ihren Speisen. Kaum hatte Rosa eines ihrer Würstel gegessen, sprang sie schon wieder auf.

»Nimm dir wenigstens das Semmerl mit«, rief Heide ihr hinterher. Das Mädchen drehte um und schnappte nach dem knusprigen Gebäck, bevor sie wieder zurück zur Musik lief.

Ernestine hatte schon nach wenigen Bissen genug. »Ich werde den Rest einpacken lassen.« Sie sah sich nach dem Kellner um, konnte den kräftigen Mann aber nirgendwo entdecken. »Ist das da hinten nicht Theresa Hodul?«, fragte sie mit zusammengekniffenen Augen.

Die Sonne stand nun tief und tauchte den Gastgarten in ein weiches, spätsommerliches Licht. Anton folgte blinzelnd ihrem Blick. Er musste die Hand über die Augen halten, um besser zu sehen. Aber es bestand kein Zweifel, die junge Frau im hintersten Teil des Gartens, dort wo Rosa und ihre neuen Freunde zur Geigenmusik tanzten, war Theresa Hodul. Sie saß an einem Tisch mit drei anderen jungen Frauen. Vor dem Krieg wäre es noch undenkbar gewesen, dass unverheiratete Damen aus reichen, bürgerlichen Familien allein einen Sonntagabend in einem Lokal im Prater verbrachten. Diese neu gewonnene Freiheit war einer der wenigen Vorteile, die der Krieg mit sich gebracht hatte.

»Ja, das ist die junge Künstlerin.« Anton hatte Theresa Hodul an ihrem perfekt geschnittenen Pagenkopf und der unverkennbaren Zeichenmappe neben ihrem Sessel erkannt.

»Wollen wir hingehen und sie begrüßen?«, fragte Ernestine.

»Warum?«

»Weil wir höfliche Menschen sind.«

Anton lag auf der Zunge, dass er zwar höflich, aber nicht aufdringlich und im Moment vor allem hungrig war. Er schluckte seine Bemerkung mit einem Bissen Sauerkraut hinunter. Stattdessen meinte er: »Wenn ich jetzt aufstehe, wird meine Stelze kalt.«

»Aber die jungen Damen haben eben ihre Rechnung beglichen, sicher gehen sie gleich«, drängte Ernestine.

»Gehen Sie ruhig allein. Ich kann Fräulein Hodul von hier zuwinken.«

»Wie Sie meinen.« Schon schob Ernestine ihren Sessel zurück und marschierte los. Anton sah, dass sie gerade rechtzeitig den Tisch am anderen Ende des Gartens erreichte. Als Theresa Hodul Ernestine erkannte, nahmen alle vier Damen noch einmal Platz.

»Was für eine nette Überraschung!« Theresa Hodul schüttelte Ernestine kräftig die Hand. »Wir haben eben über Sie gesprochen.«

»Tatsächlich?«

»Ja, kommen Sie und setzen Sie sich, dann zeige ich Ihnen den Grund.«

Neugierig ließ sich Ernestine auf einem der Sessel nieder.

»Darf ich Ihnen meine Freundinnen Gabi Sülzenbach, Mia Meisel und Katharina Wintertur vorstellen?«

Freundlich nickte Ernestine den jungen Damen zu, deren Kleidung darauf schließen ließ, dass alle aus wohlhabenden Familien stammten.

»Eigentlich wollten wir gerade gehen«, sagte Theresa Hodul. »Aber so viel Zeit muss noch sein.«

Sie fegte die Bröseln von der Tischplatte, breitete ihre Mappe auf dem rot-weißen Tischtuch aus und holte eine Zeichnung hervor. Es war eine Szene, die sie während der Filmvorführung auf der »Jupiter« festgehalten hatte. Alle Anwesenden waren zu erkennen. Margarita Hodul mit ihrem Hut und dem Schleier vor dem Gesicht. Ihr Mann mit seinem Gehstock, der neben ihm lehnte, Karoline Gardner mit ihrem Turban und dem auffälligen Schmuck sowie die restlichen Passagiere. Alle starrten mehr oder weniger gebannt auf die Leinwand. Nur einer wirkte unbeeindruckt.

»Ich wusste, dass er geschlafen hat«, rief Ernestine empört.

Theresa Hodul und ihre Freundinnen lachten.

»Ich war mir sicher, dass Ihnen das Bild gefallen wird.«

»Darf ich es behalten?«, fragte Ernestine.

»Ja, natürlich.« Theresa Hodul reichte Ernestine das Zeichenpapier, entschuldigte sich aber gleichzeitig. »Auf der Rückseite habe ich ein paar Skizzen gemacht. Ich hoffe, die stören nicht.«

»Nein, keineswegs. Wie haben Sie es geschafft, sich gleichzeitig auf den Film zu konzentrieren und diese wundervolle Zeichnung anzufertigen?«

Die junge Frau zuckte mit den Schultern. »Das ist reine Übungssache. Bei manchen Motiven bewegt sich der Stift schier allein über den Block. Ich muss dabei nicht nachdenken. Es passiert einfach.«

»Sie haben großes Talent«, sagte Ernestine nicht zum ersten Mal. »Ich wünsche Ihnen von ganzem Herzen, dass Sie eines Tages Ihre Begabung auch beruflich nutzen können.«

»Das hoffe ich auch.« Theresa Hodul packte ihre Mappe wieder zusammen. »Eigentlich hatte ich gehofft, Dr. Kandel hier zu treffen. Er hat erwähnt, dass er öfter ins Schweizerhaus kommt.«

Ernestine blickte verlegen zu Boden. Sie hatte das Ausflugsziel aus diesem Grund gewählt.

»Er hat mir versprochen, dass er mich einem Bekannten vorstellen wird, der bei einer großen Tageszeitung arbeitet. Leider ist es ein linkes Blatt, weshalb es besser ist, wenn mein Vater nichts davon erfährt. Ich wollte Dr. Kandel vor dem Abend bei Madame Gardner treffen, um in Ruhe mit ihm reden zu können.«

»Madame Gardner?«, fragte Ernestine.

»Das stand auf der Einladung. Erinnern Sie sich nicht? Dieser schreckliche Abend, von dem meine Mutter sich so viel erhofft.«

Natürlich konnte Ernestine sich daran erinnern. Aber weder sie noch Anton hatten bisher Einladungen erhalten.

»Ich wünschte, wir wären der Frau nie begegnet«, schnaufte Theresa Hodul indigniert. »In meinen Augen ist es verantwortungslos, was sie macht. Sie spielt mit den Ängsten und der Trauer anderer Menschen und schlägt aus ihrer Verzweiflung Profit.«

»Vielleicht will sie wirklich helfen«, versuchte eine ihrer Freundinnen sie zu beruhigen. Sie war eine kleine, runde Frau mit einem freundlichen, aber einfältigen Lächeln. »Meine Tante trauerte jahrelang um ihren zweiten Ehemann, den sie abgöttisch geliebt hat. Sie hat nach seinem Tod einfach aufgehört zu essen. Ihr könnt euch nicht vorstellen, wie ausgezehrt sie aussah.«

Sie hielt beide Hände gegen ihre Wangen und zog sie ein. »Mein Bruder und ich haben uns versteckt, wenn sie uns besuchen kam. Sie sah aus wie ein wandelndes Skelett. Dann hat meine Mutter sie zu einer Hellseherin geschickt.«

»Und?«, fragte die junge Frau neben ihr.

»Madame Fifi redet jede Woche mit meinem verstorbenen Onkel, der meine Tante aus dem Jenseits grüßen lässt. Seither kann meine Tante wieder normal essen. Sie ist jetzt kugelrund.«

»Fürchtest du dich immer noch vor ihr?«

»Nein. Jetzt muss man höchstens Angst davor haben, dass sie den gesamten Nachtisch auffisst. Marinka, unsere Köchin, hält immer ein paar Portionen für mich und meinen Bruder zurück.«

Die jungen Frauen kicherten laut, doch Theresa Hodul wurde rasch wieder ernst. »Ich will nicht, dass diese Scharlatanin sich über die Gefühle meiner Mutter lustig macht.«

»Wer sagt dir denn, dass sie sich darüber lustig macht? Vielleicht glaubt sie wirklich, dass sie besondere Fähigkeiten hat«, ließ die Freundin nicht locker.

»Pah, die Frau hat nur eines im Sinn. Das Geld meiner Mutter.«

Ernestine widersprach nicht. »Wann findet die Séance denn statt?«, wollte sie wissen.

»Nächsten Mittwoch. Ich hoffe sehr darauf, dass Sie und Herr Böck kommen werden. Sie beide bringen eine gewisse …«, sie suchte nach dem richtigen Wort, »Normalität in die Runde.«

Ernestine fühlte sich geschmeichelt. »Wenn wir eine Einladung erhalten, kommen wir gern.«

»Können Sie mir Bescheid geben?« Theresa Hodul kramte in ihrer Tasche nach einem Visitenkärtchen und schob es Ernestine zu. Es war mit der Hand geschrieben. Theresa Hoduls Name, ihre Adresse und die Berufsbezeichnung »Karikaturistin und Zeichnerin« standen darauf.

»Ja, das mache ich gern«, sagte Ernestine, dann verabschiedete sie sich von den vier jungen Frauen.

Wieder zurück bei Anton, Heide und Erich Felsberg hielt sie Anton vorwurfsvoll Theresa Hoduls Zeichnung entgegen. »Hier ist der Beweise dafür, dass Sie den Film ›Das Cabinet des Dr. Caligari‹ verschlafen haben.«

»Ich habe nicht geschlafen«, verteidigte sich Anton. »Bloß hin und wieder die Augen geschlossen, es war unerträglich heiß in dem Raum.«

»Darf ich?« Heide nahm Ernestine das Blatt aus der Hand. Als sie ihren Vater erkannte, musste sie herzhaft lachen. »Papa, du schläfst. Das ist eindeutig zu erkennen.«

»Die junge Frau ist Karikaturistin, ihre Bilder leben von der Übertreibung.«

Heide lachte immer noch.

»Auf der Rückseite sind auch Zeichnungen«, bemerkte Erich Felsberg.

»Das sind Skizzen«, erklärte Ernestine.

Heide drehte das Blatt um. Nasen in unterschiedlichen Größen und Formen waren zu sehen, eine Hand, eine Tasche und ...»Papa, da sind deine Pfefferminzbonbons verewigt.«

»Wie bitte?« Ernestine trat hinter Heide und schaute über ihre Schulter.

»In dieser Sakkotasche steckt das gestreifte Papiersäckchen deiner Pfefferminzbonbons«, beharrte Heide.

Eine kleine Detailzeichnung zeigte den Teil eines Sakkos, auf der Tasche befand sich ein eingesticktes Monogramm: A.J. Die Tasche war ausgebeult, über den Rand hing ein Zipfel von Antons Pfefferminzbonbonsackerl.

»Ich glaube, dass es das Sakko von Graf von Jesenky ist.« Ernestine nahm Heide das Zeichenblatt ab und hielt es näher vor ihr Gesicht.»Was sagen Sie, Anton?«

Er nahm die Zeichnung entgegen und runzelte die Stirn. »Ich erkenne mein Pfefferminzbonbonsackerl, aber was das Kleidungsstück betrifft, da muss ich leider passen. Die Herrschaften auf dem Schiff waren, bis auf Erna Stein, für meinen Geschmack alle ein bisschen zu extravagant gekleidet.«

»Aber das ist mit Sicherheit das Sakko des Grafen. Er hat es während der Filmvorführung ausgezogen«, sagte Ernestine aufgeregt.»Drehen Sie das Blatt noch einmal um.«

Anton tat, was Ernestine verlangte. Er erkannte sowohl den Rauchsalon als auch die Gruppe wieder. Vielleicht war er wirklich eingenickt, denn soweit er sich erinnern konnte, hatte bei Beginn der Filmvorführung Theresa Hodul vor ihm gesessen. Auf der Zeichnung war der Stuhl leer. Die Künstlerin musste aufgestanden sein, um diese Zeichnung anzufertigen.

»Fräulein Hodul hat großes Talent. Sie schafft es, mit wenigen Strichen die wichtigsten Charakterzüge der Menschen einzufangen.«

»Ja, sie ist großartig«, stimmte Heide ihm zu. »Aber es gelingt ihr auch, kleine Details festzuhalten. Sieh nur das Muster auf diesem Mantel.«

»Der gehört Frau Kattany«, sagte Ernestine. »Es ist das weiße Stickmuster auf dem grünen Mantel. Ich erkenne es wieder.«

Anton schaute auf die Zeichnung. Seine Aufmerksamkeit galt keinem Kleidungsstück, sondern einem Gesicht. Er hatte ein ähnliches, mit beinahe denselben Zügen vor Kurzem in Steinhof gesehen.

Er würde es Ernestine sagen, aber erst später, denn jetzt kam Rosa angelaufen und forderte von ihm, dass er ein allerletztes Mal mit ihr zur großen Wippe ging.

»Bitte, bitte, bitte«, jammerte sie. »Es dauert sicher ein ganzes Jahr, bis wir wieder in den Wurstelprater kommen! Und danach können wir auch gleich nach Hause fahren.«

»Ist das ein Versprechen?« Anton wusste aus Erfahrung, dass Rosa gern den Zeitpunkt zum Heimkehren hinauszögerte.

Das Mädchen nickte ernst. Und so ließ sich Anton wieder einmal von seiner Enkeltochter um den Finger wickeln.

»Aber du musst allein in die Wippe.« Er hatte als Einziger seine ganze Portion aufgegessen und fühlte sich im Moment nicht in der Lage, mit Rosa zu schaukeln.

»Kein Problem«, sagte sie großzügig und lief schon mal voraus.

EINUNDDREISSIG

Ernestine saß auf einer der Holzbänke in der 47er und schaute aus dem Fenster. Ihr gegenüber hatten eine Frau und ein kleiner Junge Platz genommen. Seit sie eingestiegen waren, starrte der Junge Ernestine mit unverhohlener Neugier an. Zuerst hatte sie darauf gewartet, dass seine Mutter ihn deshalb ermahnen würde, aber die Frau las seelenruhig in einem billigen Schundroman. Bei der Station Spiegelgrundstraße streckte der Junge Ernestine die Zunge entgegen.

»Ich bin beeindruckt«, sagte sie anerkennend. »Du kannst deine Zunge zu einer Spitze formen. Verrätst du mir, wie das geht?«

Seine Mutter blickte finster von ihrem Buch auf. »Was gibt's denn schon wieder?«

»Ich hab gar nichts gemacht«, beeilte sich der Junge zu sagen. Dabei liefen seine abstehenden Ohren dunkelrot an.

»Hat er was Dummes gemacht?«, fragte die Mutter. Ihre Stimme klang genervt und verärgert.

»Ich denke nicht.«

»Warum reden Sie meinen Ernsti dann an?«

»Weil er ein netter Junge zu sein scheint, und die Fahrt in der Straßenbahn ohne Buch furchtbar langweilig ist.« Ernestine bemühte sich, freundlich zu klingen.

»Pf, Leut gibt's«, murmelte die Frau konsterniert und widmete sich wieder ihrem Buch.

Nach einer Weile beugte sich der Junge zu Ernestine. »Können das wirklich nur wenige Menschen?«

»Ich schwöre es dir«, sagte Ernestine und hob dabei Zeige- und Mittelfinger der rechten Hand.

Die Lippen des Jungen formten ein breites Lächeln. Er richtete sich auf und wirkte mit einem Mal zufriedener. Kurz vor der Endstation stiegen er und seine Mutter aus. Die mürrische Frau zog ihren Sohn grußlos hinter sich her, doch der

Junge winkte Ernestine freundlich zum Abschied zu. Sie grüßte zurück.

Schon bei der nächsten Station musste auch sie den Wagon verlassen. Ernestine kletterte aus der Straßenbahn und sah sich interessiert um. Das lang gestreckte Gebäude vor ihr, das eingebettet in einem kleinen Wäldchen lag, musste die Nervenheilanstalt sein. Davor stand ein niedriges Portierhäuschen, das es zu passieren galt.

»Zu wem wolln S' denn?«, fragte der Mann in Uniform.

Ernestine konnte ihn kaum verstehen, da er durch ein winziges, rundes Fenster sprach. Außerdem nuschelte er. »Ich möchte zu Dr. Kandel.«

»Zu wem?« Der Mann schien nicht nur undeutlich zu sprechen, sondern auch schlecht zu hören.

»Zu Dr. Kandel«, schrie Ernestine so laut durch das Guckloch, dass selbst die Krankenschwester beim Empfang sie hören konnte.

»Bei uns gibt's kan Wandl.« Er schüttelte den Kopf, nahm einen Schluck vom Kaffee, der neben ihm stand, und blätterte weiter in seiner Zeitung.

»Kandel«, wiederholte Ernestine. »Dr. Simon Kandel.«

Der betagte Portier schaute blinzelnd auf. Er war eindeutig zu alt, um noch zu arbeiten. Eigentlich sollte er längst im wohlverdienten Ruhestand sein.

»Der is im Pavillon vier. Da gehen S' jetzt grad rauf bis zum Wegweiser, dort is alles angschriebn.«

»Danke.« Erleichtert marschierte Ernestine los. Sie musste gar nicht bis zum Wegweiser gehen, denn bereits auf halber Strecke kam ihr eine Gruppe von Männern entgegen. Alle trugen weiße Kittel, was sie als Ärzte auswies. Einer von ihnen war Dr. Kandel. Neben den grauhaarigen Männern sah er deutlich jünger aus, als er tatsächlich war, und wirkte wie ein Student. In einer Hand hielt er eine Mappe.

Er erkannte Ernestine sofort und winkte ihr mit Verwunderung zu. »Fräulein Kirsch. Was führt Sie nach Steinhof?« Er klang nicht unfreundlich, sondern bloß überrascht.

Die anderen Ärzte gingen weiter. Der Älteste unter ihnen drehte sich zu Dr. Kandel und rief ihm zu: »Wir sehen uns in der Kantine.« Er trug eine dicke Brille, über deren Rand er Ernestine mit unverhohlener Neugier musterte, während er sprach. Es war wie ein kleines Déjà-vu. Eine ähnliche Situation hatte Ernestine heute schon einmal. Diesmal reagierte sie nicht ganz so freundlich und starrte unfreundlich zurück. Der Mann drehte sich rasch um und folgte den anderen.

»Ich bin hier, weil ich Ihnen gern ein paar Fragen stellen würde«, sagte sie ehrlich.

Verblüfft zog Kandel seine hellen Augenbrauen hoch.

»Es geht um die Fahrt auf der ›Jupiter‹ und um den Abend, an dem ich verletzt aufgefunden wurde.« Ernestine verzichtete auf die Tatsache, dass man sie niedergeschlagen hatte. Dass sie ausgerutscht sei, brachte sie aber auch nicht über die Lippen.

»Wollen wir ins Kaffeehaus gehen?«, fragte Dr. Kandel.

»Ich bin schon seit Stunden im Dienst, und eine kräftige Melange würde meine Lebensgeister wieder wecken.«

»Gern.«

»In einem Seitentrakt gibt es eine Art Wintergarten für die Gäste, dort kann man Kaffee trinken. Manchmal werden auch ein paar unserer Patienten hingebracht.« Er suchte nach einem passenden Wort. »Die harmlosen.«

»Harmlose Patienten?«, fragte Ernestine.

»Damit meine ich Patienten, die nicht randalieren und weder sich selbst noch andere verletzen. Es wäre für alle Beteiligten unerfreulich, wenn eine Kaffeetasse in einer der großen Glasscheiben landet.«

»Wie werden die anderen Patienten genannt?«

Dr. Kandel wiegte bedächtig den Kopf. »Gefährliche Patienten?«, sagte er vorsichtig und formulierte die Antwort wie eine Frage.

»Um Himmels willen«, entfuhr es Ernestine. »Wo werden diese Patienten untergebracht?«

Dr. Kandel blieb stehen und sah sie traurig an. »Das wollen Sie nicht wissen.«

Bilder von Zwangsjacken, Fesseln am Bett und winzigen Zellen geisterten Ernestine durch den Kopf, auch Szenen aus dem Film »Das Cabinet des Dr. Caligari«. Wahrscheinlich wollte sie es wirklich nicht wissen. Sie folgte Dr. Kandel ins Hauptgebäude. Mit raschen Schritten durchquerte er den Empfangsraum, vorbei an einer finster dreinblickenden Krankenschwester und weiter durch mehrere verwinkelte, dunkle Gänge, bis sie zu einem hellen Raum gelangten, in dem es, anders als im Rest des Gebäudes, nach Kaffee und Kuchen roch. Ärzte und Krankenschwestern saßen an runden Kaffeetischen. Aber auch eine Besucherin und ein Patient im Rollstuhl, der mit schmerzhaft verkrampften Gelenken darauf wartete, gefüttert zu werden.

»Wollen Sie auch eine Melange?«, fragte Dr. Kandel.

»Ja, gern.«

»Suchen Sie sich einen Tisch aus. Ich hole die Getränke.«

Er ging zu einem Tresen, hinter dem eine Frau in einer Uniform wartete. Ihre Schürze sah weder wie die einer Krankenschwester noch wie die Kleidung einer Kellnerin aus. Es war eine ungewöhnliche Mischung aus beidem. Ernestine entschied sich für einen Tisch neben dem Fenster. Zwei große, palmenähnliche Pflanzen befanden sich hinter jedem Sessel und verliehen dem Ort einen Hauch Exotik. Es war ein luftiger, freundlicher Raum, in dem man sich wohlfühlen konnte. Schade, dass nur ein Patient ihn nutzen durfte. Ernestine nahm an, dass seine Besucherin sich über geltende Regeln hinweggesetzt hatte.

Das Fenster neben dem Tischchen zeigte auf eine Terrasse. Auch dort standen Kaffeehaustische und Stühle, auf denen Krankenhauspersonal Platz genommen hatte. Die meisten Plätze waren leer. Abseits der Terrasse im Schatten einer großen Eiche entdeckte Ernestine drei Rollstühle. Sie war erleichtert, dass es wenigstens ein paar Patienten vergönnt war, den warmen Sommertag im Freien zu verbringen.

»Hier, bitte schön.« Dr. Kandel riss sie aus ihren Überlegungen und stellte eine Tasse mit einer cremigen Melange neben Ernestine auf den Tisch. Schwungvoll nahm er neben ihr Platz. Ein kleines Linzer Auge sowie zwei Stück Würfelzucker lagen am Teller.

»Vielen Dank.«

»Also«, begann Dr. Kandel. »Welche Frage soll ich Ihnen beantworten?«

»Es geht um den Besuch von Marlene Radatz.«

Sofort verfinsterte sich sein Gesicht. Misstrauen schlich sich in seine Augen. Er wirkte ganz und gar nicht mehr mitteilungswillig.

»Ich habe Sie bereits auf der ›Jupiter‹ gewarnt«, sagte er düster. »Sie sind zu neugierig.«

Ernestine winkte ab. »Es ist mir völlig egal, in welchem Verhältnis Sie zu der jungen Dame stehen oder standen«, beeilte sie sich. »Ich will nur wissen, wann sie Sie in Ihrer Kabine aufgesucht hat. Es geht mir um den Zeitpunkt.«

Kandel legte einen Teil seiner abwehrenden Haltung ab, schien aber weiterhin auf der Hut zu sein. »Es muss irgendwann vor dem Abendessen gewesen sein. Warum interessiert Sie das?«

»Ich will die Ereignisse des Abends rekonstruieren. Seit ich die Verletzung am Hinterkopf habe, fehlen mir ein paar Erinnerungen«, log sie.

Dr. Kandel nickte wissend. Jetzt war er ganz der besorgte Arzt. »Genau wie ich befürchtet habe. So ein Aufprall auf den Hinterkopf ist eine ernst zu nehmende Sache. Sie haben an dem Abend von Blut phantasiert.« Er musterte sie. »Verfolgen Sie diese Bilder immer noch?«

Ernestine bemühte sich um Fassung und war stolz auf sich selbst. Sie zuckte nicht einmal mit der Wimper, als sie den Kopf schüttelte. »Ich kann Sie beruhigen. Ich werde von keinen Phantasien heimgesucht.«

»Das ist erfreulich.« Kandel lehnte sich entspannt zurück. »Um noch einmal zu Ihrer Frage zurückzukehren. Als Fräulein Radatz bei mir angeklopft hat, war ich bereits fertig angezogen. Es muss also kurz vor sieben gewesen sein. Da es kein Mittagessen gegeben hat, war ich hungrig und wollte pünktlich im Speisesaal sein. Ich war überrascht, dass sie es war, die vor meiner Tür stand, weil ich zugeben muss, dass ich jemand anderen erwartet habe.«

»Darf ich fragen, wen?«

»Darauf werden Sie von mir keine Antwort bekommen.«

»Weil es sich um ein geheimes Treffen handelte?«

»Sie lassen wohl nicht locker?«

Ernestine zuckte entschuldigend mit den Schultern. »Falls es Theresa Hodul war, der Sie einen Kontakt zu einem Reporter in einem linken Zeitungsblatt vermitteln wollen, kann ich Sie beruhigen. Die Sache ist mir bekannt.«

Dr. Kandels Kinnlade klappte nach unten. Er starrte sie ungläubig an.

»Ich finde es übrigens eine wundervolle Idee und hoffe, dass Ihr Bekannter etwas für die junge, talentierte Künstlerin tun kann.« Sie trank ihre Melange aus und erhob sich. »Vielen Dank für den Kaffee und für die Zeit, die Sie sich genommen haben.«

Langsam erholte Kandel sich wieder. »Wann … wann haben Sie mit Fräulein Hodul gesprochen?«

»Gestern. Ich habe sie im Schweizerhaus getroffen.«

»Verd…« Kandel stampfte mit einem Bein auf. »Verzeihung. Aber ich muss mich gerade über mich selbst ärgern.«

»Das sehe ich.«

»Ich habe Fräulein Hodul gesagt, dass ich Sonntagabend im Schweizerhaus sein werde und wir uns dort treffen können, falls sie meinen Bekannten kennenlernen möchte. Aber dann hat der abgesagt, und ich musste den Dienst von einem erkrankten Kollegen übernehmen. Ich hatte gehofft, dass Fräulein Hodul ebenfalls verhindert sein würde. Das Treffen war nicht konkret vereinbart. Wir haben es bloß als vages Vorhaben ins Auge gefasst.« Dr. Kandel wirkte am Boden zerstört.

Ernestine versuchte, ihn zu beruhigen. »Fräulein Hodul war nicht allein dort.«

»War sie nicht?« Er setzte sich gerade auf und wirkte noch verzweifelter.

»Entspannen Sie sich. Sie war mit drei Freundinnen dort. Sehr nette junge Damen. Die vier haben sich köstlich unterhalten.«

»Oh.« Kandel lehnte sich wieder zurück.

»Sie wird zur Séance bei Fräulein Gardner kommen. Haben Sie auch eine Einladung erhalten?«

»Sie meinen diese schreckliche Frau mit dem albernen Kostüm, die sich jetzt ›Madame Gardner‹ nennt und Geld damit macht, indem sie Trauernde belügt?«

»Nun, so drastisch würde ich es nicht formulieren«, sagte Ernestine. »Aber, ja. Die Frau meine ich.«

»Ich habe eine Einladung bekommen. Eigentlich wollte ich nicht an der Farce teilnehmen, aber angesichts der unglücklichen Entwicklungen werde ich doch kommen«, sagte er zerknirscht.

»Ich bin sicher, dass Fräulein Hodul sich freuen wird.«

»Glauben Sie?«

»Ihr graut ebenfalls vor dem Abend, und sie nimmt nur daran teil, weil sie ihre Mutter nicht noch weiter verletzen will«, erklärte Ernestine. »Ich bin gespannt, ob Herr Böck und ich auch eingeladen werden.«

»Ich kann mir nicht vorstellen, dass Ihnen die Sache erspart bleiben wird.« Dr. Kandel stand auf. »Soll ich Sie zum Ausgang begleiten?«

»Ja, bitte. Ich fürchte, ich würde mich in einem der vielen Gänge und Korridore verirren.«

»Deshalb sind die Patienten auch in den kleineren Pavillons untergebracht«, erklärte Dr. Kandel. Gemeinsam gingen sie den Weg zurück zum Empfangsschalter.

»Auf Wiedersehen«, sagte Ernestine und drehte sich zum Ausgang.

Genau in dem Moment erblickte sie die Person im Korbstuhl neben dem Fenster. Es musste die Frau sein, von der Anton gestern gesprochen hatte. Auch Dr. Kandels Aufmerksamkeit fiel auf sie. »Kennen Sie die Patientin?«, fragte Ernestine.

»Nein. Aber ich sehe auch die Ähnlichkeit, sie ist verblüffend«, sagte er kopfschüttelnd.

»Würden Sie nachsehen, um wen es sich handelt?«

»Eigentlich sollte ich Ihre Neugier nicht unterstützen«, sagte Dr. Kandel streng. »Doch ich muss gestehen, dass Sie mich angesteckt haben. Ich will auch wissen, wer dort sitzt. Wollen Sie solange hier bleiben?«

Nur zu gern war Ernestine bereit, auf seine Antwort zu warten.

»Anton, haben Sie auch eine Einladung für die Séance bei Madame Gardner erhalten?« Ernestine stand vor Antons Wohnungstür und wedelte ihm mit einem Briefumschlag vor der Nase herum.

»Ja, das habe ich«, sagte er wenig begeistert. »Wollen Sie wirklich dort hingehen?« Er öffnete die Tür und bat Ernestine herein.

»Ja, natürlich, und Sie, Heide und Erich Felsberg müssen unbedingt mitkommen.«

»Wohin sollen wir gehen?« Heide streckte ihren Kopf aus dem Wohnzimmer. »Guten Abend, Fräulein Kirsch.«

»Servus, Heide. Sie und Erich Felsberg müssen mich gemeinsam mit Ihrem Vater zu einer Séance begleiten. An dem Abend soll mit vier toten Männern Kontakt aufgenommen werden. Der verstorbene Graf von Jesenky soll eine Art Vermittlerrolle übernehmen.«

Heide wurde blass. »Um Himmels willen, ist das Ihr Ernst?«

»Ja, denn es bedarf einer List, den Mörder oder die Mörderin zu fassen.«

»Wissen Sie schon, wer den Grafen umgebracht hat?«, fragte Anton erstaunt.

»Ich glaube ja, aber zum einen bin ich mir noch nicht ganz sicher, und zum anderen habe ich keinerlei Beweise für meine Theorie. Außerdem ist mir noch nicht ganz klar, wie er oder sie es bewerkstelligt hat, ihm das Gift zu verabreichen. Können Sie mir erklären, wie Sie bei der Herstellung Ihrer Pfefferminzbonbons vorgehen? Bedarf es dazu bestimmter Maschinen, oder kann jeder Bonbons produzieren? Könnte ich zum Beispiel welche machen?«

Anton sah Ernestine verwirrt an. »Sie sprechen in Rätseln.«

»Sie machen die Bonbons doch selbst. Oder?«

»Selbstverständlich.«

»Gehen wir doch alle ins Wohnzimmer und setzen uns«, schlug Heide vor.

Ernestine folgte ihrer Aufforderung. »Hm, was duftet hier so gut?«

»Ich habe Krautfleckerl gekocht«, sagte Anton stolz. Er wusste, dass seine Krautfleckerl die besten in der Stadt waren.

»Sie müssen sich aber noch etwas gedulden«, meinte Heide. »Rosa kommt in einer Stunde nach Hause, sie ist mit Frau Gerstner und den Kindern aus dem Nachbarhaus am Donaukanal. Ich bin ja so froh, dass sie jetzt schwimmen kann.«

»Ja, das ist ein Segen«, sagte Ernestine plötzlich sehr ernst. Sie setzte sich und schwieg einen Moment.

»Warum wollen Sie wissen, wie man Pfefferminzbonbons herstellt? Haben Sie vor, in Zukunft selbst welche zu drehen?«

Ernestine hob abwehrend die Hände. »Gott bewahre. Nein. Nie im Leben würden die so gut werden wie Ihre, lieber Anton. Aber ich will wissen, wie es geht.«

»Es ist ganz einfach. Man benötigt dazu Zucker, Wasser und reines Pfefferminzöl. Früher war es nur den Apothekern vorbehalten, Bonbons zu verkaufen. Leider hat Franz Stollwerck entdeckt, dass man damit viel Geld machen kann, und hat irgendwann Mitte des letzten Jahrhunderts die Erlaubnis erwirkt, dass auch Konditoren Bonbons herstellen dürfen. Die Änderung hat sich auch in der Doppelmonarchie durchgesetzt.« Antons Seufzen klang bedauernd.

»Bin ich froh, dass es diesen Franz Stollwerck gab.« Heide lachte. »Wenn ich daran denke, dass du jede Menge Bonbons herstellen dürftest und keine Konkurrenz hättest, würden wir heute über einem Bonbonladen wohnen und nicht über einer Apotheke. Rosa hätte kaputte Zähne, und ich wäre kugelrund.«

»Pah«, schnaufte Anton. »Ein paar Bonbons haben noch niemandem geschadet.«

»Und was machen Sie nun mit dem Wasser, dem Zucker

und dem Pfefferminzöl?« Ernestines Anliegen war immer noch nicht zur Gänze beantwortet.

»Es ist alles eine Frage der richtigen Temperatur«, erklärte Anton. »Man muss den Zucker in etwas Wasser auflösen und zum Karamellisieren bringen. Sobald er die richtige Konsistenz hat, fügt man das Pfefferminzöl hinzu, nimmt die Masse aus dem Topf, leert sie auf ein sauberes, gefettetes Blech und zieht sie zu langen Stangen. Die kann man entweder in Stücke schneiden oder, was ich bevorzuge, zu kleinen Kugeln drehen.«

»Könnte man die Bonbons auch mit einer anderen Masse füllen?«, fragte Ernestine.

»Selbstverständlich.« Antons Gesicht hellte sich auf. »Haben Sie auch von den herrlichen Bonbons gehört, die aus England kommen? Sie sind mit Schokolade gefüllt. Leider ist Heide dagegen, dass wir sie in der Apotheke anbieten.«

»Die Bonbons helfen nicht bei der Verdauung, sondern verkleben mit der Schokolade den Magen«, sagte Heide.

Anton verdrehte die Augen.

»Ich habe an eine andere Füllung gedacht«, gab Ernestine zu. »An eine tödliche.«

»Blausäure?«, riet Heide.

Anton starrte beide fassungslos an. »Ihr glaubt, dass in meinen Bonbons Blausäure war? Wie hätte die da reinkommen sollen?«

»Ich muss zugeben, dass ich auf eine andere Antwort gehofft hatte«, sagte Ernestine enttäuscht. »Alles wäre einfacher gewesen, wenn man das Gift hinterher mit einer Nadel in die Bonbons hätte spritzen können.« Sie biss ich nachdenklich auf die Unterlippe. »Der Mörder muss bereits vergiftete Bonbons mitgehabt haben.«

»Der Mörder kann die vergifteten Bonbons problemlos während der Filmvorstellung in mein Säckchen geschummelt haben«, meinte Anton. »Aber das hätte keinen Sinn ergeben, denn dann wäre es wie beim russischen Roulette gewesen. Jeder hätte das vergiftete Bonbon erwischen können.«

»Hm. Irgendwann im Laufe des Abends ist das Säckchen in Graf von Jesenkys Sakkotasche gelandet.«

»Vielleicht hat er es selbst dort hingesteckt. Er war ein Mann, der im Glauben aufgewachsen war, dass ihm mehr zusteht als dem Rest der Bevölkerung.«

»Das klingt sehr plausibel«, mischte sich Heide ein. Sie hatte ihr Kinn auf beide Hände gestützt und hörte Anton und Ernestine gebannt zu.

»Hubert Radatz, Peter Urban und Karl Klavaner waren nicht bei der Filmvorführung. Andrej Hodul und seine Frau haben die Gesellschaft als Erste verlassen. Danach wurde heftig diskutiert. Leider sind wir beide die nächsten gewesen, die sich zurückgezogen haben. Deshalb können wir auch nicht sagen, ob Frau Kattany mit oder ohne ihren Mantel schlafen gegangen ist. Das ist das nächste Rätsel, das sich stellt.«

»Wieso? Was ist mit dem Mantel?«, fragte Heide.

»Frau Kattany hatte einen auffallenden grünen Mantel, der neben dem Sakko lag.«

»Der Mantel mit der schönen Stickerei, den die Karikaturistin auf ihrer Zeichnung festgehalten hat?«

»Ja, genau der«, sagte Ernestine. »Angeblich neigt Frau Kattany zum Schlafwandeln. Ich habe sie in der Nacht nach der Filmvorführung mit dem Mantel durchs Schiff gehen sehen.«

»Damit beantworten Sie Ihre Frage doch selbst. Sie hatte den Mantel an«, sagte Anton.

»Ich erinnere Sie daran, dass er am nächsten Morgen im Rauchsalon lag. Frau Kattany hätte ihn im schlafwandelnden Zustand ausziehen und ihn dort ablegen müssen. Ich frage mich, ob es wirklich Frau Kattany war, die ich gesehen habe. Grundsätzlich hätte sich jeder unter dem weiten Mantel verstecken können. Ewig schade, dass wir so früh in unsere Kabinen gegangen sind.« Ernestine bedachte Anton mit einem vorwurfsvollen Blick.

»Sie haben sich zu diesem Zeitpunkt genauso übel gefühlt wie ich«, sagte Anton. »Als ich aufstand und allen eine gute Nacht wünschte, sind Sie zeitgleich aufgesprungen.«

»Ja, ja, ich weiß.«

»Was ist eigentlich mit der Lampe, die gleich am ersten Tag in der Kabine von Anna von Jesenky von der Decke gefallen ist?«, wollte Anton wissen. »Hat dieser Vorfall auch etwas mit dem Tod des Grafen zu tun?«

»Das ist eine gute Frage. Ich habe lange darüber nachgedacht. Vor allem deshalb, weil die Kabine ursprünglich für Marlene Radatz vorgesehen war.«

»Fräulein Radatz leidet unter einer merkwürdigen Krankheit«, sagte Anton. »Ihre Stimmungen ändern sich im Minutentakt.«

»Kann es sein, dass sie ihre Krankheit vortäuscht?«

»Sie meinen, Sie simuliert?«

»Zumindest zelebriert sie ihre Krankheit und rückt sich selbst damit in den Mittelpunkt.«

»Glauben Sie denn, Fräulein Radatz hat die Lampe manipuliert?«, fragte Anton.

Ernestine setzte zu einer Antwort an, aber genau in dem Moment läutete es an der Wohnungstür, und kurz darauf stürmte Rosa mit roten Wangen und noch feuchten Haaren ins Wohnzimmer.

»Es war so lustig«, rief sie ausgelassen. »Der Franzi, die Irmi und ich haben einen Staudamm gebaut. Der ist mindestens so hoch.« Sie zeigte mit ihrer Hand zu ihren Knien. »Die Mama vom Franzi hat aus ihrer Zeitung drei Papierschifferl gebaut, und die sind nicht daran vorbeigekommen. Die Mauer ist ein richtiger Hafen.«

»Das klingt aufregend«, sagte Anton.

»Ja, und das Lustigste war, dass Franzi zwei alte Zinnsoldaten mitgehabt hat. Die haben wir ins Papierschifferl gesetzt, aber kaum geriet das Schifferl ins Wanken, sind die Soldaten ins Wasser gepurzelt und untergegangen wie Steine. Wir haben dann Wasserrettung gespielt und sie ganz schnell wieder rausgeholt. Wer sie am schnellsten auftauchen konnte, hatte gewonnen. Ich hab den Franzi dreimal geschlagen.« Sie schlug sich stolz auf die schmale Brust. Der Franzi war nur drei Monate älter als Rosa, aber um einen ganzen Kopf größer und neigte hin und wieder zur Angeberei. Trotzdem war er einer von Rosas besten Freunden.

»Und wie lange hast du gebraucht?«, erkundigte sich Ernestine.

»Die Irmi hat bis fünfzig gezählt.«

»Das ist in der Tat sehr schnell«, lobte Anton. »Im wirklichen Leben hätte der Soldat den Unfall ohne bleibende Schäden überstanden.«

»Sie werden es nicht glauben, Anton. Aber was Sie eben gesagt haben, spielt eine wichtige Rolle im Fall von Jesenky und Urban.«

»Ich habe einen Riesenhunger.« Rosa streckte ihre Nase Richtung Küche. »Was gibt's denn?«

»Krautfleckerl.«

Antons Antwort entlockte Rosa einen lauten Freudenschrei, und kurz darauf saßen alle rund um den gedeckten Tisch. Das Gespräch über die Ereignisse auf der »Jupiter« wurde auf später verschoben.

Als Rosa längst schlief, kam auch Erich Felsberg vorbei. Er wollte Heide zu einem Spaziergang überreden, aber daraus wurde nichts, denn Ernestine lotste ihn ins Wohnzimmer, um ihn von ihrem Vorhaben zu überzeugen.

»Ich weiß jetzt, wie wir herausfinden können, wer Graf von Jesenky umgebracht hat«, überfiel sie ihn.

»Fräulein Kirsch will, dass wir alle an einer Geisterbeschwörung teilnehmen.«

Felsbergs hellblaue Augen weiteten sich. »Geister?«

»Tote Soldaten«, korrigierte Heide. »Leider kann ich nicht mitkommen, schließlich muss jemand bei Rosa bleiben. Aber du kannst die beiden begleiten.«

Anton hatte schon im Prater bemerkt, dass Heide und Felsberg sich duzten. Trotzdem zuckte er jedes Mal zusammen, wenn seine Tochter den Polizisten vertraulich mit dem Vornamen ansprach.

»Äh, und die Toten sollen uns zum Mörder führen?«, fragte

Felsberg vorsichtig. Er wollte niemanden beleidigen, aber er wirkte sichtlich irritiert. Die Vorstellung, eine Séance zu besuchen, missfiel ihm.

»So ähnlich. Kommen Sie und setzen Sie sich. Wollen Sie ein Glas Wein?«

»Lieber Holundersaft«, sagte Felsberg. Man konnte ihm ansehen, dass er gern auch den anderen zu diesem Getränk geraten hätte.

»Keine Angst, Erich. Wir sind nicht betrunken«, beeilte sich Heide. »Fräulein Kirsch hat uns ihren Plan bereits ausführlich erklärt, und ich glaube, dass er funktionieren kann. Hör ihn dir einmal an.«

»Ich muss morgen den Frühdienst übernehmen.«

»Ich versuche, mich kurzzufassen«, versprach Ernestine, holte jedoch mit ihrer Erzählung weit aus.

Eine Flasche vom Wiener Gemischten Satz und zwei Schüsseln gesalzener Mandelkerne später verließ Erich Felsberg die Wohnung in der Kirchengasse. Es war kurz vor Mitternacht, und er hatte sich dazu überreden lassen, nächsten Mittwoch einen hilfesuchenden Mann zu spielen, der unbedingt Kontakt mit seinem verstorbenen Bruder aufnehmen wollte.

Karoline Gardner bewohnte das gesamte oberste Stockwerk eines Gründerzeithauses in der Josefstädter Straße. Was dem ohnehin prächtigen Bauwerk zusätzlichen Luxus verlieh, war die Tatsache, dass es über einen eigenen Aufzug verfügte. Nur in den allerwenigsten Gebäuden gab es diese moderne Errungenschaft.

»Lieber nehme ich die Stufen.« Anton blieb vor der schmiedeeisernen Tür, die sich vor der kastenähnlichen Transporthilfe befand, stehen. Auch Erich Felsberg betrachtete die beiden Seile, die den offenen Schacht hinaufführten, mit Misstrauen.

»Also ich bevorzuge den Aufzug und erspare mir die Stufen in das dritte Stockwerk.« Entschlossen zog Ernestine die Flügeltür auseinander und betrat die Kabine. »Wir treffen uns oben.«

Sobald das Gitter geschlossen war, setzte der Kasten sich mit lautem Scheppern und Quietschen in Bewegung. Vom Erdgeschoss aus konnte man seinen Weg bis nach oben verfolgen. Der Schacht war nur mit einem engmaschigen, kunstvoll gestalteten Gitter zum Treppenhaus hin abgegrenzt.

»Mein Hausarzt behauptet, dass Stiegensteigen gesund sei«, sagte Anton.

»Na, dann.« Felsberg ging voran.

Die drei Stockwerke waren in Wirklichkeit fünf, denn es gab ein Erdgeschoss, ein Parterre und ein Hochparterre, bevor das erste Stockwerk folgte. Grund dafür war die Tatsache, dass es im vorigen Jahrhundert, als das Haus errichtet worden war, als schick gegolten hatte, möglichst hoch zu wohnen. Niemand wollte sich mit einer Wohnung auf Straßenniveau zufriedengeben. Ebenso wenig wollte man direkt unter dem Dach wohnen. Dieser oft ungeheizte, kalte Bereich war für die Dienstboten vorgesehen.

Karoline Gardners Räume lagen im vornehmsten Stockwerk, dem höchstgelegenen. Darüber gab es nur noch den Dachboden.

Anton wurde heiß, als er die mit blau-weißen Kacheln ausgelegte Wendeltreppe hochstieg. Erich Felsberg öffnete sein Sakko. Anton tat es ihm gleich. Im zweiten Stockwerk blieb er kurz stehen und schaute neugierig durch das reichlich verzierte Fenster. Glasscheiben in unterschiedlichen Farben und Formen bildeten ein Blumenmuster. Es erinnerte an Mosaikfenster in Kirchen. Anton blinzelte durch einen farblosen Glasteil und erspähte einen begrünten Innenhof, der zwar schön anzusehen, aber längst nicht so gemütlich wie sein eigener war. Es gab weder Sitzgelegenheiten noch ein Gemüsebeet, dafür aber üppige Blumenbeete.

»Anton, wo bleiben Sie?« Ernestines grauer Lockenkopf tauchte über dem schwarzen Treppengeländer auf.

»Beugen Sie sich um Himmels willen nicht so weit nach vorn«, mahnte Anton entsetzt und eilte rasch die letzten Stufen nach oben. Er war außer Atem, als er dort ankam.

Ernestine hatte bereits an der goldenen Türklingel geläutet. Ein Dienstmädchen mit weißer Schürze und gestärkter Haube öffnete. Sie bat die Gäste herein, nahm den Männern die Hüte ab und führte die Gruppe durch einen schmalen Korridor, an dessen Wände abwechselnd goldgerahmte Spiegel und Ölgemälde hingen, weiter in einen geräumigen Salon, dessen Einrichtung extravagant und überladen war, ähnlich wie Fräulein Gardners Modegeschmack. Der glänzende Parkettboden war mit mehreren kunstvoll gewebten Perserteppichen in unterschiedlichen Farben und Mustern ausgelegt. An den Wänden hingen ebenfalls Teppiche sowie Ölgemälde und Aquarelle von exotischen Pflanzen und Tieren. Auf einer Anrichte, die über die gesamte Rückwand des Raums verlief, waren chinesische Vasen, mehrarmige goldene Götterfiguren aus Indien und orientalisch anmutende Lampenschirme aufgereiht. Über der Anrichte hingen ein ausgestopfter Tigerkopf und die Stoßzähne eines Elefanten. Das Auffälligste jedoch war ein dunkelroter Baldachin, der in der Mitte des Raums von der Decke schwebte. An seinen Rändern waren goldene Glöckchen und Metallplättchen befestigt, die beim geringsten Lufthauch klirrende Geräusche verursachten. Unter dem Baldachin stand ein kleiner, runder Tisch aus dunklem, auf Hochglanz poliertem Holz mit einer Einlegearbeit, die den Sternenhimmel symbolisierte. Rund um den Tisch waren in einem deutlich größeren Kreis Sessel aufgestellt worden. Hier hatten bereits ein paar Gäste Platz genommen. Herr und Frau Hodul sowie das Ehepaar Kattany. Theresa Hodul und Dr. Kandel unterhielten sich abseits beim Fenster. Die Luft war zum Schneiden dick. Es roch nach Opium, Moschus und Weihrauch.

Anton öffnete seinen obersten Hemdknopf, als Karoline Gardner ihn auch schon entdeckte. Sie saß neben einem der kleinen Beistelltischchen und rief entzückt: »Herr Böck, was für eine Freude, Sie wiederzusehen! Und Sie haben einen zusätzlichen Gast mitgebracht. Das ist ganz wunderbar.«

Dem Anlass des Abends angemessen trug sie ein dunkelblaues Seidenkleid, das über und über mit glitzernden Halbmonden und Sternen übersät war. Auf dem Kopf hatte sie einen dazu passenden Turban, und wie gewohnt schmückten sie zahlreiche Ringe, Ketten und Armbänder. Sie winkte Anton zu sich und begrüßte ihn wie einen alten Freund.

»Es umgibt Sie wie immer eine außergewöhnlich starke Aura«, raunte sie. »Die wird uns heute Abend hilfreich sein.« Sie schaute auf und fixierte Erich Felsberg. »Dieser reizende junge Mann muss Ihr Sohn sein. Er hat dieselbe positive Kraft.«

»Erich ist ein Bekannter meiner Tochter«, korrigierte Anton.

Beinahe erschrocken fuhr Felsberg zusammen. Bis jetzt war sein Blick fassungslos auf den Tigerkopf gerichtet gewesen, jetzt sah er die Gastgeberin beinahe ängstlich an und wäre wohl am liebsten ausgewichen, als sie nach seiner Hand fasste. Karoline Gardner drehte die Hand um und beugte sich neugierig über die Innenseite. Anton fühlte Mitleid mit dem jungen Mann. Er kannte diese Prozedur und konnte sich leidhaft an den festen Griff der Frau erinnern.

»Eine starke Persönlichkeit. Ehrlich und treu. Leider auch eine Spur traurig.« Sie ließ seine Hand wieder los, kniff die Augen zusammen und musterte ihn eingehend. Zwei der Glitzersteinchen auf den Wimpern fielen wie Sternschnuppen in ihren Schoß. »Merkwürdig, dass ich Sie für den Sohn von Herrn Böck gehalten habe. So ein Missgeschick unterläuft mir sonst nie. Sind Sie mit ihm verwandt?«

Erich Felsberg schüttelte den Kopf.

»Am Übernatürlichen interessiert?«

»Ich ... äh.«

»Erich hat uns gebeten, ihn mitzunehmen. Er hat erst vor Kurzem seinen Bruder verloren«, sagte Ernestine schnell.

»Fräulein Kirsch«, sagte Karoline Gardner säuerlich. »Sie sollten unbedingt etwas gegen Ihre dunkle Aura unternehmen. Ich hoffe, dass ich Sie während der Sitzung nicht aus dem Raum schicken muss. Möglich, dass die Toten den Kontakt verweigern, wenn sie diese geballte Ladung an Skepsis, Zweifel und negativer Energie spüren.«

Ernestine kam nicht dazu zu antworten, denn nun betrat Familie Jesenky den Raum, Anna, Adam und Thomas. Gemeinsam mit ihnen kam auch Mila Marinkovic. Die junge Frau sah deutlich besser aus als noch auf dem Schiff. Sie trug ein hübsches hellrotes Kleid, das ihr blasses Gesicht und ihr blondes Haar vorteilhaft zur Geltung brachte.

Fräulein Gardners Aufmerksamkeit richtete sich auf die Neuankömmlinge. »Wunderbar, einfach wunderbar«, rief sie begeistert. »Jetzt fehlen nur noch Hubert Radatz, seine Tochter und Kapitän Freiberg. Leider kann sein Kollege Neumeier nicht kommen.«

»Sie haben Kapitän Freiberg eingeladen?«, fragte Anton. Der Abend wurde immer unerfreulicher.

»Selbstverständlich. Er war einer der Ersten, die den Grafen tot aufgefunden haben. Deshalb verbinden ihn ganz besondere Schwingungen mit dem Verstorbenen. Er ist bei der Sitzung ebenso wichtig wie Sie, mein Lieber.«

Das Klirren von Gläsern und Besteck näherte sich. Erna Stein schob einen Servierwagen in den Raum, auf dem sich Flaschen, Karaffen und Gläser befanden. Wie immer trug sie einen einfachen grauen Rock und eine weiße Bluse. Hinter ihr kam das Dienstmädchen, das zuvor die Tür geöffnet hatte. Sie balancierte ein Tablett mit belegten Brötchen und aufgespießtem Gemüse und Käsehäppchen auf den Händen, das sie nun auf einem kleinen Tischchen abstellte. Wieder klingelte es an der Tür, und die letzten Gäste erschienen. Marlene Radatz betrat den Raum. Sie rang sich ein Lächeln ab, das ihre traurigen Augen aber nicht erreichte. Sie war blass und wirkte abwesend. Vielleicht hatte sie zu viele ihrer Tabletten geschluckt. Auch Hubert Radatz' Bewegungen sahen zeitverzögert aus. Sein Zustand war mit Sicherheit dem Alkohol zuzuschreiben. Er nickte kurz in die Runde und ging direkt zum Getränkewagen, wo er sich einen großen Whisky einschenken ließ, den er in einem Zug leerte.

Marlene Radatz blieb dicht hinter ihm. »Papa, bitte nicht. Du hast schon genug«, flüsterte sie.

»Was denn?«, sagte er leise, aber Anton, der neben ihm stand, konnte ihn dennoch hören. »Ohne Alkohol ertrage ich dieses Schauspiel nicht.«

Die anderen schienen von den beiden kaum Notiz zu nehmen. Kapitän Freiberg lenkte in seiner strahlend weißen Gala-Uniform die Aufmerksamkeit aller auf sich. Seine Brust war mit zahlreichen Orden und Auszeichnungen dekoriert.

»Mein liebes Fräulein Kirsch«, sagte er mit tiefer Stimme, trat auf Ernestine zu und ergriff ihre Hand. Anton konnte das Schmatzen seiner Lippen hören. »Wie schön, dass wir uns wiedersehen. Diesmal lasse ich Sie nicht gehen, ohne zuvor einen Termin für ein Wiedersehen zu vereinbaren.«

Ernestine lächelte unverbindlich. Da drückte ihr das Dienstmädchen ein leeres Glas in die Hand und fragte, was sie trinken wollte.

Karoline Gardner klopfte mit einem Löffel gegen ihr Champagnerglas und bat um Ruhe. »Ich bin überglücklich, dass Sie es alle geschafft haben, sich diesen ganz besonderen Abend freizuhalten. Ich habe bereits heute Morgen kurz mit Graf von Jesenky Kontakt aufgenommen, aber ich muss zugeben, dass es immer schwieriger wird. Deshalb ist es umso erfreulicher, dass Sie alle gekommen sind, um mich bei der komplexen Aufgabe zu unterstützen. Ich bitte Sie nun, Platz zu nehmen. Fräulein Stein, wir brauchen noch einen zusätzlichen Sessel für den Bekannten von Herrn Böck.«

Sofort verschwand die Gesellschafterin im Nebenraum, um kurz darauf mit einem Sessel zurückzukehren, den sie zu den anderen in den Kreis stellte.

»Was hat mein Vater Ihnen denn heute Morgen erzählt?«, wollte Thomas von Jesenky wissen. Er zwinkerte Mila Marinkovic zu und klang amüsiert. Wie auf der »Jupiter« sah er auch heute aus, als wäre er gerade einem Modemagazin für Herren entstiegen.

»Dass er sich darüber freut, hilfreich sein zu können.«

Thomas von Jesenky verdrehte die Augen. »Solange er noch am Leben war, wollte er niemandem behilflich sein und hat Veranstaltungen wie diese verabscheut.«

»Vielleicht haben Sie Ihren Vater nicht gut genug gekannt«, konterte Karoline Gardner scharf. Mit deutlich weicherer Stimme und einem einnehmenden Lächeln richtete sie sich an Frau Hodul: »Er hat sich bereits auf die Suche nach Ihren Söhnen gemacht.«

Frau Hodul streckte die Schultern durch. Sie wirkte nervös und angespannt. Ihre Hände zitterten leicht. Der Schleier vor ihrem Hut war heute dünner und erlaubte einen Blick auf ihre traurigen und gleichzeitig hoffnungsvollen Augen.

»Hat er sie schon aufgespürt?«, fragte sie leise.

»Das werden wir gleich herausfinden.« Karoline Gardner drehte sich zu Hubert Radatz um, der immer noch am Getränkewagen lehnte. »Sie können später gern weitertrinken. Ich habe einen ganz vorzüglichen Whisky von der schottischen

Insel Skye, den ich nach der Séance öffnen werde. Er hat eine einzigartige, rauchige Geschmacksnote. Aber jetzt benötigen wir Ihre Unterstützung.«

Widerwillig kam Radatz und setzte sich. Anton wollte neben Ernestine Platz nehmen, aber Kapitän Freiberg drängte ihn ab und, schwups, saß er auch schon neben ihr. Anton fühlte sich wie ein Verlierer im Kinderspiel »Die Reise nach Jerusalem«.

»Kommen Sie, mein Lieber. Hier ist noch ein Plätzchen frei.« Karoline Gardner zeigte einladend auf den Sessel neben Marlene Radatz. »Frau Hodul und zwei Mitglieder der Familie Jesenky müssen ganz nah bei mir sein«, erklärte Fräulein Gardner. »Wer ist so freundlich?«

Anna von Jesenky zuckte mit den Schultern. Sie sah ihren Mann hilfesuchend an. Er stand ebenfalls auf und wirkte alles andere als glücklich.

»Fräulein Stein«, sagte Karoline Gardner.

Die Gesellschafterin wusste genau, was von ihr gewünscht wurde. Sie schob den Rollstuhl zum Tisch und reichte Fräulein Gardner einen Stapel Spielkarten. Mit viel Dramatik legte diese die Karten im Kreis auf der Tischplatte auf. Jede der sechsundzwanzig Karten zeigte einen Buchstaben des Alphabets. Kunstvoll illustrierte Fabelwesen rankten sich um die Buchstaben. Als die Karten aufgelegt waren, platzierte Erna Stein ein kleines Miniaturtischchen in der Mitte des Kartenkreises und setzte sich wieder.

»Sobald ich Kontakt mit dem Grafen hergestellt habe, legen wir unsere Fingerspitzen auf das Tischchen«, sagte Karoline Gardner. Anna von Jesenky nickte ernst. »Eva wird jetzt das Licht zurückdrehen und den Raum verlassen.« Das Dienstmädchen schraubte geräuschlos an den Gaslampen und schlich zur Tür. »Ich bitte Sie nun alle, sich die Hände zu reichen.« Karoline Gardners Stimme klang tief und melodiös. »Damit schließen wir den Energiekreis, der dem verstorbenen Graf helfen wird, zu uns zu finden.«

Anton saß zwischen Erich Felsberg und Marlene Radatz.

Auch die vier am Tisch Sitzenden fassten sich an den Händen. Fräulein Gardner schloss die Augen und begann zu summen. Das Geräusch schien tief aus ihrer Körpermitte zu dringen. »Hmmmmmm!« Langsam bewegte sie ihren Oberkörper vor- und rückwärts. Die Metallplättchen über ihr gerieten ins Schwingen und verursachten einen leisen, sanften Klang. »Bitte schließen Sie nun alle die Augen«, forderte sie und summte weiter. »Hmmmm!«

Anton dachte nicht daran. Vorsichtig sah er sich um. Tatsächlich hielten alle die Augen geschlossen. Sogar Ernestine und Erich Felsberg sowie Dr. Kandel waren der Aufforderung gefolgt. Hubert Radatz war dabei, einzuschlafen. Seine Brust hob und senkte sich in einem langsamen und gleichmäßigen Rhythmus. Marlene Radatz' Hand war eiskalt und feucht.

»Graf von Jesenky, wir bitten Sie, zu uns zu kommen.« Karoline Gardner fiel nun in eine Art Sprechgesang, den ihre Gesellschafterin mit einem Summen unterlegte. Beides klang einschläfernd und monoton. Ein leichter Windhauch wehte durch den Raum, und die Glöckchen bewegten sich. Ob ein weiteres Dienstmädchen irgendwo im dunklen Hintergrund stand und Luft zum Baldachin blies?

»Graf von Jesenky, bitte kommen Sie zu uns!« Die Glöckchen wurden lauter. »Ich spüre den Geist des Grafen«, raunte Gardner. »Er ist bereit, mit uns zu sprechen.«

Marlene Radatz zuckte zusammen und unterdrückte einen erstickten Schrei.

»Graf von Jesenky, wir legen nun unsere Hände auf das Tischchen.«

Anton sah, wie die vier am Tisch ihre Hände zur Mitte führten. Wieder summte Gardner, unterbrach sich aber abrupt. »Solange jemand die Augen offen hat, kann der Graf nicht kommen«, sagte sie verärgert. »Ich bitte *alle*, die Augen zu schließen.«

Sie saß mit dem Rücken zu Anton und konnte unmöglich wissen, dass er sie offen hielt. Widerwillig schloss er seine Lider nun doch.

»Graf von Jesenky, bitte geben Sie uns ein Zeichen, dass Sie hier sind.«

Ein weiterer Luftzug durchströmte den Raum. Er war trotz der hohen Temperaturen kalt und verursachte eine Gänsehaut auf Antons Haut. Er hörte Fräulein Radatz neben sich leise wimmern.

Plötzlich war ein Klopfen zu hören. Es kam nicht aus dem Nebenraum, sondern aus dem Salon. Gab es einen Kasten, den Anton übersehen hatte und in dem sich jemand verstecken konnte? Er blinzelte vorsichtig und sah, dass auch Felsberg und Ernestine sich umblickten.

»Alle halten die Augen geschlossen«, forderte Gardner streng.

Erneut war das Klopfen zu hören. Es klang fordernd und gruselig. Woher kam das Geräusch?

»Guten Abend, Graf von Jesenky. Wir haben Sie erwartet.« Karoline Gardners Tonlage war ungewöhnlich tief.

Marlene Radatz zitterte nun am ganzen Leib. Ihre Zähne schlugen lautstark gegeneinander. Anton erhöhte den Druck auf ihre Hand, in der Hoffnung, sie zu beruhigen, aber erfolglos.

»Herr Graf, wir bitten Sie, die Söhne der Familie Hodul zu finden.«

Anton konnte sehen, dass das Tischchen sich zu bewegen begann.

»Wer schiebt das verdammte Ding?«, fragte Adam von Jesenky aufgebracht. Er saß in der Mitte und hielt immer noch die Augen geschlossen.

»Ihr Vater. Seien Sie bitte leise.«

»Aber … wie geht das?«

»Pssst! Bitte unterbrechen Sie die Sitzung nicht. Graf von Jesenky ist unter uns. Er will uns helfen.«

Erneut ein eisig kalter Windhauch, das Poltern war nur noch leise zu hören. Es folgte ein rieselndes Geräusch, so als würden Reiskörner durch ein Rohr fallen. Fräulein Radatz seufzte laut, ihre Hand wurde schlaff, und ihr Oberkörper sackte kraftlos nach vorn. Anton reagierte blitzschnell, drehte sich zu ihr und fasste sie grob an der Schulter, damit sie nicht vom Sessel kippte.

»Hören Sie um Himmels willen auf«, rief er. »Fräulein Radatz fühlt sich nicht gut.«

»Herr Böck«, schrie Karoline Gardner erbost. »Wie können Sie so unhöflich sein und die Sitzung …« Sie drehte sich mit böse funkelnden Augen um und hielt mitten im Satz inne, als sie Fräulein Radatz' leblosen Körper erblickte.

»Ach, du liebe Güte. Warum fällt sie denn gleich in Ohnmacht? Wir unterhalten uns ja bloß mit ein paar Toten.«

Hubert Radatz erwachte aus seinem kurzen Erholungsschlaf und wirkte mit einem Mal wieder munter. Er sprang auf und eilte zu seiner Tochter.

»Marlene«, sagte er besorgt und tätschelte ihre farblose Wange, bis sie rot wurde. »Nimm dir doch nicht alles so zu Herzen, mein Kind.«

Ihre Augenlider flatterten und öffneten sich langsam. »Ist Graf von Jesenky noch im Raum?«, fragte sie schwach.

»Vergiss den Unfug«, polterte Radatz.

»Die junge Dame sollte sich irgendwo hinlegen«, meinte Erich Felsberg. In einer Ecke des Raums stand ein Kanapee mit einem orientalischen Überwurf. Dort führte Radatz seine Tochter hin. Umständlich ließ sie sich darauf nieder.

Fräulein Gardner griff zu einer Glocke, die an einem Band auf ihrem Rollstuhl hing, und läutete damit. Das Geräusch zerriss die ungewöhnliche Stimmung im Raum. Sofort öffnete sich die Tür und das Dienstmädchen erschien. Sie musste direkt vor der Tür gewartet haben.

»Eva, sorgen Sie für ausreichende Beleuchtung. Ich musste die Sitzung wegen eines bedauerlichen Vorfalls unterbrechen.« Karoline Gardner machte kein Geheimnis daraus, dass sie über den Lauf der Dinge nicht erfreut war. Verärgert funkelte sie in Fräulein Radatz' Richtung. Rasch lief das Dienstmädchen von Lampe zu Lampe.

»Kann jemand das Fenster öffnen?«, forderte Anton.

»Kandel«, rief Radatz grantig. »Sie sind Arzt. Kommen Sie gefälligst und sehen Sie nach meiner Tochter.«

»Es fehlt ihr nichts«, sagte Dr. Kandel gelassen. »Halten Sie ihr ein Fläschchen mit Riechsalz unter die Nase.«

»Wenn ich eines hätte, würde ich es tun«, knurrte Radatz.

»Ein Glas Wasser tut es fürs Erste auch.«

Theresa Hodul brachte das Wasser.

»Ich habe noch ein paar Pfefferminzbonbons.« Anton zog ein Papiersäckchen aus seiner Hosentasche.

»Die Bonbons, die wir während der Filmvorführung gelutscht haben?«, fragte Marlene Radatz schwach.

»Ja, es ist sogar dasselbe Säckchen. Es sind nur noch drei Bonbons da. Aber das sollte reichen.«

»Wie kann das sein?«, mischte sich Kapitän Freiberg ein. »Ich habe das Säckchen doch …« Er räusperte sich verlegen. »… entsorgt«, fügte er leise an.

»Sie haben es neben den Teppich geworfen«, erklärte Anton. »Aber als Sie sich umdrehten und zum Nachtkästchen gingen, habe ich es schnell an mich genommen. Sie wissen nicht, wie viel Arbeit in diesen handgedrehten Bonbons steckt. Es wäre ewig schade, sie einfach wegzuwerfen.«

»Kann ich bitte eines haben?« Marlene Radatz richtete sich vorsichtig auf.

»Ich habe in meiner Handtasche ein Riechfläschchen gefunden.« Anna von Jesenky hielt ein kleines Glasfläschchen mit einem goldenen Stöpsel in die Höhe.

»Danke, aber das Pfefferminzbonbon ist mir lieber.« Marlene Radatz griff in das Säckchen, das Anton ihr entgegenhielt. Mit spitzen Fingern holte sie es heraus und steckte es in den Mund. Sie lutschte daran.

Erna Stein trat heran. »Geben Sie mir bitte die restlichen zwei«, forderte sie tonlos und hielt ihren Blick auf Fräulein Radatz gerichtet.

»Nein«, sagte Theresa Hodul. »Ich will auch noch eines.« Mit zwei großen Schritten war sie bei Anton und griff nach einem Bonbon.

»Potz Blitz, was ist in diesen Bonbons, dass die Damen sich darum streiten?«, murmelte Freiberg.

Theresa Hodul führte das Bonbon langsam zu den Lippen. Plötzlich sprang Erna Stein auf sie zu und schrie laut: »Lassen Sie das Bonbon!«

Alle im Raum sahen sie erschrocken an. Einige wirkten irritiert, andere verängstigt.

»Warum denn?«, fragte Theresa Hodul überrascht.

»Ich habe Ihnen doch schon gesagt, dass ich beide haben möchte.« Erna Steins Stimme überschlug sich.

»Ich habe Anisdrops, will die jemand kosten?« Kapitän Freiberg kramte in der Seitentasche seiner Uniform. Aber niemand nahm von seinem Angebot Notiz.

»Sie werden mir doch ein Bonbon abgeben«, sagte Theresa Hodul. Sie öffnete erneut den Mund.

»Sie sollen das lassen!« Erna Stein schlug mit der flachen Hand gegen Theresa Hoduls Finger und streifte dabei ihre Wange. Das Bonbon flog in weitem Bogen durch den Raum.

»Was erlauben Sie sich?« Andrej Hodul stand auf. »Wie können Sie es wagen, meine Tochter zu schlagen? Noch dazu wegen eines Pfefferminzbonbons?«

»Ich habe sie gewarnt«, verteidigte sich Erna Stein. »Aber sie wollte nicht hören.«

»Fräulein Stein«, sagte Karoline Gardner fassungslos. »Haben Sie den Verstand verloren? Was machen Sie da?«

Getrieben schaute Stein von einem zum anderen. Alle Augen waren auf sie gerichtet. Nervös begannen ihre Augenlider zu flattern. Vielleicht wurde ihr erst jetzt bewusst, wie merkwürdig sie sich eben verhalten hatte.

»Ich, ich muss tatsächlich kurz die Nerven verloren haben«, wisperte sie mit schwacher Stimme. »Bitte entschuldigen Sie, die ganze Situation war zu viel für mich.« Beschämt senkte sie den Kopf und nahm wieder auf ihrem Sessel Platz.

Kaum, dass sie saß, stand Ernestine auf und klatschte langsam in die Hände. »Applaus, Fräulein Stein, was für eine großartige Vorstellung.«

»Wovon reden Sie?«, schnappte Erna Stein, eine Spur zu scharf.

»Oder soll ich Sie lieber mit Ihrem richtigen Namen ansprechen: Frieda Tardosch, ehemaliges Dienstmädchen im Hause Jesenky?«

»Ich weiß nicht, wovon Sie sprechen.«

»Dann werde ich Ihrem Gedächtnis auf die Sprünge helfen«, fuhr Ernestine unbeirrt fort. »Sie wussten eben sehr genau, was Sie taten, und hätten uns beinahe mit Ihrer kleinen Darbietung überzeugt.«

»Fräulein Kirsch«, mischte sich Andrej Hodul ein. »Wir sind alle im Augenblick etwas nervös. Was soll das Ganze? Worauf wollen Sie hinaus?«

»Frieda Tardosch, die wir unter dem Namen Erna Stein kennen, hat Ihrer Tochter ein Bonbon aus der Hand geschlagen, weil sie weiß, dass es vergiftet ist. Und sie hätte es nicht ertragen, schuld zu sein, wenn Sie und Ihre Frau auch noch Ihr letztes Kind verlieren würden.«

»Das ist völliger Unfug«, fuhr ihr Fräulein Stein ins Wort.

Die anderen sahen Ernestine mit einer Mischung aus Überraschung, Unverständnis und Neugier an.

»Ich habe gestern Ihre Tochter in der Nervenheilanstalt gesehen«, sagte Ernestine zu ihr. »Wusste Graf von Jesenky, dass er der Vater war?«

Einen Moment lang war es so still im Raum, dass man nur das Ticken einer Uhr im Nebenzimmer hören konnte.

Tardosch presste ihre Lippen entschlossen aufeinander.

»Sie hat ein hübsches Gesicht und sieht Ihnen sehr ähnlich. Aber die Augen hat sie von ihrem Vater, Graf von Jesenky.«

Hass loderte in Tardoschs Augen, als sie ihren Blick auf Ernestine richtete. »Meine Tochter ist ein verstümmelter, einfältiger Krüppel«, sagte sie bitter.

»Aber das war nicht immer so.« Ernestine trat näher. Ihre Stimme klang nun nicht mehr anklagend. Verständnis lag darin.

»Er hat sie zum Krüppel gemacht. Verglichen mit dem, was

er meiner kleinen Ilona angetan hat, war sein Tod harmlos.« Tardosch sah Ernestine feindselig an, so als wäre sie für die Lebenssituation ihrer Tochter mitverantwortlich.

»Unterbrechen Sie mich, wenn etwas an der Geschichte nicht stimmt«, sagte Ernestine. »Sie haben in Ihrer Jugend eine Stelle auf dem Gutshof der Jesenkys gehabt. Es war eine Zeit der Prüderie und falscher Moralvorstellungen. Damals war es üblich, dass die jungen Herren ihre ersten sexuellen Erfahrungen mit den Dienstmädchen sammelten. An ihnen sollten sie sich die Hörner abstoßen. Alle wussten von den Übergriffen, die Mütter, die Väter … aber niemand redete laut und offen darüber.«

Tardosch schnaufte verächtlich. »Sie haben uns dazu gezwungen. Die jungen Herren sollten nicht unerfahren in die Ehe gehen. Manchmal kam auch der alte Graf zu uns, immer dann, wenn seine Frau unpässlich war. Und das war sie oft, denn der Alte war brutal und immer ungewaschen. Er hat gestunken wie ein lausiger Landstreicher.«

»Aber der alte Graf ist nicht der Vater Ihrer Tochter. Es war Graf Alfons von Jesenky, von dem Sie schwanger wurden«, korrigierte Ernestine.

»Ich habe die Schwangerschaft so lang es ging geheim gehalten, weil ich wusste, dass sie mich rauswerfen werden, sobald sie es erfahren. Wohin hätte ich mit dem Kind denn gehen sollen? Heimlich habe ich meine Ilona am Dachboden zur Welt gebracht und wäre beinahe verblutet, hätte die Köchin mich nicht gefunden. Aber die Schmerzen haben sich gelohnt, mein Mädchen war das hübscheste und entzückendste Kind, das ich je gesehen habe.«

Ihre Stimme wurde weicher, ihr Blick verklärt. Sie verschränkte ihre Finger ineinander und presste die Hände so fest in ihrem Schoß gegeneinander, dass die Knöchel weiß wurden.

»Sie haben Ihre Tochter nicht behalten dürfen«, sagte Ernestine. Jeder Vorwurf war aus ihrer Stimme verschwunden.

»Man hat sie mir nach einer Woche weggenommen und fortgebracht. Ich hatte keine Ahnung, wohin. Später habe ich erfahren, dass sie bei einem Bauern ganz in der Nähe gewesen ist. Die Leute haben sie schlecht behandelt. Ihr zu wenig zu essen gegeben und sie geschlagen. Heute noch ist ihr Rücken voller Narben von der schrecklichen Zeit.«

»Wann haben Sie Ihre Tochter wiedergefunden?«, fragte Ernestine.

»Nachdem sie mir Ilona weggenommen haben, bin ich fortgelaufen. Ich wollte nicht noch einmal schwanger werden. Zuerst habe ich nach Ilona gesucht, aber ich konnte sie nirgendwo finden. Also bin ich nach Wien gegangen.«

»Wo Sie im Café Prückel eine Stelle als Küchenhilfe bekommen haben«, ergänzte Ernestine. »Sie haben dieses Café gewählt, weil der alte und der junge Graf von Jesenky regelmäßig dort einkehrten. Sie mussten vorsichtig sein, damit man Sie nicht erkannte. Doch die Gefahr war gering, denn in den Augen der Grafen waren Dienstmädchen weibliche Körper ohne Gesichter, derer man sich nach Belieben bediente. Graf Alfons von Jesenky, der Vater Ihrer Ilona, hatte keine Ahnung, wie Sie aussehen.«

»Er hat mich nicht mal angesehen, wenn er es mit mir trieb. Jedes Mal hat er mich von hinten gepackt wie ein Tier und mir kein einziges Mal ins Gesicht geschaut.«

Jemand schnappte nach Luft.

»In der Zeit, in der Sie im Café arbeiteten, haben Sie zum ersten Mal probiert, den Grafen zu vergiften. Mit einer Dobostorte. Der Versuch misslang, und Karl Klavaner verlor seine Arbeit.«

»Das wollte ich nicht, ehrlich. Der Karl ist ein feiner Kerl. Es tut mir wirklich leid, dass er wegen mir Probleme bekommen hat. Aber zum Glück hat sich diesmal die Angelegenheit gelöst.«

»Sie haben die Sache gelöst«, fuhr ihr Ernestine ins Wort. »Indem Sie Peter Urban erschlagen und in die Donau gestürzt haben.«

»Er ist selbst schuld. Peter war ein geldgieriger kleiner Wicht.« Tardosch spuckte die Worte förmlich aus.

»Aber ich will nicht vorgreifen, bleiben wir noch im Café Prückel«, sagte Ernestine. »Sie haben dort Herrn Gardner kennengelernt. Er suchte nach einer tüchtigen Haushälterin, die bereit war, für wenig Geld viel zu arbeiten.«

»Er hat mich ausgenutzt. Aber es war besser als die Arbeit im Café.«

»Als Herr Gardner starb, erbte seine Schwester Karoline Gardner sein gesamtes Vermögen. Sie übernahm nicht nur die Wohnung und das Geld, sondern auch Sie. Aber Fräulein Gardner benötigte keine Haushälterin, sondern eine Gesellschafterin, die mit ihr verreiste.«

»Für weite Reisen reichte das Geld nie, aber wir fuhren regelmäßig nach Ungarn. Dort kauften wir bei Trödelhändlern all die Sachen, die in dieser Wohnung stehen. Nichts davon stammt aus dem Orient, aus Afrika und Südamerika.«

»Fräulein Stein«, rief Karoline Gardner empört. »Bleiben Sie bitte bei Ihrer eigenen Geschichte, so erbärmlich sie auch sein mag. Natürlich stammen die Kunstgegenstände in diesem Raum von Reisen zu exotischen Zielen.«

Tardosch zuckte mit den Schultern. »Bei einer der Reisen nach Ungarn schickte Fräulein Gardner mich zu einem Bauern, der angeblich einen türkischen Teppich verkaufen wollte, der noch aus der Zeit stammte, als die Osmanen Ungarn beherrschten. Ich habe keinen Teppich gefunden, aber meine kleine Ilona.«

Tardoschs Augen füllten sich mit Tränen. »Sie war zwölf Jahre alt und lag verdreckt und halb verhungert in einer dunklen Ecke im Stall. Wenn der alte Knecht sie nicht gefüttert hätte, wäre sie gestorben. Er hat sie aus dem Teich gefischt, als sie noch ein kleines Mädchen war. Seit dem Unfall kann sie nicht mehr gehen, nicht reden, sie kann gar nichts. Ihr Zustand ist schlimmer, als wenn sie tot wäre.«

»Diese arme Kreatur, die wir aus Ungarn nach Wien gebracht haben, ist Ihre Tochter?«, flüsterte Karoline Gardner. »Sie haben behauptet, dass der Bauer sie Ihnen mitgegeben hätte.«

»Ich hatte Geld gespart«, fuhr Tardosch unbeirrt fort. »Damit habe ich Ilona einen Platz in der Nervenheilanstalt in Steinhof verschafft. In der Hoffnung, dass man sie heilen könnte. Aber die Ärzte sagten mir, dass der Schaden im Gehirn meiner Tochter irreparabel sei.«

»Wann haben Sie aufgehört, Ihre Tochter zu besuchen?«, wollte Ernestine wissen.

»Anfangs kam ich jeden Tag. Ich habe ihr gesagt, dass ich ihre Mutter bin, und hatte gehofft, dass sie mich eines Tages wiedererkennen würde. Aber jedes Mal starrte sie mich an, als sehe sie mich zum ersten Mal. Irgendwann habe ich es nicht mehr ertragen können. Es war entsetzlich, viel schlimmer als damals, als ich nicht wusste, wohin man sie gebracht hatte. Es war, als hätte man mir mein Kind noch einmal geraubt. Statt des kleinen Säuglings hatte ich jetzt eine sabbernde Erwachsene, die für jeden Handgriff Hilfe benötigte. Ich wollte sie lieb haben, wirklich, das müssen Sie mir glauben. Ich habe darum gebetet, jede Nacht. Aber es ging nicht. Und je deutlicher ich erkannte, dass ich wünschte, mein eigenes Kind wäre tot, umso dringender wurde der Wunsch nach Rache. Aber diesmal wollte ich nicht so stümperhaft vorgehen wie im Café Prückel. Ich wollte hundertprozentig sicher sein können, dass Graf von Jesenky seine verdiente Strafe erhielt.«

»Sie haben Fräulein Gardner zur Schiffsfahrt auf der ›Jupiter‹ überredet«, sagte Ernestine.

»Das war nicht schwierig. Ich brauchte ihr nur einzureden, dass wir auf dem Schiff Menschen treffen, die später viel Geld für eine Séance ausgeben würden. Und so war es ja auch. Sie alle sind heute hier.«

»Zuerst wollten Sie den Grafen durch einen Unfall zur Strecke bringen. Als er schlief, haben Sie mit Ihrer Brosche die Bremse seines Rollstuhls manipuliert. Nach dem Zwischenfall mit der Lampe, die tatsächlich zufällig von der Decke fiel, passte die kaputte Bremse perfekt ins Bild eines Schiffs, auf dem das Personal überfordert war und es nicht ganz mit rechten Dingen zuzugehen schien.«

»Sie haben die Sache verhindert!«

»Aber Sie hatten einen Plan B«, fuhr Ernestine unbeirrt fort.

»Sie kannten Karl Klavaner, also war es ein Leichtes für Sie, in die Küche zu gehen und die Fischsuppe mit Faulbaumrinde zu versetzen, sodass wir alle Durchfall bekamen. Leider haben Sie ein Stück davon fallen lassen. Ich habe es am nächsten Tag am sauber geschrubbten Boden gefunden.« Ernestine zog das Stück Rinde aus der Seitentasche ihres Kleides.

»Urban hat auch ein Stück gefunden«, gab Tardosch zu. »Und was noch problematischer war, er hat gesehen, wie ich nachts den ganzen Topf über Bord geworfen habe. Er hat mir gedroht und wollte Geld für sein Schweigen. Ich habe ihm gesagt, dass ich kein Geld habe, weil ich alles für meine Tochter brauche. Da hat er gelacht und gemeint, dass ich sie aus dem Heim nehmen soll, da sie ohnehin nichts mitbekomme. Er hat sie einen hirnlosen Krüppel genannt. Damit war für mich klar, dass ich ihn beseitigen muss.«

Sie machte eine Pause, hob ihren Kopf und sah Ernestine wütend an. »Alles wäre gut gegangen, wenn Sie Ihre neugierige Nase nicht in das Rettungsboot gesteckt und dabei die Blutspuren entdeckt hätten. Deshalb habe ich auch Ihnen einen Schlag auf den Hinterkopf verpassen müssen. Aber ich wollte Sie nicht schwer verletzen, das müssen Sie mir glauben.«

»Die Verletzung war kaum der Rede wert.« Ernestine machte eine wegwerfende Geste. »Aber die Blutspuren von Peter Urban wären Ihnen fast zum Verhängnis geworden. Sie hatten Ihr Kleid schmutzig gemacht und mussten sich umziehen, bevor Sie zum Abendessen gingen. Um in Ihre Kabine zu gelangen, die auf der Steuerbordseite lag, mussten Sie an der von Mila Marinkovic vorbei, und die stand offen, weil der jungen Frau übel war.«

»Ja, es war schwierig«, gab Tardosch zu. »Außerdem hatte ich nur noch das grüne Abendkleid dabei. Aber ich habe mich an Marinkovics Kabine vorbeischleichen können, und niemand hat von meinem Kleid Notiz genommen. Alle anderen waren so prachtvoll angezogen, dass meine Garderobe nicht auffiel.«

»Wann haben Sie Graf von Jesenky die Bonbons zugesteckt?«, wollte Ernestine wissen.

»Das war ebenfalls sehr einfach. Alle, bis auf Herrn Böck, waren völlig auf die Handlung des Films konzentriert. Als Herr Böck seine Pfefferminzbonbons herumreichte, konnte ich mein Glück kaum fassen. Alles war auf einmal glasklar. Dann entdeckte ich den Mantel von Frau Kattany, die noch dazu zum Schlafwandeln neigte. Ein weiteres Geschenk. Ich brauchte meine Bonbons nur unter die von Herrn Böck mischen und dafür sorgen, dass das Säckchen nicht leer gegessen wird. Außerdem musste ich Frau Kattanys Mantel auf die Seite schaffen, um ihn später anzuziehen. So konnte ich unerkannt in die Küche gelangen. Ich habe die Pfefferminzbonbons in die Sakkotasche des Grafen gesteckt und ihm das Sakko gereicht, bevor er sich zum Schlafen zurückgezogen hat.«

»Da Graf von Jesenky immer alles aufaß, konnten Sie gewiss sein, dass er so lange lutschen würde, bis er eines Ihrer vergifteten Bonbons erwischen würde.«

Tardosch nickte.

»Eigentlich hätte es nur ein einziges Bonbon gebraucht«, sagte Ernestine.

»Das stimmt. Aber ich wollte diesmal auf Nummer sicher gehen. Was, wenn ich wieder zu wenig Gift erwischt hätte, wie damals im Café Prückel?«

Alle im Raum schwiegen betroffen. Thomas von Jesenky meldete sich als Erster zu Wort. »Sie haben meinen Vater vergiftet, weil er Sie geschwängert hat? In einer Zeit, in der es völlig in Ordnung war, dass junge Männer aus besserem Haus mit Dienstmädchen schliefen.« Er wirkte erschüttert.

»Keine Angst, Thomas«, sagte Mila Marinkovic. »Ich werde dich nicht vergiften. Dein Vater hat dafür gesorgt, dass ich genug Geld erben werde.«

Adam von Jesenky schnappte nach Luft. »Du hast ein Verhältnis mit Papas Pflegerin?«

Frau Kattanys Augen glänzten vor Begeisterung. Ein Skandal folgte dem nächsten. Gierig rutschte sie näher, um kein Wort zu verpassen. Hätte sie eine Kamera gehabt, hätte sie mitgefilmt. Dieser Abend lieferte der geschwätzigen Frau Gesprächsstoff für die nächsten Jahre.

Erich Felsberg erhob sich und trat auf Tardosch zu. »Ich muss Sie jetzt verhaften«, sagte er leise, zog seinen Dienstausweis und hielt ihn Frieda Tardosch vor die Nase. »Kriminalpolizei.«

»Sie haben einen Polizisten in meine Wohnung geschmuggelt?«, rief Karoline Gardner.

Frieda Tardosch wirkte nicht überrascht. Sie schien sich schon vor ihrem Geständnis mit ihrem Schicksal abgefunden zu haben. Widerstandslos stand sie auf und ließ sich von Felsberg Handschellen anlegen.

»Eine Polizeikutsche wartet vor der Haustür.«

»Was wird nun aus meiner Ilona?«, fragte sie tonlos.

Dr. Kandel schluckte und sagte dann mit fester Stimme: »Ich verspreche Ihnen, dass ich mich darum kümmern werde. Ihre Tochter wird weiterhin in Steinhof bleiben.«

»Danke«, sagte Tardosch sichtlich erleichtert. »Ich hole noch schnell meine Weste.«

Felsberg nickte. »Ich warte bei der Wohnungstür.«

Tardosch verschwand im Nebenzimmer.

»Haben Sie denn keine Angst, dass sie über das Fenster abhauen könnte?«, fragte Herr Kattany. »Die Frau ist kriminell, eine Mörderin.«

»Mein Mann hat recht, folgen Sie der gefährlichen Frau«, forderte Frau Kattany aufgeregt. »Über die Regenrinne kann man auf den Dachstuhl klettern.«

»Ich habe in der Schublade meines Nachtkästchens einen Revolver liegen«, rief Karoline Gardner entsetzt. »Fräulein Stein weiß davon.«

»So gehen Sie ihr doch nach«, schrie nun Frau Kattany.

»Wenn sie den Revolver nimmt, dann schießt sie uns alle nieder. Die Frau ist verrückt.«

»Wo ist Ihr Schlafzimmer?«, fragte Felsberg.

»Durch die Tür den Gang entlang. Die zweite Tür rechts. Fräulein Steins Zimmer liegt gleich daneben, es ist die dritte und letzte Tür.«

Felsberg warf Ernestine einen fragenden Blick zu. Sofort stand sie bei ihm, um ihn zu begleiten. Gemeinsam eilten sie den dunklen Korridor entlang. Die letzte Tür war offen. Ein leichter Lichtschimmer drang aus dem Zimmer.

Felsberg wurde blass. Er beschleunigte seine Schritte und trat als Erster in den kleinen Raum. Das winzige Fenster stand weit offen, darunter befand sich ein Sessel.

»Sie kann mit den gefesselten Händen doch unmöglich die Dachrinne hochgeklettert sein«, sagte Ernestine betroffen.

Felsberg ging zum Fenster und schaute nach unten statt nach oben.

»Ist sie gesprungen?« Ernestine schob ihn zur Seite und beugte sich hinaus. Sofort machte sie wieder einen Schritt zurück und schloss die Augen. Auf dem Trottoir lag der zerschmetterte Körper von Frieda Tardosch. Im Schein der Gaslaterne glänzte das Blut, das sich langsam um ihren Kopf ausbreitete und den Boden dunkelrot färbte.

Als Ernestine die Augen wieder öffnete, musterte sie ihren ehemaligen Schüler. »Sie haben gewusst, dass sie das tun würde.«

»Nein.« Er schüttelte ernst den Kopf. »Aber ich wusste, dass sie nicht übers Fenster fliehen würde.«

Felsberg kehrte nicht in den Salon zurück, sondern marschierte direkt zur Eingangstür. »Ich werde einen Leichenwagen anfordern«, sagte er und überließ Ernestine die unangenehme Aufgabe, den anderen zu erklären, was eben passiert war.

»Wo ist die Mörderin? Ist sie geflüchtet?« Frau Kattany sprang auf, als Ernestine den Salon betrat.

»Ja«, sagte Ernestine. »Auf gewisse Weise ist sie geflüchtet.«

»Ich wusste, dass sie übers Dach entkommt. Dieser Polizist hätte sie niemals unbewacht gehen lassen dürfen. Ich werde mich über den Mann beschweren.«

»Und dafür zahlen wir Steuergelder, pah!«

Anton blickte in Ernestines traurige Augen. Sie war blass und sah mitgenommen aus. Sofort begriff er, was passiert war.

»Fräulein Gardner«, sagte er ernst. »Ich glaube, dass es jetzt an der Zeit ist, den schottischen Whisky zu öffnen. Ich denke, dass wir alle einen ordentlichen Schuck vertragen können.«

»Bin ich froh, dass ich zu Hause bleiben konnte«, sagte Heide erleichtert. »Erich hat mir alles ganz genau erzählt. Es muss ein schrecklicher Abend gewesen sein.«

Sie trug eine Flasche Gemischten Satz aus der Küche ins Wohnzimmer und stellte den gekühlten Wein auf den Tisch, während Anton drei Weingläser aus der Glasvitrine nahm.

Obwohl die Séance einige Tage zurücklag, beschäftigte sie Anton und Ernestine immer noch.

»Auch ohne den Selbstmord von Frieda Tardosch wäre es eine unerfreuliche Veranstaltung gewesen«, meinte Ernestine.

»Glaubt ihr, dass die Frau wirklich mit Geistern reden kann?«, fragte Heide.

Ernestine schüttelte entschieden den Kopf. »Nein, aber ich habe mich den ganzen Abend gefragt, wie sie es geschafft hat, diesen eisig kalten Luftzug zu erzeugen. Und erst die Geräusche? Woher kamen die?«

»Vom ausgestopften Tigerkopf«, sagte Anton.

Ernestine sah ihn verblüfft an.

»Während Sie im Nebenzimmer waren und alle Gäste in den Korridor starrten, habe ich mir erlaubt, einen kurzen Blick auf den Tigerkopf zu werfen.«

»Und?«

»Er steckte in einem Loch in der Wand. Aus seinem grässlichen Maul konnte das Dienstmädchen problemlos kalte Luft in den Raum blasen.« Anton genoss Ernestines Bewunderung.

»Ja, natürlich«, rief sie begeistert. »Auch die Geräusche gelangten auf diese Weise in den Raum.«

Anton nickte.

»Ich wusste, dass Fräulein Gardner eine Schwindlerin ist.«

Da klopfte es an der Tür.

»Erich Felsberg?«, fragte Anton.

»Ja, er wollte noch vorbeikommen«, sagte Heide. »Der Abend mit euch hat ihm zugesetzt.«

Sie stand auf und ging zur Tür.

»Der junge Mann wird zum Dauergast in meiner Wohnung«, sagte Anton leise zu Ernestine. »Aber ich muss sagen, dass ich mich daran gewöhne. Irgendwie mag ich ihn mittlerweile. Wäre er heute nicht gekommen, ich glaube, ich hätte ihn vermisst.«

Sie kam nicht dazu, Anton zu antworten, denn Felsberg hatte bereits das Wohnzimmer betreten und begrüßte alle. Er hielt eine Ansichtskarte in der Hand. »Die steckte zwischen Türrahmen und Wohnungstür. Sie stammt aus Budapest.«

»Noch eine Karte?«, fragte Ernestine erstaunt.

Die Karte an Rosa war bereits vorgestern angekommen. Sie hatte sich riesig darüber gefreut.

»Wahrscheinlich war die Karte wieder einmal im Briefkasten von Frau Gerstner. Der Briefträger verwechselt ständig unsere Adressen, und Frau Gerstner steckt die Post dann an unsere Tür«, meinte Heide.

Erich Felsberg grinste. »Wenn sie die Karte bekommen hat, wird sie Sie sicher darauf ansprechen.«

»Warum?«, fragte Anton irritiert. »Was ist daran so besonders?«

»Das Motiv ist ungewöhnlich«, sagte Felsberg.

»Ist das Parlament darauf zu sehen?« Anton warf Ernestine einen fragenden Blick zu.

Die zuckte ratlos mit den Schultern, während Heide Erich die Karte aus der Hand nahm und sie betrachtete. Ihre Augen weiteten sich, bevor sich ihr Mund zu einem Lächeln verzog. »Es ist keine Fotografie, sondern die Zeichnung einer großartigen Künstlerin.«

»Fräulein Hodul«, sagte Anton. »Sie hat eine Karte abgeschickt. Was hat sie denn gezeichnet?« Ungeduldig stand Anton auf und nahm Heide die Postkarte aus der Hand. Anders als gewöhnliche Ansichtskarten handelte es sich um eine weiße Karte, auf der sich eine Zeichnung befand. Antons Aubei, bei einigen möchte ich mich an dieser Stelle ganz herzlich bedanken.

Bei meiner wundervollen Lektorin Christine Derrer, die mit ihren tollen Ideen wieder dazu beigetragen hat, dass die Geschichte spannend wurde.

Bei allen Mitarbeiter/innen vom Emons Verlag, die an Anton und Ernestine glauben.

Bei meiner Agentin Franka Zastrow, die darauf schaut, dass meine Geschichten veröffentlicht werden.

Und bei meiner jüngsten Tochter Ida, die sich bereitwillig als Testleserin zur Verfügung gestellt hat, sowie bei meinem Mann Martin, der geduldig mein Jammern ertrug. Denn wie bei jedem Buch war ich auch diesmal fest davon überzeugt, dass »es niemals fertig wird …«

Ein besonderes Dankeschön geht an meine Freunde Sabrina Wisak und Thomas Meindl, die mich im letzten Jahr bei zahlreichen Lesungen mit viel Einsatz und Engagement musikalisch begleitet haben und das hoffentlich auch in Zukunft tun werden.

Und, last but not least, gilt das größte und wichtigste Dankeschön all den netten Buchhändler/innen und Bibliothekar/innen, die meine Bücher auslegen und dafür sorgen, dass sie bei Ihnen, liebe Leser/innen, ankommen. Ohne Ihre Treue gäbe es dieses Buch nicht.

Falls Sie zu jenen Leser/innen gehören, die ein Buch mit dem Nachwort beginnen, wünsche ich Ihnen jetzt ganz viel Spaß mit Anton und Ernestine.

Herzlichst, Beate Maly

Beate Maly
TOD AM SEMMERING
Broschur, 272 Seiten
ISBN 978-3-95451-995-8

Österreich 1922. Im Grandhotel Panhans am Semmering trifft sich die feine Gesellschaft zu einem wohltätigen Tanzkurs. Doch der schöne Schein trübt sich, als einer der Gäste vergiftet wird. Inmitten eines Schneesturms ist das Hotel von der Außenwelt abgeschnitten, die Polizei unerreichbar und ein Entkommen unmöglich – auch für den Mörder. Die pensionierte Lehrerin Ernestine und ihr Begleiter Anton Böck machen sich daran, den dramatischen Vorfall aufzuklären – und stoßen auf ein noch viel entsetzlicheres Verbrechen …

»Beate Maly versteht es, vergangene Zeiten plastisch und überaus spannend zum Leben zu erwecken.« Der Monat

Beate Maly
TOD AN DER WIEN
Broschur, 272 Seiten
ISBN 978-3-7408-0221-9

Wien 1922: Mitten in der Ballsaison verunglückt Operettendiva Hermine Egger im Theater an der Wien tödlich. Die pensionierte Lehrerin Ernestine Kirsch glaubt nicht daran, dass die von ihr bewunderte Sängerin einem tragischen Unfall zum Opfer gefallen ist: Sie vermutet einen Mord. Gemeinsam mit ihrem Freund Anton Böck ermittelt sie zwischen Kaffeehäusern und Operette – und begibt sich damit in tödliche Gefahr …

www.emons-verlag.de

genbrauen hoben sich. Blut schoss in seine Wangen, und seine Ohren glühten.

»Ich will die Zeichnung auch sehen«, forderte Ernestine.

»Ich bin mir nicht sicher, ob sie Ihnen gefallen wird«, sagte er vorsichtig. »Fräulein Hodul muss sie in der Nacht angefertigt haben, in der wir an Deck eingeschlafen sind.«

»Nun bin ich neugierig. Zeigen Sie her.« Ernestine umrundete den Tisch und griff nach der Karte. Augenblicklich errötete auch sie. Sogar ihre Nasenspitze lief dunkel an.

»Oh ... oh«, sagte sie leise.

Am liebsten hätte Anton den Moment eingefangen und festgehalten. Selten hatte er Ernestine so verlegen gesehen.

»Also ich mag die Zeichnung«, sagte Heide.

»Ich finde die Darstellung auch sehr gelungen«, stimmte Felsberg vorsichtig zu.

Theresa Hodul hatte mit gewohnt einfachen und dennoch aussagekräftigen Strichen zwei Liegestühle von hinten gezeichnet. Ernestines Lockenkopf und Antons schmaler Kopf waren zu erkennen. Beide trugen Nachthemd und Pyjama. Das war nichts Unerwartetes. Doch Theresa Hodul hatte sich ein Stück künstlerische Freiheit genommen und die beiden so festgehalten, dass sie einander die Hand hielten. Als Draufgabe hatte sie die Hände mit einem fetten roten Herzen eingerahmt.

»Ich werde die Karte aufheben«, sagte Anton. »Sie gefällt mir.«

»Na, dann.« Ernestine stand auf und trat zu ihm. Sie drückte ihm einen Kuss auf die Stirn, und diesmal störte Anton sich keinesfalls am Schmatzen der Lippen.

Nachwort

Manchmal braucht es nur einen kleinen Wink, und schon entsteht die Idee zu einer Geschichte. In meinem Fall gab der Film »Das Cabinet des Dr. Caligari« den Anstoß.

Seit 2014 liegt eine überarbeitete Version des Stummfilmklassikers vor, der interessante Einblicke in die Anfänge des Spannungskinos gewährt. Der Film ist ein historisches Dokument, das die gesellschaftlichen und politischen Veränderungen nach dem Ersten Weltkrieg auf vielfältige Weise widerspiegelt. Er gilt als revolutionäres Kunstwerk der deutschen Filmgeschichte.

Im vorliegenden Band besuchen Anton und Ernestine eine Filmvorführung auf einem Donaudampfschiff, der »Jupiter«. Dieses Schiff trug ursprünglich den Namen »Franz Joseph I« und wurde nach dem Ersten Weltkrieg umbenannt. Soweit bekannt, war es nie im renovierungsbedürftigen Zustand unterwegs.

Ich möchte mich hier bei zwei Menschen ganz herzlich bedanken, die mir den Zugang zu Informationen über die Donauschifffahrt ermöglicht haben. Gerti Gold, die mir nicht nur hilfreiche Hinweise über Straßenbahnlinien in Wien gegeben, sondern auch den Kontakt zu jenem Mann hergestellt hat, der über ein schier nicht enden wollendes Wissen über die Donauschifffahrt verfügt: Herwig Wolloner. Er hat mich mit all den Informationen versorgt, die Ernestine so begeistern. Falls dennoch Fehler bei der Beschreibung der »Jupiter« passiert sind, so gehen die ausschließlich auf mein Konto und sind der Handlung geschuldet.

Wie immer habe ich mich bemüht, Geschichtliches mit Fiktivem zu mischen. Doch auch die sorgfältigste Recherche kann Lücken aufweisen. Dafür möchte ich mich gleich vorweg entschuldigen.

Zur Entstehung eines Buches tragen immer viele Menschen